南光

朱和之 著

目錄

楔子

你喜歡按下快門的輕盈聲響。擦地一聲，這個世界某個瞬間、某一片光影的行進被相機裁切下來，收進充滿魔法般的小暗室裡，封印在底片上。

和單眼相機那種鈍重的快門聲響完全不同，你慣用的萊卡相機只會發出優雅而美妙的快門聲。

單眼反射式相機，精巧的偉大發明，將要取代旁軸相機成為主流。這是個聰明的設計，在鏡頭和底片之間安裝一個反光鏡，然後幾番折射到觀景窗，拍攝者就能看到鏡頭捕捉到的影像，所拍即所見。

但是單眼相機也因為多了這片反光鏡，按下快門時為了讓光線進入底片室，除了快門簾幕的開閉，反光鏡也得同時升起，為光線讓出一條通往底片藥膜加以曝光的堂皇通道。

當你按下單眼相機的快門，你聽到的不只是快門簾幕的聲音，更多是反光鏡——該死的反光鏡升起又放下，在相機腔膛裡橫衝直撞發出的巨大噪音，像是永遠聒噪不休的青春期少年。

而且當你使用單眼相機的時候，你永遠無法看到拍下的瞬間，在那一瞬間，反光鏡抬起了，觀景窗裡一片漆黑。哪怕快門只有千分之一秒，你注定要錯失你捕捉的世界，從那個關鍵的現場缺席。

所以你始終喜歡萊卡的旁軸式分離觀景窗。觀景窗和相機鏡頭徹底分開，你拍你的我看我的，雞犬相聞老死不相往來。他們之間沒有反光鏡從中作梗，快門就只是快門，簾幕閃動時觀景窗影像不會被遮蔽，時間的運行不曾因為你的試圖捕捉而中斷。簡單，優雅。

若要說缺點，就是觀景窗和鏡頭看到的景象存在些微視差，並不完全相同。但這對像你一樣熟練的人來說哪裡能算缺點？正因如此，你才能掌握前方影像的全貌。鏡頭外有個人正要走進來，景框邊緣有什麼細微的動靜值得移過去捕捉，這些都是所拍即所見的單眼相機無法察覺並且靈活應變的。

如果你只拍攝景框裡能看到的東西，那麼你一定錯失很多人生的真相。就好像很多人一直誤以為，反光鏡聒噪的聲音就是快門的聲音一樣。

按下快門只是一瞬間的事。

拍照的人和不拍照的人，對時間的感知是完全不一樣的。三十分之一秒是什麼？一千分之一秒又是怎麼回事？拍照的人知道。你從快門鈕傳到指尖的些微震動知道，從快門聲響的長短知道，從靈魂的顫悠知道。

何況三十分之一秒有三十分之一秒的風景，一千分之一秒有一千分之一秒的風景，只要見識過就永遠不會搞混。

千分之一秒，過去只存在想像中的，所謂一霎時、一剎那，如今成為真實，多麼神奇美妙，令人發暈。為了讓快門簾幕能夠準確地開啟千分之一秒，工程師殫精竭慮設計出加減速裝置，打造出能應付數萬次擊發而永不疲乏永遠精密的彈簧。

尤其對從偏僻山村來的你來說，能夠得知千分之一秒的奧祕，是多麼振聾發聵的啟示。

那遙遠的大隘山村，不知時間為何物的小鎮。雖然，你出身的豪族正是大隘最早擁有第一架落地鐘的家族，但對大隘的居民而言，那架只存在於傳說中無從得見的時鐘，就像時間本身一樣神祕而難以窺視。時間，正如豪族擁有的巨大財富、權勢和各種各樣凡庸之人無法想像的珍寶一樣，據說會不時發出敲動心魄的低沉鳴響，宣告著某個慎重時刻的降臨。

時間就是金錢，時間就是文明。要守時！公學校裡的先生曾對童年的你耳提面命。而今你所知曉的遠比先生還多，走得比山村裡的任何人都遠。

底片感光度十二，光圈六點三。豔陽下，你準備好拍攝任何東西，世界充滿新的事物。你轉動旋鈕，將快門調到百分之一秒，決定好曝光時間。

是的，時間就在你的手中。

相簿一

機械之眼

當飛船出現在遙遠的天邊時，鄧騰煇並沒有舉起手上的 Nagel Pupille 相機。一部分的原因是，眼前所見的景物，並不構成他那時所追求的「畫意」——也就是如同繪畫般的意境。所以他只是把身體向後靠在那臺拉風的凱迪拉克汽車上，就像童年時兄弟們朝著樹上成熟的龍眼興奮攀爬，而他總是在樹下安靜等待。雖然這裡和他出生成長的小山城不一樣，風中帶著濃濃的海水鹹味，但是和摩登的東京街道比起來，霞浦的郊野氣氛帶給他某種兒時回憶般的親切感。

遠處歡迎會場上的人群聽說飛船來了，紛紛翹首騷動詢問在哪在哪，或者興奮地伸手一指歡呼起來。然而日後鄧騰煇回想起這一刻，總覺得那個瞬間是靜默的，每張臉都凝結在最完美的表情上，連風裡的味道都結晶成一顆顆亮亮的鹽粒。

飛船只是薄雲下的一個銀點，如同傍晚早早出現的金星。但在此之前，鄧騰煇早就看過飛船許多次了，在報紙上、雜誌上，還有映畫播放前的新聞影片上。它有著圓柱狀的流線型船身，人們美稱為銀色雪茄，內部是由環狀鋁合金骨架支撐起來的中空空間，猶如一座鋼鐵教堂穹頂。而工人將船體表面蒙布用繩子綁在鋁架上的情景，不知怎麼總讓他想起「臨行密密縫」的古老詩句。

這樣的東西卻能飄浮起來，甚至進行環球飛行，實在太美妙了。

實際看到飛船的印象如何？在他未來的記憶中，飛船如同在寫真上看到的那樣巨大而清晰，煥發著銀白光芒直直朝向自己飛來，遮蔽了整個天空……

那幾天報章上刊出許多飛船飛臨東京的寫真，隅田川上空的、丸之內上空的、日比谷上空的，無處不在，靜靜懸浮不動，彷彿同時出現在每個地方。這些寫真還被印成明信片，做成牙膏和肥皂的贈品。於是乎，他記憶中的飛船也似乎應該用同樣的身姿出現在霞浦上空。

不過他當時不曾拍寫真，因此沒有可資回想的憑藉。為什麼沒有拍呢，就算找不到具有畫意的構圖角度，好像還有一個重要的理由。啊，對了，因為飛船第一次出現的時候根本就沒有往這邊飛來，而是沿著海岸向南方飄然遠去。

咦，不是要在霞浦著陸嗎，怎麼飛走了？同行的景子失望地說。

應該是要先去東京和橫濱巡禮，待會兒才會回來霞浦海軍飛行場著陸吧。和鄧騰煇一起參加法政大學寫真部的龜井光弘說。

遠處的人潮嘩一下騷動起來，鄧騰煇繼續抱胸倚著車子不動。

景子說，看這陣仗真不知有幾十萬人，聽說從東京驛加開的列車班班客滿呢，沒想到大家對飛船這麼有興趣。

這是歷史的一刻啊，龜井光弘說。這次齊柏林伯爵號飛船進行史上首度環球飛行，從美國紐澤西的萊克赫斯特出發，中間只停泊德國菲特列港、日本霞浦和洛杉磯，然後就返回萊克赫斯特，一共橫越大西洋、太平洋和整個西伯利亞，真是一大壯舉。從德國到日本，坐船要一個月，西伯利亞鐵道要兩個星期的行程，飛船不到一百小時就抵達了，人們怎麼能錯過這麼重要的事件！

海軍飛行場旁的歡迎會場已經人山人海，瀰漫著節慶般的歡樂氣氛。景子問說，我們不過去嗎？

不。鄧騰煇說，稍微有點距離才能看到事物的全貌，而且人擠人也太累。

鄧騰煇想拍寫真，然而時近傍晚，滿天灰雲也使光線益發薄弱，相機裡的底片感光度是ＡＳＡ十二，已經很難曝光了。龜井光弘拿起他的相機幫景子拍了兩張，又幫鄧騰煇和凱迪拉克拍了一張。最後鄧騰煇索性脫掉西裝外套和皮鞋在草地上枕著雙臂躺下，這也被龜井光弘拍了下來。

入夜前飛船終於回來了。只見一道灰影在暮色中緩緩現身，幽暗的形影更顯威勢，猶如一座從天而降的宮殿。

飛船從船首拋下繫繩，地面的兩百名日本水兵抓住一拉，沒想到用力過猛造成船首下沉，眼看要撞在地上。驚呼聲中，船首側面忽然洩出一道水瀑，減輕重量之後隨即平衡好姿勢，緩緩降落在地面上。

萬歲！萬歲！

這是科學的勝利。龜井光弘喊道。

真是自由啊，能夠這樣飛行環遊世界。鄧騰煇在心底默默說道。

接下來的一幕，鄧騰煇他們距離遙遠無由得見，但後來在新聞紙和新聞影片上都看到了。艙門開處，指揮官埃克納博士首先步下階梯，揮手向人們致意。接著他拿起脖子上掛著的一架相機對眾人按下快門，圍繞他的記者們紛紛抓住時機拍攝，鎂光燈此起彼落，打成一個光球。

是萊卡，那麼輕巧的相機只有萊卡。

埃克納博士拿著萊卡面露微笑。

啊，好像天外飛來的美夢似的。景子忘情地說。

・

怎麼樣，下定決心要買一架自己的萊卡了嗎？龜井光弘趴在地上翻寫真雜誌，冷不防問。

嗯，可是萊卡使用三點五公分小底片，面積只有六乘九底片的六分之一，能放大成精美的作品嗎？

你看過我拍那麼多寫真，還有疑惑嗎？不信的話，聽聽專家的意見吧。龜井光弘把雜誌丟了過來，說德國的保羅・沃爾夫發明了微粒子印相法，只要增加底片曝光，然後縮短顯影時間，就算放到最大的相紙也依然清晰美麗。

鄧騰煇拿起那本早已看過無數次的雜誌說，我還是難以想像。

那就親自試試看啊？

萊卡A的新品就要兩百五十圓[1]，加購外接式測距器還要二十二圓，是我一年的生活費，都可以在東京買一棟房子了。不然你的那一架借我。

不要，萬一弄壞了我也不好意思叫你賠。

那就賣我。

不要。

反正你已經有萊卡C[2]啦，還可以交換鏡頭，把舊款讓給我會怎樣？

這樣我的收藏就不齊了。好啦好啦吵死了，兩百圓讓給你，附送測距器。

中古品還賣這麼貴。

那你走遍全日本去找找看啊。一手交錢一手交貨。

唉。鄧騰煇說，之前不該急著買相機，把存了好久的錢拿去買Pupille，現在重新存錢不知道還要存多久，寫了好幾封信向父親請求，父親都不肯答應。

阿爸在回信裡說教了一番，說到日本讀書難能可貴，要他專心學業，千萬不可玩物喪志。他知道阿爸年輕時為了幫助阿公經營事業而失學，識字有限，早年書信都是擔任北埔庄長的瑞昌大叔代筆，也因此阿爸堅持讓四個兒子都受教育，彌補自身遺憾，當時臺灣人在本島連讀中學都很難，便索性全送到東京來。等大哥、二哥學成回家，就改由他們來寫信。

——近來世界經濟情勢嚴峻，前幾年鈴木商店倒閉事件幾乎拖累臺灣銀行破產，又值世界金融大恐慌之際，各項事業推展不易，煇兒更應體悟時局艱難，自我約束砥礪。寫真固為正當嗜好，休暇時宜多為之，唯不必追逐時髦，以為非某某機種不可……鄧騰煇讀到這裡時差點笑出來，他知道騰釬二哥自己是東京美術學校畢業，所以骨子裡幫寫真說話。二哥把書信內容潤飾過了，也不時引經據典一番，但騰煇能夠想像阿爸說話的語氣，溫厚中必然帶有些許無奈。

萊卡絕不只是尺寸縮小的相機，更不是玩具，而是觀看世界的全新視野！龜井光弘躺倒在榻榻米上，雙手高舉雜誌，正經八百地宣告著。他說用十個月的生活費買到人類最新的視野，太值得了！

可惡！鄧騰煇把雜誌丟在他身上。

好痛……龜井光弘仰起頭看著鄧騰煇，賊賊一笑說，用最摩登的相機來拍那些摩佳[3]，可是會上癮的喔。

---

1 兩百五十圓：當時物價約為現今的兩千分之一，兩百五十圓約合今日的日幣五十萬圓，或新臺幣十五萬元左右。

2 萊卡A／萊卡C：原廠型號是Leica I (A)和Leica I (C)，在日本逕稱為ライカA型和C型。

3 摩佳：モガ（moga），為モダンガール（Modern Girl／摩登女孩）的簡稱，另有モボ（mobo）的說法，亦即モダンボーイ（Modern Boy／摩登男孩）。

鄧騰煇憋著一肚子悶氣，他實在很想要，而且越是無法買就越想買，只好不斷拿出各種質疑來抵擋。萊卡真的如人們說的那麼好嗎，那也可能只是商人推銷的噱頭而已，真的有那樣的價值嗎？

別再酸葡萄啦，少爺！

•

鄧騰煇躺在熄燈後的榻榻米上想著，自己究竟為什麼對寫真如此執著？

他還記得童年時拍的兩張寫真，都是瑞昌大叔拍的。第一張是家族裡的七個孩子，全都還留著清朝人的髮辮——直到他六歲那一年，總督府厲行斷髮放足的風俗改良，他們才都改剃成平頭。

拍攝前瑞昌大叔再三交代，曝光時絕對不能動，就算身上很癢也要忍耐，否則就會拍攝失敗。騰煇坐在正中間，看著大叔鑽進相機後面的黑布中，彷彿鑽進一個暗藏祕密的世界，忽然覺得眼睛癢起來，很想趕快抓一下，但又不知道究竟已經開始曝光了沒有？好不容易忍到大叔從黑布中鑽出來，正覺鬆了一口氣，大叔卻忽然抓著快門線喊道：開始！騰煇頓時嚇得渾身緊繃，因此寫真洗出來之後，只見他雙手緊緊按著大腿，眼神迷離，透露著其他孩子所沒有的深思表情。大人們都說，這孩子將來一定最有出息，可以做個學問家。

另外一張寫真是在兩年後拍的，高齡八十六歲的阿婆太（曾祖母）端坐正中，阿公和阿婆分坐兩旁，第三、四代中還未成年的孩子們前後環繞，或站或坐，這時他們全都剃著大平頭，已經入學的穿上和服及木屐，與前一張寫真猶如不同的兩家人。

小弟騰駿拍第一張寫真時才剛出生，由十多歲的小叔瑞鵬抱在懷裡，閉著雙眼睡著了。拍第二張時兩歲的騰駿自己坐著，但還沒有定性，根本不曉得「不許動」是什麼意思。當瑞昌大叔喊道「開始」的瞬間，他歪起脖子伸手到背後搔癢，於是在寫真上留下了一顆正在旋轉的模糊臉孔。奇妙的是，這成為日後家人們看這張寫真時的重點，每次一拿出來，所有目光就被那唯一的動態所吸引，彷彿當時所有人正襟危坐、大氣不喘一下，都是為了陪襯那孩子在鏡頭前留下扭頭抓癢的姿態。

這個是騰駿呀，都看不出是哪家孩子了。阿姑和伯姆們總是咯咯笑著指認。

鄧騰煇記不得騰駿小的時候究竟長得什麼樣子，偶爾甚至覺得，弟弟就是這樣，像是被筷子夾了凹痕的粄圓似的。真難想像，這樣的弟弟也已經來到東京讀中學，此刻就在隔壁房間安睡著。

讓鄧騰煇忘不了的是，當他不由自主地尾隨大叔走到暗房時，大叔竟破例讓他進去。在此之前，沒有任何一個孩子獲准進入這個神祕的禁地。如今他已記不得所有細節，但第一個鑽入腦海的是那股刺鼻的醋酸味——一股他往後一生中只要聞到就會備感安心熟悉的特殊味道。第二個印象是那塊擋在蠟燭前面當作安全燈的德國進口紅玻璃，大叔交代他千萬別碰，萬一打破的話很昂貴也很難買的。

幽暗斗室，閃爍的紅色燭光，一罐罐不明藥物，還有揮之不去的醋酸味，使得暗房就像一個炮製神祕法術的地方。年幼的騰煇沒有轉身逃走，是因為被大叔竟然在施妖法這樣的念頭嚇傻了。

暗房的一切都是科學。大叔熟練地打開瓶罐，用鐵匙挖出晶粒或粉末，像配藥一樣仔細秤準重量，再倒進水盆裡融化。他果然念起咒語般一一指點藥品，碳酸曹達、亞硫酸曹達、依命、海特路幾奴、海波、赤血鹽……按照一定比例配製，在固定溫度下，用同樣時間就會得到一致的化學反應，你可以見識一下科學的神奇之處。

等大叔把玻璃底片沖出負像，拿到戶外對著光一看，笑說騰駿這孩兒亂動啦。騰煇看著灰黑乳白的影像，上面隱約能夠看見人影，但黑白顛倒陰森詭異，好似中元節時慈天宮前青面獠牙的大士爺像，怎麼也看不出誰是誰，更不懂大叔怎麼看出騰駿亂動了。

經過一夜定影，隔天早上大叔把塗了藥膜的相紙貼在玻璃底片上，放在天井裡曬太陽。大叔抬頭看看滿天灰雲，說這下得曬上大半天囉。

大叔離開之後，鄧騰煇還一直蹲在玻璃片旁觀看良久，卻怎麼也參不透其中奧妙。最後大叔把曬好的相紙取下，仍是一張白紙，沒有任何神奇之處。然而當相紙一放進顯影的金水裡，空白紙面上就迅速浮現出影像——原本藥膜應該朝下放進金水的，瑞昌大叔為了向他展示，刻意把藥膜朝上讓他看見顯影過程。

紙上先是浮出墨黑色塊和線條，很快連綴成人臉和身影，越來越清晰。阿公！阿婆！這個是我！騰駿的頭亂動了！鄧騰煇驚訝地看著熟悉的親人影像從無到有浮現，比他能夠想像最神奇的所有法術都還要神奇，不由得叫了起來。

然而令他驚恐的是，紙上的人們像是在瞪著自己，包括那個騰煇也是。騰煇霎時想起幫他們家蓋房子的泥水師傅阿喜兄說，寫真會攝走人的魂魄，讓人變瘦，看來是真的。

這是光的繪畫。大叔灑灑地一笑，以前的人用筆作畫，現代人用光作畫。人畫得再好，總有不像的地方，但是光的畫就和真的一模一樣。只要你學會寫真術，你就比世界上任何一個畫家還厲害！

•

這就是所謂的新興寫真嗎？鄧騰煇深深受到驚嚇，呆立在展覽會場的一幅寫真前面動彈不得。

兩個赤裸的嬰兒玩偶躺倒在鐵絲欄杆旁，張開雙臂像在等待有人上前給予一個擁抱，或者等待著某種天啟。它們空洞的眼神直直射向天空，右邊那一個甚至沒有雙腳。陽光橫裡打過鐵絲，在地面上撒成一張天羅地網，牢牢籠罩一切，而兩邊角落則被不祥的大塊陰影鎮壓著。雖然知道這只是放在地上的洋娃娃，但整個畫面卻透露出極其驚悚的氛圍，彷彿有生命被禁錮在其中，無法遁逃。

景子輕聲道，這幅作品好像說出了這個時代的心聲啊。

鄧騰煇幾乎無法喘息，這超出他對寫真的理解太多了。沒想到世界上有這樣的寫真作品，讓人無法移開目光，直直撞擊意識深處。他越看越覺得整個人陷入畫面之中，而那嬰兒的處境就是自己的心境。

超現實主義，陽性名詞：純粹的自動主義，表達真正的思維活動，不受任何理性控制，超越所有美學或道德考慮……不，不需要背誦理論，這樣的東西看一眼就明白了，這絕不是一般的寫真，而是全新的創作方式。

不只是這幅由匈牙利藝術家拉茲洛・莫霍利—納吉創作的寫真，整個「德意志國際移動寫真展覽會」現場一千多件作品都充滿驚人的力量，狠狠打破觀看者對寫真的常識。展品中沒有任何國際知名的藝術寫真家的作品，反之全都是業餘愛好者所作，他們拍攝傳統繪畫和寫真從不關注的主題，並且採用各種新奇的技術和角度，航空鳥瞰、顯微拍攝、X光透視、新聞事件現場、無機身影像，還有不可解的抽象圖案……都是人們前所未見。

鄧君怎麼了，哪裡不舒服嗎？景子問。

我整個人好像被敲碎了。鄧騰煇捏著鼻根難以鎮定情緒。自從他十六歲到東京來念名教中學，買下第一架相機以來，雖然時間並不算長，但整個青春都投注在這上面。他一直追求的是拍出猶如西洋油畫般優美的作品（事實上幾乎所有寫真愛好者也都一樣），花了多少工夫揣摩，但是看了這些展品卻像是被人打了一棍，腦中一片空白。

要不要休息一下。

不，不要緊，繼續看吧。

景子立刻被一旁的作品吸引。啊，看看這個，不使用相機所拍攝的寫真，直接把物品放在相紙上曝光。

這樣的東西能稱為寫真嗎？話說回來寫真又究竟是什麼呢？鄧騰煇喃喃自語。

兩人從有樂町的朝日新聞社展覽會場離開，到銀座一家音樂喫茶，邊聽古典音樂唱片邊喝咖啡聊天。

景子填了點播單，端著咖啡問道，鄧君今天印象最深刻的是哪一幅作品。

那兩個嬰兒吧，實在太嚇人了，我到現在都還餘悸猶存。

沒想到鄧君膽子這麼小呢。我覺得有意思的作品還有很多，譬如用 X 光拍一個男人正在刮鬍子的，簡直把《一休的骸骨》上的警世插畫成為現實。不過要說喜歡的作品，則是一幅張著大眼睛流淚的。

曼・雷？

沒錯，整張寫真只有一個睜大的眼睛，長長的睫毛向四面伸展，彷彿某種植物似的。豬籠草。

對對對。景子難得開懷大笑起來。

這時店員上前更換唱片，揚聲器裡發出十分激烈的交響樂。鄧騰煇眉頭一皺，心想是誰點了這種前衛派的東西，真是難以入耳。他轉頭一看，鄰座一對年輕男女卻興味盎然地聆聽著，繼而熱心討論起來。

那青年讚歎道，不愧是巴爾托克，竟能寫出這樣打破規則的傑作。那名女性則拿起唱片封套，看著上面的法文念道：巴爾托克勇敢地叛離浪漫主義，對民間音樂進行創造性詮釋……兩人一邊討論著，竟愉快地小小打鬧起來，遭到別的客人抗議制止。

欸。景子湊過頭來悄聲問，你覺得他們是情侶還是夫妻？

隔壁？嗯，以親暱程度來說像是夫妻，但這種志同道合、自在相處的感覺又像情侶。

自由戀愛嗎，真好。

鄧騰煇端起杯子喝了一大口，眉頭皺起來，說咖啡涼了，招手叫服務生再送兩杯。

景子接著剛才的話說，不只是自由戀愛，我也想自力更生，追求屬於自己的人生。可不是去當報攤銷售或巴士車掌之類的就算了，而是更像樣的工作。

記者？作家？說不定小景可以當上全日本第一位女流寫真家呢。

聽起來都很棒。那麼鄧君呢？你也嚮往自由戀愛吧。

嗯。鄧騰煇不置可否。

真好，鄧君是世家大少爺，什麼都不缺，連精神都是自由的。

說到自由。鄧騰煇提高聲音道，這次展覽的作品還真是無拘無束，什麼都能表現，連石頭、鋼鐵和平凡的花朵看起來都那麼特別。

畢竟寫真發明才剛滿一百年，沒有那麼多清規戒律，而且也算是時代的產物，更適合用來描繪我們身處的世界吧。

原來如此。今天最大的感想是，相機不再是一種畫筆了，它能拍出畫筆無法描繪的作品。鄧騰煇看著景子圓而亮的眼睛，忽然說，決定了，我一定要買下萊卡，就算沒有父親的資助，省吃儉用也要買下來。

省吃儉用？這可不像少爺的作風。

這是我的決心。

•

鄧騰煇有時候會想，如果人的眼睛也有拍攝功能就好了，這樣一來，看到什麼就能拍下什麼，再也不會錯過任何情景。奇妙的是，這樣想法是他買下萊卡之後才有的，在此之前從沒閃過這個念頭。

父親最終禁不住他一再央求，寄來了一百圓。鄧騰煇毫不遲疑拋售了手上的 Pupille 相機，加上日常省下的生活費湊成兩百圓，當即去找龜井光弘買下那架萊卡 A，機身編號四四八三七，搭配光圈三點五的 Elmar 五十釐米鏡頭。

拿著萊卡上街，確實感受到人們津津樂道的那些優點：輕巧、人眼高度取景、快門和光圈便於調整，可連續拍攝三十六張，能夠達成瞬間抓拍云云。但他更直接的感受是，他和這個世界的關係改變了，一種物理性的、機械性的改變。

他總是忙著計算與被攝體之間的距離，同時估算光圈。雖然有外接式測距器，但與鏡頭不同步，操作起來總趕不上一閃而逝的情景。當他越熟悉操作，就越常對錯過拍攝時機而感到扼腕。

他很快養成一個習慣，不斷評估自己和各種人或物體之間的距離。首先是在住處房間裡量好固定長度，從他平日最常坐臥的角落起算，到窗戶一點五公尺，書櫃兩公尺，房門三點五公尺，反覆瞪視以訓練距離感覺。然而一走到室外，視覺在開闊空間受到各種干擾，對距離的評估就很容易失準。

穿和服的小姐三公尺，剛好可以拍到全身像。西裝大叔兩公尺。前方路旁書報攤五公尺……迎面而來的三位摩佳八公尺、五公尺、三公尺，咦，她們是衝著我笑嗎？鄧騰煇在評估參數的同時，也不斷轉動鏡頭上的對焦環，做好即刻拍攝的準備。

此外他也要瞬間判斷光圈快門的組合。尤其是在都市裡行動時，經常會穿過橋梁、門洞或建物陰影，明暗變化之頻繁超過想像，這是平常不曾意識到的。

鄧騰煇充分感到，萊卡是一架精巧又迷人的機械，而拿著萊卡的自己也變成這機械的一部分，與外界存在著充滿各種數字的連動。機械是冰冷的，機械是忠實的。數值正確，曝光就正確，反之亦然。與其說馴化相機，不如說是自己先被相機馴化了。

他不斷用機械衡量這個世界，這個機械就是自己，而參數隨著自己的移動隨時都在變化。他用另一個機械裁切這個世界的一小方時空，使之永久地停滯下來，變成一片化石，而這個機械就是萊卡。

變成機械的鄧騰煇詫異地發現，自己彷彿並不認識東京這座居住了六年的都市。鄧騰煇本來就經常從事摩登男孩喜好的「銀晃（銀ぶら）」——在銀座街頭漫不經心地遊晃，但他這才察覺到處充滿不同材質的東西，鑄鐵郵筒，素木電杆，發亮的公園草皮（和躺在上面午睡的人），玻璃櫥窗，石拱大橋，紅磚巨廈，大理石廊柱。這些平日看慣到理所當然的東西，如今都綻放著不同質地的光澤。

還有還有，丸之內「一丁倫敦」西洋建築街道上穿著木屐閒晃的路人，淺草木造平房巷內呼嘯而過的汽車。由鋼鐵桁架、吊車鐵鉤與鋼索鉚釘層疊交織的建築基地上，穿著傳統鳶服和地下足袋（分趾鞋）攀爬其間的工人。人們都說關東大地震的毀滅促使東京重生成為一個摩登都市，鄧騰煇則清楚地看見摩登滲入古老町通的種種交錯界線。

原來如此，多虧了這機械之眼。

鄧騰煇每天晚上就寢時都把相機擺在枕邊，小心地放在坐墊上，一方面怕這麼貴重的物品失竊，另一方面就算睡覺的時候也要持續跟萊卡保持熟悉。即便每日摩挲使用，也要到一年之後，他才覺得已和萊卡合為一體，如心使臂，如臂使指，如指使機。同時也不必再費心評估參數，一切都成為反射動作。

我終於徹底變成機械了嗎？他好奇地想，或者我成功把機械變成延伸心靈的工具了呢？鄧騰煇並沒有結論。

他依然熱衷於參加法政大學寫真部的外拍活動，每逢週末邀請不同的女性模特兒到公園或郊外拍攝。然而拿著萊卡，他再也不必爭搶取景位置、笨拙地調整數值致使模特兒枯等得表情僵硬，而是上前一擊即中，然後自在地退開幾步，從旁拍攝同好們擠成一團焦頭爛額的滑稽模樣。

他也依然頻繁地出入咖啡店、舞廳和築地小劇場，而同樣用一種退開幾步的姿態來觀看這些地方。

真不知道你是來喝咖啡還是來拍寫真的。一起去咖啡店，卻看著鄧騰煇忙著架腳架、燒鎂粉，老半天才拍下一張寫真的景子這樣埋怨。

我喜歡從旁觀看事情的全貌，這讓我有自由的感覺。鄧騰煇說。

他經常在入夜之後跟龜井光弘一起去銀晃。他穿著淺褐色三件式西裝，即便無法拍攝還是拿著萊卡，漫步在霓虹閃爍的夜色裡。龜井光弘嫌重沒背相機，但仍把萊卡皮套掛在脖子上炫耀。

路人都對他們行注目禮，若是不說，人們都以為鄧騰煇是哪一家的貴公子，根本不會想到他是從臺灣來的。

•

鄧騰煇幫景子拍了一張理想的寫真。

早在還使用陽春的柯達摺疊像機和 Pupille 時，鄧騰煇就已找景子拍過許多次，改用萊卡後當然也拍了不少。

抓拍帶給他很多自由，拍攝時可以到處移動尋找角度，也能快速變換場景。但抓拍也帶來意料之外的失敗，有時候相紙一放出來，才發現景子整個陷入混雜的背景或過往人群裡，有幾張甚至從景子頭上長出一根草或一整棵樹。

鄧騰煇發現，人眼是多麼不準確的一種器官，永遠只願意去看自己想看的東西。當他從觀景窗裡看著景子時，哪怕背景再雜亂，他都只看到景子的臉，自動排除其他。而相機是冷靜忠實的，有什麼就拍下什麼，不偏愛不盲目不說謊，把現場情景原原本本裁切下來。

這麼說來，過去的畫家們使用的就是肉眼這種充滿成見的器官，創作出所謂的藝術來。鄧騰煇跟景子說，往後藝術家的課題，也許就是要在極度的客觀中去發現美、創造美吧。

真有趣。景子說，莫非在機械化的時代，人類也得把自己變成一種機械才行？

而在許多失敗之中，鄧騰煇驚喜地發現自己拍出一張景子理想的寫真。說是「自己拍的」有點心虛，因為在按下快門的時候他並不覺得當下觀景窗裡的景象有什麼特別，也不知為什麼就拍了。放大出來卻得到極好的結果，不僅超過鄧騰煇的預期，甚至拍出景子本人都不曾察覺的某種特質。

寫真上的景子位在左下方，只占了整個畫面四分之一，稍微仰拍，可以看到背後天空薄薄的灰雲。她背後有一根不明所以的枯枝還是什麼，略略斜指上方。景子看著右方畫面外，帶著介於沉思、空無、愉悅、憂鬱之間的微妙表情。她穿著和服，卻有傳統女性少見的信心與篤定，比許多穿著洋服的女孩更具有摩登氣質。同時又比一般摩佳多了文學性的感傷，因而顯出深邃與溫柔。

就是這個。鄧騰煇心臟狂跳，拿著相紙凝望良久。這是我心目中理想的女性典型啊，我願意和她廝守一生，沒有別求。

原來我有這一面嗎？景子拿到寫真時有些驚奇，但看不出來是否喜歡。是很棒的寫真吧。鄧騰煇試圖在她臉上尋找寫真裡的氣質。是還不錯……景子很快換到下一張去，臉上綻出笑容，啊，這張好，真是明亮的表情。

鄧騰煇心底暗想，不，景子並不是那張理想寫真上的人。莫非那是一種取景角度造成的錯覺？又或者這其實是自己的心像？但機械是忠實的，鏡頭和底片不會說謊才對。在按下快門的那百分之一秒間，曾有某種靈性的光芒一閃而逝，被相機捕捉下來。

後來他和景子第一次發生肉體關係時，臉龐貼著她的臉龐、鼻梁磨著她的鼻梁，恨不得鑽進她的骨肉深處。然而只要鄧騰煇一閉上眼，腦中瞬間就浮現出那張寫真上的景子容貌，即便是強烈的肉體刺激也無法揮去那影像。

他不禁質疑，自己是在和眼前活生生的景子做愛，還是在和心中理想的女性做愛，乃至於，是在和那一張寫真做愛？這念頭乍想太可笑，但又如此真實。

欸，在想什麼？景子嗔道，該不會這種時候也在想寫真的事吧？

好主意。鄧騰煇一翻身，作勢要去拿相機，景子打了他一下，摟著脖子把他拉回去。

許多年後，他不期然在一本戰前日本的舊雜誌上再次看到這張標題為〈Out Door Portrait of My....〉的投稿寫真，不禁悵惘良久。他甚至不記得兩人親密的感覺和景子裸身的模樣，只記得景子打了他一下把他拉回去，還有閉上眼睛就浮現這張寫真的事。

於是他閉上眼睛，徒勞地回想關於景子的一切，卻發現自己連曾經嚮往著某種理想女性的心情都早已煙消雲散。

相簿二

月光下的山城

鄧騰煇在大學二年級學年結束後的春假返回北埔，奉父母之命完婚。

他從新竹驛搭乘汽車往山裡去。七年前他赴日本求學時，還是坐輕便軌道的手押臺車下山。臺車是在木板平臺下裝設鋼輪，四角各插一根木棍，前面兩根讓乘客手扶，後面則由車夫推動。所謂客車也就是在木板上放張藤椅，講究點的再加個轎箱擋風遮蔭。限重五百斤的車輛往往超載到一千斤，遇到陡坡急彎險象環生，翻車傷亡時有所聞。

不過乘坐臺車行走山間，倒是風情絕佳，沿途可以拍攝不少寫真吧。鄧騰煇想。

一憶起北埔，他想到的是兒時的大隘山城。那時環繞市街的莿竹牆還在，從靜謐的山間小徑進入外城門，忽然便置身於一條緊密、曲折而熱鬧非凡的下街，櫛比鱗次的店鋪叫賣著山產雜貨、草藥牲畜。走到街道盡處便是內城門，門內設著一堵照壁，讓人無法窺看究竟。然而繞過照壁之後視線豁然開朗，寬直的上街堂皇延展，青碧的秀巒山如屏風般橫裡鎮臥，山腳下則是神靈所居的慈天宮。四面郊野山區的人們初到北埔，很少不受眼前情景所震動。而鄧騰煇就出生在上街中心的店屋裡。

如今城門早已拆除，彎曲的街道也被拓寬拉直，汽車得以長驅直入。從劉漢仙漢藥店旁駛進下街，一路通過蕭漢苗漢醫診療所、張榜雜貨鋪、陳珍米行、莊可意五金、梁順冰店和臺車驛站，直到上街自家和豐號門前。上下街兩側店屋都是氣派的巴洛克式紅磚立面，大正四年（一九一五）北埔進行市區改正時，他父親鄧瑞坤去了一趟臺北，對大稻埕風情讚不絕口，極力倡議仿效，因而使北埔風貌一新。

鄧騰煇掏出懷錶一看，不由得一愣，上面指著一個荒唐的時間，顯然壞了。他推門下車，很自然地評估起來：光圈六點三，快門百分之一秒……還來不及舉起相機，迎接的家人和鄉親隨即圍了上來，把他簇擁進家門。

鄧瑞坤看見他，第一句話說，先去廟裡和家廟拜拜，向菩薩、眾神明和祖先報告你回來、要結婚了。鄧瑞坤又說，等等，揹著相機去拜拜像什麼話，先拿下來。

鄧騰煇聽見這話便慌了，他不放心讓相機離身，交代小弟騰駿千萬拿好，但立刻想起弟弟一道從日本回來也得拜拜，於是只好請二哥騰釬保管。

由於他一再延遲回臺船班，幾乎誤了迎娶佳期，因此一回到家就立刻緊鑼密鼓地準備起來。客家婚俗慎重繁複，講究依循《禮記》中的納采、問名、納吉、納徵、請期、親迎六禮，又有潑面盆水、牽新娘、送帶路雞、次日回門掛尾蔗、娘家三日上門餪女種種習俗，新人但凡有什麼舉動，無論上車、點燭、拜祖、斟酒到鬧洞房都得講「四句」吉祥話，鄧騰煇也記不得那許多，只任由長輩指點擺布，叫他做什麼就做什麼，昏頭轉向了好一段時日。

中間偷空休息時，鄧騰煇忍不住嘆道，事情這麼多，都沒時間拍寫真。二哥騰釬笑罵說，你新娘公是主角，怎麼能抽身開來拍寫真？騰煇說累人不打緊，但是一直看到精采的景象卻不能拍攝，實在太難熬了。他半認真地對騰駿說，如果小弟能代替我行禮，讓我在一旁拍攝就好了。

我才不要。騰駿用日語說，明明送我們去受新式教育，卻還這麼拘泥老舊習俗。看三哥折騰成這樣，我都不想結婚了。

你們兩個胡說什麼。騰釪板起臉說，大喜日子不要亂講話，兩人這才住嘴。但也不知是否真的因此，騰駿後來多次都拒絕相親對象，直到三十歲才終於成婚。

鄧騰煇迎娶的是新埔潘氏富商的掌上明珠潘清妹，兩家門當戶對，又有許多生意往來，人人都說是天造地設的好姻緣。這門親事其實早已談好一段時間了，只因鄧騰煇在外地求學，才拖延至今。當初父親問他想娶什麼樣的餔娘（妻子），他一時無法回答，只好隨口說希望對方受過良好教育，能談得來。

潘清妹畢業於臺籍女性的最高學府臺北第三高女，不能再好了。三高女的聘金行情是一千五百圓，當然這對鄧家不是問題。他們全家浩浩蕩蕩到潘家去「拜訪」，實為相親，只是彼此都不說破。女方派當事人出來奉茶，如果男方看了覺得不合適，尋個藉口離開即可，對方也不會太失面子。鄧騰煇懵懵懂懂，當場無話，也就算是定了。他在東京時偶爾想到此事，都覺得很不真實，然而兩家很快談好婚約，不斷催促他回來完婚。

洞房花燭夜，行禮如儀合巹已畢，勞頓了一天的鄧騰煇就寢前還是沒忘把萊卡放在枕頭邊，一時沒有合適的坐墊安置，就用塊紅布墊著。

這是我的相機，德國製造的萊卡A。鄧騰煇慎重地向新舖娘介紹，彷彿在這裡她才是外人，自己一時察覺，都覺得有些好笑。

這就是萊卡嗎？比想像的小呢，看起來果然是很精密的機械。潘清妹教養良好地說。你這麼珍惜，一定很貴重吧。

這時床底下的帶路雞咯咯嘓嘓嘟囔了幾下，似乎窩得並不安穩。鄧騰煇想起新人入洞房時，女方家人把一對腳爪上用九尺紅帶相繫的公母雞連著花籃塞進床底，口中叨念著百子千孫長長久久之類一大串吉祥話，彷彿在施某種咒術。他透過篾條縫隙看見公雞瞪著眼睛直轉，像一個老練的寫真師鉅細靡遺地觀察陌生環境。

小時候看別人結婚只覺熱鬧有趣，而今望著新房內的布置，想起幾天前自己還獨自躺在東京住處看寫真雜誌、聽交響樂，不禁有恍如隔世之感。

你說母雞明天早上會下蛋嗎？潘清妹連忙說自己並不迷信，只是怕長輩們在意。擔心的話，我先去灶下拿幾顆蛋來放著不就好了。

這怎麼行？

有什麼關係，不過就是讓老人家覺得吉利嘛。鄧騰煇笑嘻嘻地起身，卻被潘清妹拉住。花燭夜裡，新娘公卻跑到灶下去，讓人看見會笑話一輩子。潘清妹說，母雞下不下蛋都沒關係啦。

鄧騰煇仔細看著自己的新娘，覺得她聰明賢慧，忽然一陣莫名感動，暗暗下決心要好好待她。

•

鄧騰煇不曾想過有一天他能使用瑞昌大叔那架老木箱相機。對他來說，那是個聖物般的存在，孩子們都被幾番告誡不可觸摸甚至不可接近以免碰倒撞壞，而大叔總是用這架相機無數次施展從不叫人失望的神祕法術。

儘管自己已經擁有最先進的萊卡，但當觸摸到那架現在看來極其陽春並且大而無當的骨董相機時，鄧騰煇依然心中一震，彷彿摸到了魔法的本體。令他吃驚的是，那本體比想像中輕，結構簡單，卻更顯得魔法確曾存在。

古老的鏡頭無精打采，鄧騰煇看得出來，相機很久沒有使用了。即便受到慎重保存，不再拍照的相機就像沒人膜拜的神像似的目光黯淡。他用專家的姿態熟練地檢視和清理，知道自己能讓相機重新甦醒過來。

你儘管拿去玩。瑞昌大叔爽快地說，我還有幾盒沒用過的伊爾福乾版玻璃底片，雖然放了很多年，也不知道藥膜變質沒有，不過你就當作好玩拍拍看吧。大叔一邊說著，在他的杯裡添滿茶。

茶？大叔從前只喝咖啡的。咖啡是摩登的飲料，喝咖啡和喝茶的人價值觀不同，大叔經常發表這樣的宣言。確實，鄧騰煇在東京也只喝咖啡，茶總給人一種老派落伍的觀感，讓人想起那些穿洗太久邋遢軟爛的和服或長衫。

很香吧。大叔熟練地注水、淋壺，看著壺身水氣迅速蒸乾，果斷地起壺出湯。漂亮的油頭，時髦圓框眼鏡，白西裝褲白皮鞋，大叔即便沖起茶來還是那麼瀟灑。

瑞昌大叔姓姜，是鄧瑞坤的大弟。當初祖父姜滿堂入贅鄧家，娶祖母鄧登妹，按習俗「繳豬母稅」，長子瑞坤繼承鄧家香火，次子瑞昌以下、瑞金和瑞鵬則都姓姜，所以瑞昌儼然是姜滿堂宗法上的長子。

相較於鄧瑞坤因為幫助父親創業而失學，姜滿堂在人們尚對日本教育感到排斥時就把瑞昌送進北埔公學校，成為該屆唯一的畢業生。接著瑞昌到臺北就讀國語學校師範部，畢業後回北埔母校擔任訓導，繼而出任北埔庄長。

他是北埔第一個受現代教育的子弟，第一個把摩登派頭帶進這大隘山城，尤其是西裝、單車、咖啡和寫真，幾乎就是他的標記。

大叔說兩年前他開始在北埔辦製茶講習會，自己成立茶業組合，大力改進本地茶品質。北埔茶樹好，以往卻把茶菁賣到外地精製，利潤都讓人賺走，實在可惜。姜瑞昌又添了茶，用日語問道，怎麼樣，你是念經濟的，日本語又好，畢業之後要不要來茶業組合幫忙？北埔的未來全靠茶了！

離我畢業還要好幾年呢。

時間一眨眼就過去了。

鄧騰煇拾起茶杯喝了一口，出乎意料地香，還帶著一點蜂蜜的甜味，確實特別。不過如果有咖啡的話就更好了——他話到嘴邊硬生生咬住，趕緊再吞一口茶把話嚥回去，只問，我可以用大叔的暗房嗎？

暗房撤掉啦，現在改成煥蔚的房間。大叔笑說，沒辦法，家裡人越來越多，底片拍好之後你得拿到別處去沖洗了。

暗房的一切都是科學，你看，這是海特路幾努、赤血鹽、海波，也就是大蘇打……鄧騰煇還清楚地記得大叔在暗房說的所有事情，記得那高大的身影和必須踮起腳尖才看得到的工作檯面。人們都說鄧騰煇溫和的個性很像父親，但他骨子裡嚮往的是姜瑞昌的倜儻。

來！大叔又添了茶。喝茶就有這點麻煩，執壺的人沖個不停，喝的人應接不暇，再怎麼認真喝，茶水還是無窮無盡滾滾而來，要是早早停下卻又似乎有些失禮，期間節奏的拿捏也是一種學問。鄧騰煇想。

這次來找大叔借相機乃是臨時起意。鄧騰煇原本以為，辦完婚禮之後就可以立刻回日本，沒想到卻被要求等生下第一個孩子再走。鄧騰煇對著鏡子啞然自問，我看起來一副會拋棄妻子逃走的樣子嗎？他向父親爭取了幾次，然而一向好說話的父親卻異常堅持。

婚後生活很快恢復平靜，好像不斷全力演奏著的嗩吶鑼鼓陣說停就停，聲音戛然而止，殘響迅速被吸入山林之間。鄧騰煇唯一的責任是趕快讓新娘懷孕，除此之外每天無所事事，閒得發慌。

北埔市街不大，無論直走橫走十分鐘都能穿越，就算想晃蕩也沒太多地方可去。他專程回來結婚，沒帶什麼書籍、雜誌，最痛恨的是連底片都只帶了幾卷，想多拍照都不行。這天心念一動，想起大叔的那架老相機，遂興沖沖地來了。

暗房雖然沒了，但是所有東西我都好好保存著。大叔終於放下茶壺，起身吆喝鄧騰煇一起到房裡合力搬出一個大木箱，一打開來，裡面全都是仔細收納的玻璃底片和相紙。

這張北埔的大景，是從秀巒山拍的吧？慈天宮前的廟會真是人山人海，大家都還留著辮子呢。在日本得過獎的作品就是這張吧？鄧騰煇看到寫真便眼神發亮。

大叔微笑不答，遞過另一張相紙說，平常沒人的時候是這樣。那時廟坪還沒鋪石板，凹凹凸凸的很不平整。

那就是在我出生之前了，阿姆每次都說，我是在廟坪鋪上石板隔年生的。鄧騰煇興味盎然地看過一張又一張寫真，上街的巴洛克立面，大隘三鄉開闢百年祭，北埔信用組合成立，還有家族合影。這些寫真他都看過許多次了，依然無比新鮮。

鄧騰煇拿起一塊玻璃底片，好奇問道，我記得大叔以前說這張新竹驛是皇太子來臺行啟的時候拍的，上面怎麼沒有皇太子？

那塊底片一拍好就被收走啦。大叔接過玻璃片對著日光端詳，說太子行程視同軍事行動，按表操作分秒不差，警蹕又很森嚴，所以在每個地點都預先派寫真師等候拍攝。他提前一天住進新竹市內，當天一大早就去架好相機，枯等好幾個小時，只為太子出站時遠遠拍一張寫真，立刻繳出底片，事後拿到寫真帖才看到拍攝成果。

大叔是因為得過獎才被徵召嗎？

不，因為我從國語學校畢業，又是北埔庄長，日本人覺得可以信任才找我。大叔說這張是等候時無聊試拍，偷偷藏起來的，也一直沒有放成相紙。就算上面連個太子的影子也沒有，萬一被發現還是很麻煩，說不定連庄長的職務都要辭掉。

眼看大叔放下底片，掏空茶壺裡的茶渣又要另起一壺，鄧騰煇趕緊從背包拿出萊卡遞了過去，說大叔再拍寫真嘛，現在相機很方便呢。

這就是你一直寫信來煩大哥買的那架萊卡？大叔熟練地用左手托住機身，右手食指虛按在快門鈕上，對著觀景窗四處觀望起來，姿態熟練帥氣。

大叔用過萊卡？

去臺北出差的時候，有同好借我拍過幾張。大叔毫不留戀地把萊卡交還給鄧騰煇，笑說自己還是喜歡那架老骨董，雖然準備起來麻煩，曝光時間長，但也才能拍下人與物的神魂。

不過無論如何，我都沒有時間再拍寫真囉，庄長和茶葉組合的事情實在太多了。大叔抓了一把茶葉，俐落地丟進壺裡，不由分說沖下熱水。

•

潘清妹懷孕了，鄧騰煇卸下重擔，更加悠哉地整天到處閒晃。

他用在東京訓練出來的機械之眼觀看這個自幼成長的故鄉，覺得一切都變得充滿新鮮感。上街寬度十一公尺，自家店屋面寬四公尺，距離慈天宮大約六十公尺——這是靠步行測出來的，萊卡的測距器最多只評估到十五公尺，超過這個距離都屬於無限遠的焦段。整個市鎮遠比記憶中狹窄，許多東西都顯得很不精準，比如木桶、籮筐、扁擔，沒有標準尺寸也沒有固定形狀。在這裡，連時間都不按刻度走，因此懷錶故障幾乎沒有造成困擾。

他隨時湊在觀景窗上，在心裡把從小看慣的各種景象裁切下來。拜觀音、迎媽祖、做中元，搭臺演戲、抬轎遶境、放水燈殺豬公備辦鑼鼓陣頭流水宴席……信仰活動之多超過他的印象。不只是逢年過節，初一十五，甚至每天都要抾（挑）飯祭拜義民爺。以往不覺得有什麼，在東京住了幾年回來，才發現祭祀的頻繁。

在北埔待了大半年之後，有一天他忽然察覺，自己不知不覺丟失了機械的靈敏度，對參數的計算變得有些隨便，時間也彷彿停止了，今天之後是明天，明天過完是後天，每天都像是無盡的循環，並沒有前進或者後退，差別只是祭拜對象的不同。

如果說寫真是對時間與空間的裁切，那麼從北埔切下來的每一片，都像剛蒸好的發糕一樣，怎麼切都還是蓬鬆晃動、邊緣粗糙，絕不像東京的那樣清楚犀利。

這天鄧騰煇晃到慈天宮後面的三角空地，遇到喝得醉醺醺的阿喜兄。他是山城裡一等一的泥水師傅，北埔市區改正時，鄧家的和豐號店屋就是請他重建。然而他每天光是喝酒，毫無進度，最後連溫和的鄧瑞坤也忍不住嚴詞催促。阿喜兄打點起精神，火速將房子蓋好，巴洛克風格的立面比誰家都氣派。甚至於到了二十年後關刀山大地震，震壞了上街幾間店屋，和豐號卻絲毫無損。

和豐號落成時，鄧瑞坤送了一大瓶日本清酒給阿喜兄。當天晚上他得意地拉了把椅子坐在和豐號門口自斟自飲，向過往行人炫耀。可惜北埔沒有太多這樣精采的房子讓他興建，他那神氣的身影就只留在自己每個酩酊的時刻裡，以至於不願意清醒過來。

鄧騰煇其實比阿喜兄小了二十歲，但一向跟著大家這樣叫他。於是招呼道，阿喜兄，沒事在這裡飲酒？

我在看風水。阿喜兄大著舌頭說，我家要起新房子，得先看好風水。唉，只是材料還差兩百圓，不知上哪裡去找哦？

你也會看風水？

做泥水的哪個不會看一點？看粗看細而已。像你們老姜新姜這等大家族，終年請明師落楊長駐，管吃管住還管玩，無論起大屋還是哪裡小修小補，隨時請教。我們普通人家，自己隨便看看就好啦。

阿喜兄大手一揮說，整個北埔都是照風水起的。從慈天宮開始，老姜家天水堂，姜氏家廟、曾秀才家、彭秀才家，哪一個不是中軸對準後面這座樂山？他指天畫地，胸中包羅宇宙，細數山川氣韻。遠處鵝公髻山就是整個大隘的太祖山，龍脈延伸到五指山是為少祖山，來脈到秀巒山，乃是北埔的父母山。兩翼有山崗拱衛為砂，是青龍白虎，前有北埔溪和水磜子合流，內外明堂俱全。而慈天宮就在山脈來龍胎息之穴，靈氣最旺之地，護佑全境。

鄧騰煇笑說，你這麼懂，家裡風水一定很好的。

不能跟你們比啦，能保一家平安，有口飯吃就是萬幸囉。阿喜兄哈哈大笑。

阿石伯好嗎？

老貨仔頭腦不行了，整天胡言亂語。我帶你去看他。阿喜兄領著鄧騰煇到一間土墼厝裡，阿石伯正彎著身體坐在藤椅上發呆。阿喜兄大聲喊道，阿爸，騰煇舍來看你囉。

誰？

瑞坤舍的公子。

喔，瑞坤舍啊。阿石伯抬頭看了一眼，咧嘴笑說，坐，坐。

阿石伯，我是騰煇，食飽沒？

瑞坤啊，我跟你講，你阿爸的丈人老，是個長毛賊哩。阿石伯神祕兮兮地說，顯然把鄧騰煇誤認為鄧瑞坤了。

阿喜兄正要去灶下端茶，回頭斥罵道，不要亂講話。

我哪裡亂講話，大家都知道，鄧吉星是太平天國打敗了，怕被清朝抓去砍頭，才逃到臺灣這個深山裡來的。

鄧騰煇興味盎然，這件事他隱約聽人說過，但家裡從不談論，於是好奇地請阿石伯再多說說。

阿石伯眼裡燃起光芒，身子也挺直起來。我年輕時跟紹基舍去雞籠打西仔，也跟紹祖舍在竹塹打過日本仔哩。那些西仔兵真是奇怪，趴在地上放銃，好像小孩子在玩耍……我跟你講，以前這裡啊，經常有生番出草。我的阿公就是在茶園裡被生番把頭砍去哩，無頭屍不得進家門，只好草草埋在伯公下（土地廟旁）。為什麼大隘的伯公廟這麼多？無頭鬼太多啦！

阿石伯壓低聲音，神祕兮兮，你年輕人不曉得厲害，天黑了就快轉回家，晚上不要一個人在外面走動，孤魂野鬼很多。也不要一個人去山上茶園……

你講的那是一百年前的事啦。阿喜兄領著小女兒端茶出來，一邊說他就是這樣，講話顛三倒四，把所有事情都混在一起。

你年輕人不曉得厲害！夜路行多堵著鬼……

你多食茶少講話！北埔十幾年前就裝電燈啦，現在晚上就算有鬼也不敢出來！

瑞坤舍我跟你講……阿石伯正要開口又被阿喜兄打斷。他是騰煇舍，在日本讀書，放假回來北埔，特地來看你。

日本啊？日本仔太厲害，西仔打得贏，日本仔打不贏。阿石伯連連搖頭，紹祖舍是吞鴉片死的，有人說他被日本仔抓住處死，不對，他是吞鴉片死的。還是蔡清琳厲害，帶隘勇和番人衝進分室，磅磅，把日本仔全殺光，連女人跟小孩都不放過……

你講到北埔事件去啦，一次到底要講幾件事。阿喜兄越來越不耐煩。

鄧騰煇心念一動問，聽說我阿公姜滿堂年輕的時候睡過豬砧，是真的嗎？

當然是真的。姜滿堂這個人厲害，厲害，要不是他，日本仔一來，不只老姜新姜，整個北埔都被殺光光囉。只是你這個弟弟啊，我跟你講，姜瑞昌做庄長什麼都好，就是跟著日本人勸大家不要殺豬公，這一條不行。做中元何等大事，不准殺豬仔，孤魂野鬼都生氣囉，變成幾萬隻蜻蜓飛來，密密麻麻遮得天空都不見，大家嚇得趕快殺豬仔祭拜才沒事。

好啦好啦，閒話一大堆。

幾萬隻蜻蜓，大家都看見啦。瑞坤舍勸勸你老弟啊。

唷！阿喜兄揮揮手，對鄧騰煇說別聽他講了，我們去外面吧。

那就不打擾阿石伯休息了。鄧騰煇正要起身，看到阿石伯老衰的面容上卻閃著異樣神采，不假思索拿起相機說，我幫阿石伯拍張寫真。

做毋得做毋得，寫真會把人的魂魄攝去，會變瘦哩。

那是日本相機，品質比較差才會這樣。鄧騰煇笑說，我這架是德國製造的，不會攝魂，阿石伯放心。

德國，一個阿石伯陌生的地方，或者說一句不曾聽聞過的咒語，不是日本不是西仔也不是滿清或民國，超過他世界觀的存在。他被這個名字震懾住，又不願顯露無知，只好說，喔，德國啊，你拍你拍。

於是鄧騰煇幫阿石伯拍下人生中第一張也是最後一張寫真。巧合的是，阿石伯在三個月後就過世了。

•

當天傍晚下了一場陣雨，地面熱氣蒸騰起來，感覺更加悶熱。鄧騰煇吃過晚飯後小睡了一會兒，滿身大汗醒來，想去柑園找父親說話乘涼。柑園在市街邊上，以前的南門外山腳下，鄧家在這裡蓋了間別墅。鄧瑞坤白天在上街和豐號店內，晚上喜歡到柑園來，坐在別墅二樓露臺上喝啤酒。
鄧騰煇伸手一摸懷錶，還沒拿起來就想起錶壞了，歪著頭猜想應該還沒太晚，於是穿好衣服出門。
家門旁路口就有一支三層樓高的電線杆，上面附掛著一顆燈泡，把廟坪石板打上一圈黃黃的影子。沿著廟前街往南門走，經過公有市場時看見空地上積了一圈雨水，想起這裡曾是一座陂塘，市區改正的時候被填平。陂塘是老姜家的，而小叔瑞鵬一出生就過繼到老姜家，所以每次他和二哥騰釬想抓魚，總是得先去天水堂找這個只比自己大三歲的小叔……
正想得出神，路燈忽然熄滅，不只是最近的這一盞，而是整個北埔都停電了。四周霎時一暗，才發現一輪滿月浮現天上，皎潔得不可思議。看慣了銀座夜裡的霓虹燈，都忘了原來月亮這麼美。凝視良久，覺得那光亮像是從一層清透的薄殼裡發出來的，儘管他知道月球自體並不發光，但眼前所見，卻幾乎要動搖他對科學的信仰。
低下頭時，眼前的景象更令他觸動。所有東西都翳著一層淡淡的銀光，沒有顏色，只有層次分明的黑白階調，一切靜止如同永恆，簡直就像是──一張黑白寫真！是一張能夠在其中行走的，活著的寫真、醒著的夢境。
鄧騰煇頓時醒悟，反過來說，所謂的寫真就是標本一般被壓扁死去的記憶和夢，而寫真家則是這一切的採集者。所以想要拍出好的寫真，就必須先捕捉到人們活生生的夢。

他又驚又喜地往前踏出幾步，想要觸摸眼前事物，又怕稍微一碰就會擾醒什麼。這時烏雲像一雙手遮住月亮的眼睛，大地徹底黑暗，卻有一團顏色颼地竄出，黝暗又鮮明，青森森不住跳動。

是鬼火。科學知識告訴他這是燐的自燃現象，但當那團冷焰直直朝他襲來時，仍不禁寒毛直豎，本能閃躲。鬼火通靈般先一步往他移動的方向飛去，鄧騰煇拔步逃跑，鬼火追得更快。一時間，四面八方都是鬼火跳上跳下，甚至聚集成堆，到處亂竄。

腦中忽然響起阿石伯的話，在這大隘山間，到處都是鬼，有頭鬼和無頭鬼。隘勇、農民、漢人、泰雅、日本仔，男人、女人、老人，還有很多小孩。

雖然燐火可以用科學解釋，與鬼魂無關，但這裡確實埋葬著滿山遍野的犧牲者，滋養出這一朵朵燐火。鄧騰煇停下腳步，平靜地看著火光，忽然希望能夠把眼前景象拍攝下來，可惜有些事物永遠無法成為寫真。

不遠處升起一道紅色的火光，溫暖地引領他前進。這是伯公火，傳說係福德正神現身，解救遇煞迷途的人。

鄧騰煇跟著伯公火慢慢走著，見路邊隱約有個小祠，正想探頭看個清楚，四周忽然恢復明亮，頭頂上一盞路燈傲然放射出電氣光芒。而這光芒瞬間點亮了他遺忘在黑暗角落多年的記憶，猛地想起，自己小時候曾經跟大人去收租，誤闖一戶農家，和一個年紀相仿的陌生男孩玩了起來。那男孩引他進自家灶下，學大人模樣倒了一碗開水來，說，食茶。鄧騰煇大口喝完，也學大人世故而不關痛癢地寒暄。天黑了，貪著在果園摘橘子的兩人被遍地鬼火嚇得不敢動彈，直到大人們前來尋找的火把紅光出現才得救。

那男孩就是阿喜兄的長子。阿石伯一家曾經是鄧家的佃農，在山上種茶和橘子，後來阿喜兄學泥水出師，一家景況才好轉起來。但鄧騰煇連那個男孩的名字都不知道，後來竟也沒再見過對方，他到底去了哪裡，甚至是否尚在人間，完全不曾留意過。

回過神來，鄧騰煇站在柑園大門前，也就是以前南門所在的地方。園裡已經熄燈，想來父親正在安歇，而晚風吹來竟有些涼意。鄧騰煇抬頭看了看被路燈搶去丰采的月亮，循著原路返家。

•

每天早晚，鄧騰煇都要向阿婆請安。

這段時間，他用老木箱相機拍了一些照片。木箱相機笨重、參數調整不俐落，曝光也慢，無法進行抓拍，只能讓他重溫最初追求畫意寫真的時光。扛著木箱相機，就像寫生的畫家般，找好一處風景，坐下來慢慢思考要怎麼構圖，拍出一張如畫般的作品。

中元節時，上下街照例熱鬧非凡。他無法捕捉喧鬧而快速的儀仗陣式，索性好整以暇把相機架在騎樓下，拍攝婦女在逆光中窺看熱鬧的背影，也有一番趣味。

他逐漸熟悉木箱相機的操作，於是某日向阿婆請安時，不假思索說想幫她拍張寫真，阿婆也爽快地答應。然而鄧騰煇沒有想到，這將是他至今拍攝過最困難的一張肖像。

從小到大，他不知聽過多少關於阿公姜滿堂和阿婆鄧登妹的傳說，更無法分辨真假。有人說，姜滿堂少時貧賤，從異母哥哥枕頭箱裡不告而借了一筆銀錢外出創業，在河邊被家丁追上，從容說再靠近我就跳河，你們人跟錢都拿不回去，膽識令來人大感佩服；有人說，姜滿堂十八歲孑然一身到北埔投靠遠親不成，在市場殺豬為生，晚上就睡在豬砧下；有人說，姜滿堂受鄧吉星賞識，教他識字招他入贅，並資助他創立榮和號雜貨鋪，每天凌晨領著一群壯漢挑著山產，摸黑走過崎嶇小徑到竹塹城交易布疋、鐵器和日用品，帶著不懼強梁橫劫的勇氣來回奔波，因而致富。

人們也說，乙未戰爭時老姜家的姜紹祖領兵抗日身死，家族一時陷於被日軍清算的恐懼。還有北埔事件時全庄日人慘遭殺戮，官方揚言報復，整個山城風聲鶴唳。這兩次都是姜滿堂出面斡旋，方才無事。

鄧騰煇只記得阿公留著兩撇刺刺的花白鬍子，看起來很凶的樣子，小輩都不太敢跟他說話。印象最深的一件事情是，有一次他和阿公一起洗澡，看到阿公垂著好大一條膦棍（生殖器）。當時他還不識男女之事，但已曉得那是個尷尬物件，默默洗完出來，隨即去跟二哥宣告這個天大的祕密。

想到這裡他不禁莞爾，興許小孩子看大人什麼都大，實際上未必有多驚人。不過阿公赤手空拳開創新姜家族，絕對有過人之能。

關於阿婆，有人說她待人親切手腕高明，總是對遠從深山來採購的人說吃過飯再回去，於是大家都成老主顧。泰雅人來買魚，她就在魚肚子裡塞滿鹽巴奉送，口耳相傳之下所有深山出產的珍奇貨物都送到她這裡來貿易。也有人說，她最厲害的是用小指甲挑鴉片煙膏，要多少挑多少，放在秤上絲毫不爽。

也有人說，把瑞鵬小叔過繼給老姜家是她的主意。老姜家在紹祖殉國之後男丁單薄，又盡皆年幼，瑞鵬的過繼成為兩家扶持共榮的保證，也是新姜地位超越老姜的象徵。從此北埔流傳一句話，薑是老的辣，北埔的新姜比老姜辣。

鄧騰煇記得的卻是，小時候莫名喜歡躲在榮和號祖堂的神桌下面，隔著錦繡桌裙感受外面動靜。有時很久無人經過，他也能在裡面自得其樂。若是有人來，他便試著從聲影猜測對方是誰，腦中想像著對方正在做什麼動作。

奇妙的是，阿婆彷彿每次都知道他躲在裡面。儘管阿婆從來不出聲也沒有揭開桌裙擰他出來，仍舊操持祭品供物如常，騰煇就是知道阿婆已經發現了他。

阿婆總是默默掌理著一切，鄧騰煇覺得這才是她最厲害的本事。她坐鎮在店裡，若是夥計或客人生出丁點偷懶、舞弊或盜竊的心，她根本用不著開口就能掐熄那念頭；逢年過節，她總是帶上幾個晚輩去日本警察家裡拜訪，一眼看出對方缺什麼想要什麼，回頭立刻送來；她一步也不曾踏出北埔市街，卻對整個大隘任何風吹草動了然於胸。

就像此刻，鄧騰煇鑽進木箱相機後面的黑布裡，在觀景窗上一看，驚覺阿婆的目光正穿過鏡頭盯著自己。他理智上知道這是不可能的——木箱相機的觀景窗是一塊半透明磨砂玻璃，鏡頭攝入的光線投影在上面，提供對焦和構圖之用，外面的人絕對不可能窺見其中動靜。但他眼神和磨砂玻璃上的阿婆投影一對上，卻萬分真切地覺得阿婆看透到他心裡去了。

有阿石伯那樣窮擔心被攝魂的老人，也有阿婆這樣看透一切，非但不怕你拍，還反過來奪走寫真師氣魄的老人。

多年後鄧騰煇聽好友張才講起拍人像的法則，即便是街頭偶然撞見的陌生人，無論對方如何氣勢洶洶，他總是無畏而率直地按下快門。鄧騰煇將會想起這次的拍攝，那幾乎是他唯一一次與被攝者的對決，而且大敗虧輸，沒能拍出成功的影像。

也是要到很久以後，某一天他在暗房馬拉松式地工作，沒來由地想起神桌下的躲藏遊戲，才恍然明白自己對暗箱的執迷早在兒時就已開始。

相簿三

女子容顏

究竟是從什麼時候開始發現自己特別善於拍攝女子的？鄧騰煇想。

鄧騰煇對這個世界充滿興趣，什麼都拍。他拍兒童，拍建築工地，拍都市人的休閒，祭典，鄉村生活，工會抗議遊行。他拍築地劇場演出，神戶碼頭送別。他有時也拍男人，但掌握的多半是情境式的存在，男人在街頭演奏手風琴，男人剷著礫石，男人西裝筆挺地用餐，拿起相機的時候就是差了那麼一點靈犀相通，不像拍女性那樣自然地掌握住對方的氣質、個性，或者瞬間的嗔笑悲喜。

當初一拿到萊卡，鄧騰煇為了測試相機，跟龜井光弘去了一趟伊豆大島。他們從東京乘坐六個小時的定期輪船到大島，途中拍了許多船景，陽光下煙囪的質感，欄杆和鐵鍊的金屬反光。龜井光弘得意洋洋地宣稱，根據實驗，Elmar 鏡頭在大光圈下仍可攝得一百公尺外直徑五公釐的電線，成像清晰。

他們登上雄壯的三原火山，拍下偉大山容，也拍攝火山口邊的熔岩。底片沖洗出來後品質極其良好，原本對萊卡僅有的丁點疑惑一掃而空。

然而此行意料之外的最大收穫，是他在大島碼頭隨手拍的幾張「あんこ（Anko）」——當地方言所稱未婚婦女。頭纏髮髻，包布巾，提著便當準備搭船上工曬海菜、搬稻捆、拾扇貝，極其尋常的一景。那時他並未多想，拿起相機順手按了快門，事後沖放出來才發現頗有意思。四個あんこ兩兩交錯向左右張望，一瞬之間各有心思，讓觀看者自然地融入其中情境，體會某種生活況味。幾年後他把這張照片投稿到《月刊萊卡》，還獲得入選發表。

這讓他在無意間體驗到萊卡強大的抓拍威力。不過相較於抓拍（Snap Shot），鄧騰煇終其一生都比較喜歡用速寫（Sketch）來形容這樣的拍攝方式。

Snap，突如其來的猛咬、攫奪，毫不容情撕碎獵物生命，伴隨大聲的，嘖嘖咋咋狼吞虎嚥。就像某些大剌剌拿著相機朝人猛拍，毫不顧忌對方感受的影像掠取者在幹的事。這不是他的風格。他是以機械為畫筆，將一路邂逅的美好人事物溫和地描寫下來。

就像另一幅入選《月刊萊卡》的作品〈貧窮畫家〉，那在街頭寫生的青年，背心綻開一道可以讓頑童把頭鑽進去惡作劇的大裂縫，褲子理所當然到處磨破，連襪子都沒得穿，頭上依然紳士帽端正，毫不妥協地一筆筆塗上油彩。鄧騰煇將鏡頭朝向他時，懷抱的並非肉食動物見獵心喜，而是同類不期而遇的莫逆於心。

或許就是抱著隨順寫意而非撲逐猛咬的念頭，他很快發現自己總是能拍下女性自然生動的神態，那甚至不必拍到容貌，光是一個側影、背影，乃至於某種身姿的暗示，便已充滿風情。

兩兩挽著手笑得無憂無慮的摩佳。

在小報亭牆上指點明信片風景的仕女。

一把從暗處走到陽光下悠然開啟的紙傘。

不忍池邊並坐的和服仕女背影，整排敞露的白皙脖頸裡忽然一個回眸。

等著登車挪步的一襲高雅披肩。

夕暮海邊逆光水際的清透紗裙。

躲閃鏡頭的急急掩面。

他喜歡美人，當然，但並不光是追逐拍攝美人。他總能在無數看似平凡的女子身上，一眼瞧見屬於她們的獨特氣質。

•

阿煇說要回臺灣結婚，怎麼一去那麼久？龜井光弘故作大驚小怪說，你不知道自己錯過多少好東西！

龜井光弘打開大玻璃櫥櫃，簡直刀劍庫似的擺滿各種經典型號的寫真機材。蛇腹摺疊式相機，乾版與軟片兼用機，具有二千分之一秒快門的瞬間攝影相機，雙鏡頭反光鏡取景相機，雙鏡頭立體相機，口袋型小相機，十六釐米和九釐米半映畫攝影機，還有擺在正中間的幾款萊卡、康泰克斯。更別提無數長短鏡頭、各色濾鏡、測距器、曝光推算表、計時器、閃光器、背包和腳架。

鄧騰煇想，雖然相機是無意志無感情的冰冷機械，但就像日本人說石頭坐三年也會暖，常被握在手上的相機總是神采煥發、目光炯炯，而欠缺關愛的就只是一堆金屬和玻璃，其間差異一目了然。而這個櫃子裡竟有一大半相機是醒著的，真不知道龜井這傢伙哪來這麼多時間一一拿出去拍攝。

你可以開一家寫真機材店，就叫龜井相機（かめいカメラ，Kamei-Kamera），念起來挺順口的。鄧騰煇促狹道。

好的，這位客人請看。龜井光弘從櫃子裡取出一架簇新閃亮的小相機。這是最先進的萊卡D[4]，新增連動測距器，不管換上什麼鏡頭都能同步對焦，真是精密又美妙。他講起器材來又快又急，帶著新劇演員的誇張戲劇性。

鄧騰煇心想，龜井真是狂熱的寫真機材迷呢。自從鄧騰煇到日本以來，幾乎所有和寫真相關的事情都是龜井光弘告訴他的，借過他很多機材，也是他在各方面最好的朋友。但不知為什麼，鄧騰煇在他面前就是不想落於下風。也是中學生裝模作樣較勁慣了，雖然兩人成年後都已穩重不少，但一遇到彼此就立刻變回從前的樣子。

龜井光弘熟練地把機身上的鏡頭旋下，換上一顆較長的鏡頭。尤其是搭配這顆赫克托爾七十三釐米鏡頭，光圈一點九。一點九！能夠想像嗎？你看我用這套組合拍的銀座夜景。

解像力好像有點不足呢。鄧騰煇故意先挑毛病，其實內心震動。龜井光弘偏愛追求機材

4 萊卡D：原廠型號是Leica II (D)，在日本逕稱為ライカD型。

的性能表現，每每拿到新相機或鏡頭就拍一大堆器物質感或線條形狀之類的，不太合鄧騰煇的胃口。但他確實發揮出這架萊卡的鋒銳之處，不僅對閃亮的霓虹燈正確曝光，也適當呈現暗部。鄧騰煇仔細看過畫面每個角落，讚歎說真是不得了。

萊茲公司把這個叫做 Leicagraphie——萊卡寫真術！龜井光弘癡迷地把玩相機，像是不太認真精進劍術卻對刀身上漂亮刃文酔心不已的武士。他說這顆鏡頭是在淺沼商會用五百二十圓買的，加上 D 型機身和標準鏡總共一千圓。

鄧騰煇不由得想起，婚後家裡買了一個使女跟他們一起到東京來，只花了兩百圓。這位使女阿琳姊就是阿喜兄九歲的女兒，他只因為家裡起新屋材料費不夠就把女兒賣掉。

可惜你那架萊卡 A 不能交換鏡頭，拍攝時機動性差很多呢。龜井光弘有點故意地說。

一千圓啊。鄧騰煇臉上不動聲色，暗暗盤算起能不能買一架 D 型，或者買一架標準型機身再搭配大光圈鏡頭。結婚之後父親給他較大的財務支配權照養一家，東挪西湊應該有機會。他想起才不過兩年之前，軟磨硬求好不容易討來兩百圓買下萊卡 A，當時只覺夫復何求，唉，人心不足啊。

啊，對了，聽說你生了長子，真是可喜可賀。龜井光弘忽然想起來，行禮如儀問候。老家一切都還好吧。

託你的福。鄧騰煇倏然伸了個懶腰。老實說，從神戶一下船的瞬間，我竟感到重獲自由的雀躍。我雖然喜愛故鄉，但住在老家這一年多，讓我更加確定自己屬於都會。往後我只能呼吸摩登的空氣了。而且我這次回去幾乎沒帶底片，現在什麼都不想做，只想拍寫真啊。

他在北埔拍攝的最後一格底片，是兒子永光出生後隔天，由母親和大嫂等一眾女眷幫他洗身的場景。一等到永光可以旅行，他便立刻帶著全家返回東京。

喏。龜井光丟來兩卷底片。這是最新發表的產品，感光度提升到ＡＳＡ二十五，拍夜景就靠大光圈搭配這個，拿去試試看吧。還有，我想推薦你代表法政大學寫真部，加入全關東寫真聯盟。

底片就拜領了，多謝。代表法大寫真部？為什麼？

因為你邀請來的模特兒總是特別漂亮啊，風流少爺。龜井光弘得意地大笑。

•

請看這邊。頭抬高一點，不不不太多了稍微再低一點，對！旁邊的小子你擠什麼擠，碰倒了我的相機可賠不起！

女性模特兒外拍活動上，幾個穿西裝的同好拿著高級相機理直氣壯占據正面，好整以暇地對焦調參數。穿學生服的多半拿著入門款相機，甚至陽春的老式箱型相機，謹小慎微地在周圍伺機而動。鄧騰煇並不跟大家爭搶位置，而是繞到後方，饒富趣味地看著這一切。

模特兒坐的摺疊椅下綠草柔嫩，人群後方水池波光閃動，空氣十分清爽。鄧騰煇舉起新買的萊卡標準型相機拍了幾張，深吸一口氣，覺得愜意已極。二十三歲成家生子，還能繼續過著被社會默許的放浪大學生活，每天悠哉閒晃拍寫真，偶爾聽聽課，這是何等奢侈啊。人生就是應該這樣愉快才對，真希望日子能一直這樣過下去。

阿煇又逃走了。龜井光弘踅過來嘲弄地說。

我不喜歡跟人家擠，何況模特兒表情早就僵硬了。你不覺得大家搶成一團的眾生相反而更有趣嗎？

一堆臭男人的臉，有什麼好拍的。好不容易請來這麼漂亮的摩佳，更應該把握機會多拍啊。話說回來，阿煇拍的女子肖像一向很受好評，到底是怎麼做到的？莫非這也是一種藝術天分？

藝術天分嗎？鄧騰煇轉動過片旋鈕，指尖傳來膠卷繞著片軸絞扭的滯澀感。說到這個，我前幾天和騰駿爭論，他堅持寫真不能算是藝術。

小駿啊，好久沒看到了。聽說他今年也進法大，哪個系？

法律。鄧騰煇想起最近幫弟弟拍的一張寫真，他比自己小五歲，公學校一畢業就到東京來念中學，不像自己耽擱了四年才來，所以更有日本氣質。平常看習慣了不覺得怎樣，寫真放出來卻活像是個放浪形骸的頹廢文人。

鄧騰煇說，那傢伙最近正熱心學西洋油畫，晚上還去東京美術學校上課呢。他說繪畫是一筆一筆反覆構成的，每一筆都是作畫者深思熟慮的結果。相較之下寫真在按下快門的瞬間就完成，畫面上很多內容根本不是拍攝者能夠決定的。

這個問題吵了一百年啦，你還想不開嗎？龜井光弘忽然激昂地發表一段宣言——和藝術寫真斷絕關係吧，拋棄所有既定的藝術觀念吧。打破偶像，然後清楚地認識寫真獨特的機械性吧！建立作為新藝術的寫真美學吧！

鄧騰煇看了他一眼，笑問是誰說的？

這是伊奈信男發表在《光畫》雜誌第一期上面的文章，你沒看過嗎？龜井光弘自問自答，啊對了你回臺灣去了，確實錯過太多東西啦。

說得真好。

下面這段更好——猿猴模仿人類也不可能成為人類，卻因為模仿而讓自己顯出猴性。攝影不會因為仿效藝術而顯出藝術性。

所以我們是猿猴嗎？

龜井光弘聞言大笑，模仿猿猴的動作拿起相機東張西望。

多數相機安裝的底片數量都有限，同好們很快彈藥用盡，陸續到附近樹蔭下費事更換，或者直接結束拍攝。鄧騰煇和龜井光弘這時才好整以暇地上前取景，又請三位模特兒不斷變換場景，迅速抓拍，充分發揮萊卡的優勢。

活動結束後龜井光弘說，這次請來的三位摩佳都算得上是美人，不過阿煇似乎對戴眼鏡的那位特別有意思。

不，並非如此。

你一直對著她拍，可瞞不過我。

對啊，為什麼一直拍她呢，我也覺得納悶。

龜井光弘噴笑道，豈有此理，不然你倒是說說看，今天這三個摩佳如何。

三個都長得不錯，不過黑色洋裝小姐缺乏作為美人的自信，害羞了點，也就稍失光彩。圓臉小姐自然大方，拍起來最好看。至於眼鏡小姐，可能就是對自己身為美人的意識過盛，不免有點做作。

那就怪了，好看的拍得少，做作的反而一直拍？

好看的，拍個幾張就知道已經拍到好作品，甚至有一瞬間覺得和對方心意相通，這就夠了；眼鏡小姐的奇怪之處在於，她明明很漂亮，但我怎麼拍都不覺得「拍到了」。

關於這件事，等鄧騰煇進暗房把寫真沖放出來時會有更深刻的體會，他將訝異地發現沒有一張眼鏡小姐的寫真是好看的。而他會恍然醒悟，原來自己不斷拍眼鏡小姐，是因為他看不懂對方是個什麼樣的人，也就無法拍到理想的鏡頭，結果更想一再用快門來確認。

之所以看不懂，有時候是因為與對方氣質差異太大，缺乏共鳴。但有的時候是對方把自己藏得太深，面具掛得太牢，阻擋了光的進路。

因此拍攝寫真，終究還是人跟人的心意交流。無法理解對方就無法拍得好。而心中處處設防的人，無法被拍得好。寫真其實是一門由鏡頭前後兩方共同完成的作品。鄧騰煇這樣想。

•

鄧騰煇再次想到，龜井光弘向他借了一格景子的底片沒有歸還。

就是那張理想的女性肖像，龜井光弘看了直呼好美，說要借去放大。畢竟景子是他班上同學，最初也是他帶來當模特兒的，鄧騰煇沒有理由拒絕。然而龜井光弘遲遲不曾歸還，一開始問他時總是爽快地說馬上拿來，後來卻推說家裡東西太多，一時找不到。

會再次想起這格底片，是因為鄧騰煇搬了家，布置了一間暗房，可以盡情放相，頓時憶起理想的景子來。

鄧騰煇攜家帶眷重返日本，搬離法政大學所在的麴町區，到半小時電車路程的代代木上原，租了一所附有庭院的獨棟房子。安頓好之後第一件事就是設置暗房，大量沖放起寫真來。

擁有一間自己的暗房是很重要的。暗房作業需要高度專注，沖洗底片和放大相紙看似簡單，卻很容易犯下各種愚蠢錯誤，一下子前功盡棄。拿錯相紙調性（反差號數）、把沒曝光的相紙丟進顯影液、一恍神忘了按計時器，或者定影結束開燈一看才發現根本沒有對焦。

暗房像廁所一樣屬於私密空間。說到底暗房就是人們唯一能夠推門而入的潛意識，在其中把潛藏的記憶和心像釋放出來。回想在大學寫真部和大家共用暗房，真是災難一場。

他享受著與世隔絕的孤獨時光。夏天來了，他經常在裡面瘋狂沖洗到渾身濕透，汗臭與冰醋酸混合成奇妙的味道，也只覺得痛快。

他不時故意違反原則，把相紙藥膜面朝上按進顯影液裡，在紅燈下觀看顯影過程。在現實中，當晨曦緩緩照亮大地，或者光線投進暗室，人們會從一片黑暗中看到物體慢慢顯出輪廓，亮色的部分首先被辨識出來；但相紙的顯影過程剛好相反，紙面原本是一片耀白，像讓人目盲的雪地，曝光之後丟進顯影液中，黑色的暗影才從其中孳生。

這彷彿時間倒轉，從光明中誕生黑暗，由影子來定義整體。顯影過程中，人眼徒勞地在那些越來越明確的色塊和線條上解讀意義，而原本構成形象重點的亮部，卻往往最後才被框限得可以辨識。意識總對這樣逆反自然的視覺經驗感到混亂，直到某個瞬間忽然理解過來，因而大感驚喜。

都說寫真是科學，這樣的寫真何嘗不像巫術？

有時候，鄧騰煇覺得自己是標本採集者，採集人們神魂閃現的瞬間，以萊卡為針，顯影液為福馬林，中止了時間帶來的衰敗，讓那些蝴蝶、甲蟲或者動物永遠固定在形體發亮的那一刻，讓人在往後漫長的年月裡隨時觀賞隨時讚歎。差別只是，製作昆蟲標本必須奪去對方的生命，而製作靈魂的標本似乎並不奪去什麼。

但真的是這樣嗎？擁有了一個人的形象，事實上也就占有那個人的一部分。看某個人的寫真，會愛，會恨，會勾起具體而真實的情感。破壞或丟棄某個人的寫真，則像是一種詛咒或報復。

哪怕只是窄窄一張放大時測驗曝光值所用的試條，上面映著殘缺不全的影像，可能是一隻眼睛，半張臉或用奇怪角度歪斜切過的部分身姿，每當鄧騰煇準備要丟棄他們時，總無法抑止去想像這些臉孔形影即將展開的可怕旅程，被疊壓，被踩踏，被揉摺，被撕碎，被填埋，被焚燒，而影像主人的一部分靈魂將因此受到折磨。因此鄧騰煇從不丟棄任何看得到臉孔的試條，將它們蒐集在快速繁衍的紙袋、紙盒乃至紙箱裡。

他一直沒有從龜井光弘手上要回理想的景子底片，開始考慮從手上僅有的一張相紙來翻拍。他也從紙袋裡找出幾張試條，不同曝光時間，不同灰階濃度，彷彿微妙地帶著不同心情。

鄧騰煇忽然明白，龜井光弘其實是故意不還。龜井認為景子應該是屬於他的，儘管他們單純只是小學校的同學，但至少在三人關係裡，他不能忍受鄧騰煇與景子更親密，不能忍受景子最美的寫真卻是由鄧騰煇拍攝出來。他必須把這個影像據為己有，徹底封藏不再示人。

於是鄧騰煇決定孤注一擲，把手上僅有的一張寫真寄去雜誌社投稿，冒著未獲發表也沒退稿因而永遠失去她的風險，但若能印在雜誌上，那就會是好幾百份，徹底粉碎龜井私藏的詭計，說不定連很久以後的人都會看到。

•

多年後鄧騰煇發現，這個世上最難拍的女人是自己的妻子。不，其實不必那麼久，婚後幾個月鄧騰煇就再也無法拍到妻子的笑顏了。

這一生中，他始終鍥而不捨，用盡方法費盡心思，想再拍到一次妻子的美好表情，就像剛帶著長子搬進東京新居時，妻背著嬰兒溫馨地回眸微笑那樣。儘管在現實中妻子並非總是那麼老臭著臉，也是有說有笑，但只要鏡頭一對過去，她總能在千鈞一髮之際把表情收拾得乾乾淨淨，瞬間烏雲沉重、光線扁平得毫無層次，曝光條件惡劣到無以復加，按下快門也只是白搭。

起初還帶著一點遊戲成分，妻子成功躲過鏡頭還不無勝利的得意，然而這很快就變質成一種生存死亡的競爭，彷彿動物只要被獵捕到一次就會失去生命，因此不敢有片刻鬆懈。隨著鄧騰煇操作相機的技術越來越熟練，妻子防備拍攝的警覺心也被磨練得越來越敏銳。

到最後，妻子像是懶得再時時防備，索性永遠板起臉，再也不給你任何機會似的。即便如此，鄧騰煇還是繼續按著快門，徒勞地在荒煙廢墟裡尋找此地曾經繁榮茂盛的痕跡。在家拍，出遊拍，拍她縫衣服，散步，坐鞦韆，幫她拍證件照，連她坐在沙發上看報紙也搶過去用不同角度連拍五張。妻子從不抗拒鏡頭，卻也不曾妥協。

晚年的鄧騰煇不得不承認，他在妻子身上驗證了從年輕時就有的體悟——拍得越多的，往往越難得到好結果。他此生拍得最多的對象就是妻子，而自己並不曾看懂過鏡頭裡面那個朝夕相處了數十寒暑、共同生養五名子女的女人。

他依然清楚記得那一天，妻子背著初生的永光。那時他們剛搬進代代木上原新居，獨居一棟樓房，獨享一座院子，而空氣清透得能夠洗滌身心。妻背著兒子繞圈搖晃，一邊愉悅地哼著兒歌。月光華華，細妹煮茶。阿哥兜凳，人客食茶。親家面前一口塘，一尾鯉麻八尺長，頭愛㓾來嘗，尾愛㓾來嘗，中央留來討餔娘。

討個餔娘高天天，煮個飯仔臭火煙。

討個餔娘矮嘟嘟，煮個飯仔香撲撲。

鄧騰煇舉起相機，妻子回眸一笑。背上的娃娃不明所以，只傻愣愣看著父親。月光華華，細妹煮茶。這首兒歌被印在寫真上，鄧騰煇第一次知道寫真可以拍下聲音，日後一拿起來耳際就響起那歌聲和笑聲。

他跟所有拿著相機的愛家男人一樣，拍了無數妻子和永光的寫真。妻子站在家門口，妻子趴在窗臺上，妻子在燈下讀書。碼頭邊母子與遊輪合影，草地上一家三口用定時器自拍。

妻子抱著嬰兒坐在和室，妻子獨自坐在公園長椅上。永光穿著厚外套站在一大片雪地上，永光讓媽媽牽著手嘗試向前走，永光笑得多燦爛。

妻子也會使用相機，學習能力驚人。鄧騰煇請她拍攝自己抱著永光站在書架前，還沒仔細說明機件功能，妻子已三兩下掌握用法，眼睛一湊上測距器就自動轉起鏡頭對焦。

妳用過連動測距相機？鄧騰煇訝異地問，知道怎麼對焦？

第一次用。妻子理所當然地說，一轉鏡頭小框框裡的影像就重疊起來了，這就是對焦的意思吧。

妻子一開始也試著理解他的愛好，認真翻閱書架上的寫真書籍，像是保羅．沃爾夫的《我的萊卡經驗》，アルス（ARS）出版社發行的寫真系列專書，還有《月刊萊卡》、《朝日相機》等雜誌。有一次妻子專注地讀著《光畫》，鄧騰煇隨口問她欣賞哪些寫真家，她不假思索說中山岩太的重複曝光最有意思，使用超現實手法而確實傳達某種意涵，不只是遊戲之作。

喔，那麼妳覺得木村伊兵衛如何？

乍看主題平實，構圖中庸，但充滿餘韻。混雜在其他實驗性前衛作品裡面，好像顯得有些老派，不過看多了冷硬的衝擊影像，一翻到他的作品時，就像遇到和煦的太陽般令人喜悅。

鄧騰煇啞口無言，妻子說的都是自己所想而說不清楚的感覺。然而等到鄧騰煇自己的作品頻繁被發表在《月刊萊卡》上面時，妻子已不再對寫真雜誌有興趣。

這一切轉變究竟是從什麼時候開始的呢？鄧騰煇日後曾無數次拿出那張妻子回眸微笑的寫真，她的表情依然溫馨無比，當日情景彷彿就在眼前。那卻竟像是一生一遇的神賜瞬間，一眨眼就錯過了。

寫真忠實地封存了那一刻，證明那笑容真的存在過。寫真上的笑容不會消滅，不會改變，無論相隔多久拿出來觀看，溫馨的妻子永遠就在那裡，而且保證永世不移。鄧騰煇知道下一刻她將開口歌唱，月光華華，細妹煮茶。下一刻她將會把孩子哄著入睡，夫妻倆並肩坐在榻榻米上享受一個安靜的午後。

他也知道，下一刻之後她將永遠收拾起笑容，不再回頭。

•

人們都說，潘清妹是個好命的女人。

她當過好多次牽新娘的好命婦人。婚禮當天，新娘要進夫家大門時，按例須由一位好命婦人牽著進去，如此新娘就會沾染她的福氣。何謂好命？嫁入好人家，夫妻健康平安，兒女成群。如果剛好生有三男二女，那就是頂頂好命了。

潘清妹就是頂頂好命的女人，何況她還活到超過一百歲，福壽俱全。到那時，會有晚輩前來拜訪，拿著一張七十年前潘清妹幫弟媳牽新娘的老寫真來給她指認。她看著畫面良久，最後只說，唉呀，怎麼都還沒褪色呢？

這張寫真是她丈夫拍的，潘清妹右手扶著新娘右臂，左手提著新娘的白紗裙襬，自己側低著頭，像是留意新娘腳下安穩與否，其實什麼也沒在看。

她自己結婚時並沒有留下影像，如果有的話，應該也像這張一樣吧。新娘端莊慎重而不免心中忐忑。而牽她入家門的婦人帶著一臉早已認命的表情，像是拎著一件包裝精美的禮物，把她拋入婚姻。

唉呀，怎麼都還沒褪色呢？

潘清妹拍過最意氣風發的一張寫真，是參加臺北第三高女登山隊，在攀登新高山（玉山）途中，站在斜斜跨越溪澗的巨大獨木橋上照的。那根倒木足足有好幾個人合抱那麼粗，人們在樹幹上砍出階面，彷彿一道天梯。

女學生們頭戴白布斗笠，手拿八角白木金剛杖，身穿制服——白色洋裝上衣，以及裙襬綴有黑線的細格子百褶裙，只是把平日的襪子和皮鞋換成綁腿和分趾鞋。九位同學和一位帶隊老師在天梯上一字排開，側身拄杖架式十足，加上林木蓊鬱的背景，根本就是一張歌舞伎的劇照，劇中人正要踏上耀眼的冒險旅程。

那是昭和二年（一九二七），高等女學校興起一陣攀登新高山的風潮，第三高女首次組隊前往，即將畢業的潘清妹恰好趕上。學校從二十多位報名者中，根據品行、成績和健康狀況選出十二人，進行一個月體能鍛鍊，每天放學後從西門往南出發，繞著三線道，也就是舊臺北城牆健行一圈。

校長親自率領三名教員帶隊，另有寫真師和映畫師隨行，加上三位蕃地警察和十位原住民協助，連同學生組成三十一人的龐大隊伍，從阿里山經鹿林山向新高山前進，在風雨交加中跋涉兩天才登上頂峰。

潘清妹記得，登上山頂時天氣大好，同學們又叫又跳，眼中含著歡喜的淚水。她們在校長帶領下行禮如儀三唱天皇陛下萬歲，朝著東北方遙拜皇居，接著唱校歌，大家很自然地跳起舞來。那是一萬三千尺高峰上的舞蹈啊，一生都不會忘記的青春喜悅。那是四望無際的完整天空呦，此生再也不曾見過的深邃幽藍，是任何寫真都無法拍下的顏色，任何映畫都無法捕捉其美好於萬一的時刻。

下山時遇上大雨，為求安全起見，校長臨時決定在塔塔加警察駐在所多住一天。登頂成功的愉悅與放鬆，額外一天假期，以及高山上白茫茫的雨霧風景，都讓學生們格外興奮，聚在一起講話，風鈴亂鳴似的歡笑，或者圍著寫真師詢問相機的操作原理，寫真師也大方地把相機借給大家端詳。

就算全日本加起來，曾經登上一萬尺以上高峰的女性，恐怕也寥寥無幾吧。和潘清妹最要好的同學黃娩說。

在畢業前能完成這樣的夢想，青春也算了無遺憾了。潘清妹說。

不，我們的人生才剛剛開始，還有很多值得追求的事情啊。畢業後我還想繼續到內地讀大學，希望將來能奉獻於教育事業。

小娩的志向真偉大。潘清妹坐在木地板上，雙手抱膝，看著霧氣熟門熟路地探進屋裡，冰涼涼沾得滿身滿臉。我不敢作像妳那樣的夢想，已經下定決心好好做個良妻賢母，為維持一個美好的家庭而盡力，也就對國家有貢獻了。

怎麼好像在背課文。黃娩笑說，都見識過帝國最高峰的景色了，真的願意就把自己交給命運安排，從此守著角落裡的小小幸福度過一生？

新娘修業不就是我們受教育的目的嗎？班上同學幾乎已經有一半訂婚，只等畢業就出嫁呢。

小清這麼熱愛文學，說不定將來可以成為一位女作家，倉促結婚太可惜了。

結婚之後我就會徹底放下筆，也不會帶一張稿紙到夫家去。能夠一度登上最高峰，已經是太過奢侈的夢想。

欸，小清嚮不嚮往自由戀愛？

在我看來，那都只是一時的迷情而已。

妳還真是已經下定決心了呢。啊，大家都急著結婚去，感覺好寂寞啊。

我們在這裡約定，就算結了婚，友情也不會有半分削減。潘清妹看到隨行的寫真師剛好經過，出聲喊道，關口先生，能不能請您幫我們拍張寫真呢，我會支付費用的。

下雨天光線太暗啦。關口停下腳步看看二人，露出傷腦筋的表情說，不過如果妳們能夠忍耐幾秒鐘不動的話，或許可以把相機裝在三腳架上試試看。

那就拜託您！

於是在光線幽微的山中木屋裡，潘清妹和黃娩緊緊靠在一起，在鏡頭前屏住呼吸，忍著不眨一下眼睛，生怕稍有一點動靜就會破壞青春最後的美好記憶。然而關口後來並沒有把寫真洗給她們，潘清妹猜想畢竟沒有拍好，也不好意思寫信詢問，所以不曉得關口其實只是單純忘了。

黃娩後來果真到日本去就讀女子大學，直到戰爭白熱化時期才回臺灣，聽說嫁給一個總督府的事務官。人生真是奇妙吶，從前那麼好的朋友，以為一輩子都不會分開的，畢業後也就這樣輕易地斷了音信，就算多年後在同窗會上相遇，彼此間也不再有任何羈絆。

即便潘清妹沒有收到那張寫真，在她的記憶裡始終有一幅自己和黃娩促膝並坐的影像，隨著年深日久，那影像逐漸變得更加黝闇，沉入更杳渺的黃昏，卻永不消失。她們穿著制服的身影依然清晰，面容卻早已模糊，像是因為曝光時姿態不夠恆定所受到的懲罰。

潘清妹永遠記得新婚之夜的情景。經過一整天繁複儀式折騰，總算到了就寢時刻，她在緊張中下定決心，要把自己完全交給丈夫，從此成為他忠實的妻子。

丈夫這時卻拿出了一架相機，無限愛惜地安置在枕邊的紅布上。這讓潘清妹覺得自己像是個介入者，一股羞恥感油然而生。然而良妻賢母的教育讓她立刻冷靜下來，暗笑自己竟跟一個機械計較。

她得體地詢問了關於相機的事，丈夫似乎很高興他們有了第一個話題，最後終於熱烈地迎向自己。當丈夫進入的時候，她正感到苦樂難辨、驚疑不定，忽然卻覺得旁邊射過來一道冰冷的目光，無情地測量著自己赤裸的身軀和毫無防備的靈魂，頓時渾身僵硬，頭腦發白，事後也不曉得是怎麼經過這一切的。

剛帶著初生的長子搬到東京時，丈夫立刻在新居布置了一間暗房。他經常外出拍攝一整天，回來又立刻鑽進去待上幾個小時，叫吃飯都慢吞吞才出來。抱歉，剛才相紙放進藥水裡了，定影還沒完成不能開門。丈夫總是這樣說。

丈夫也許察覺了自己的心情，邀請她到暗房觀看作業。暗房的一切都是科學，丈夫喜孜孜地說，有些時候也像是魔術，非常神奇，妳可以好好欣賞。他像是把守樹洞寶藏的精靈般，一進到暗房就容光煥發，喜悅地向來客介紹珍藏。

暗房是個沒有窗戶的狹小房間，陰沉又充滿奇怪酸味。裡面幾乎只容一人旋身，裡側設置一個水槽，上下層架擺滿量杯、藥劑、計時器和盛盤，左邊小工作臺上則有一架放大機。丈夫冷不防把門關上，順手杓上門閂，兩人頓時物理性地挨在一起。接著燈光倏然熄滅，僅留天花板上一盞安全燈，眼前幽幽然如同破曉前的微曦，只是籠罩著一片殷紅。

潘清妹忽然沒來由的緊張，很想就此開門出去，卻又強自忍耐。丈夫不曾發現異狀，兀自興沖沖操作起事前裝好底片的放大機，將一張相紙曝光後投入顯影液中，同時不斷解說。妳看，相紙上的銀粒子曝光後進行化學變化，就會產生潛影。妳看，所謂的顯影就是把相紙上的鹵化銀還原成金屬銀。妳看……

紅燈下，藥水盆裡的白色相紙緩緩浮出色塊和線條，最後勾勒出一幅女子肖像。丈夫抬起水盆一角溫柔搖動，讓藥水的波浪均勻撫過紙面。這樣可以保證顯影完全，他說。

紅色的波光來回晃蕩，那女子身軀也隨之不住搖曳。潘清妹只覺天旋地轉，再也忍耐不住，轉身奪門而出。

啊，還沒定影……丈夫反射性地拉上門，過了幾秒才想通什麼似的出來關心。妳哪裡不舒服嗎？

真是抱歉。我頭很暈，有點想吐，不過不要緊的。抱歉弄壞你的相紙了。

相紙是小事。是冰醋酸的味道太刺激了嗎？

潘清妹感覺丈夫的手按在自己背上，傳來一種道義性的撫慰，卻掩藏不住幾分好事被打斷的懊惱。

小時候她曾被父親關在暗室作為懲罰。那天她和弟弟經過圍聚的人群，好奇停下腳步探頭張望，被正好經過的父親發現，立刻扭回家斥罵。年紀這麼小就看人家賭錢？尤其是妳一個女孩子，不學好將來怎麼嫁得出去！

清妹大感冤枉，她根本還不知道那些大人在做什麼，只是想探頭看看。她們三合院裡住著大家族好幾房數十個人，有些關係遠一點的彼此都不熟識，各自生活習慣差異也很大。父親瞧不起遊手好閒的人，更極度仇視賭博，再三告誡子女必須遠離，但灶下隔壁房間長年擺著一桌麻將日夜嘩啦搓打，喀喀咔咔吃碰叫胡，從清妹家出門的過道上也總是有人蹲著玩四色牌，不想看到都不行。

清妹被關在一個黑黝黝的地方，是倉庫還是櫥櫃如今也記不得了。她不知被關了多久，既害怕又委屈卻不敢哭出聲，雖然不知道嫁不出去是怎麼回事，但想起人們對合院深處某個獨身姑婆的指指點點，隱隱然覺得那是件人間慘事。

要不要躺下來休息？丈夫柔聲說，今天就別做飯了，等妳舒服一點再出去吃。

不要緊，我馬上去準備。潘清妹強自起身，不理會丈夫無力的勸慰，到廚房胡亂拿蔬菜切洗起來。丈夫倚在門上看了一會兒，實在無話，便又到暗房去處理善後。

•

婚後丈夫買了好幾架相機。人們都說，萊卡一架屋一棟，其實何止是萊卡，她翻閱書架上的相機型錄，兩三百圓以上的高級相機所在多有，甚至還有八九百圓的，三五架加起來都能蓋別莊了。

丈夫去哪裡都要拍寫真。有一次他們去築地小劇場看演出，丈夫從頭到尾一直對著舞臺上拍攝，甚至起身走動取景。演出結束後，兩人走在路上，丈夫如癡如醉地說，劇場裡簡直就像是一個巨大的暗箱，明亮的舞臺模擬陽光下的現實世界，而黑暗的觀眾席就是底片室。在劇場裡拿著相機拍攝，彷彿在子宮裡還有一個子宮，孕育著雙重的影像創造過程，太令人著迷了。

那你喜歡今天的戲嗎？

啊？

丈夫也很喜歡拍攝自己，起初她並不排斥，但很快就覺得未免頻繁到擾人的程度。無論自己正在做什麼，都會有個背後靈忽然冒出來喀擦喀擦幾下，然後又悄無聲息地消失。而且她實在無法確定，丈夫是真的想要拍下自己的樣子，還是把自己當成一種基準、一張顏色固定的卡片，好用來測試不同相機和鏡頭的性能？

妳看，我幫妳拍了立體寫真。這是利用視差原理重現立體影像，只要透過專門的眼鏡觀看，就能浮出跟實物一樣的影像喔。

潘清妹瞥了一眼，相紙上左右各有一幅同時拍攝的影像，只是角度略有細微不同。那是自己讀書的背影，不知何時被偷拍的。

丈夫見她興趣缺缺，更加故作高亢地說，不使用眼鏡也可以，只要像這樣鬥雞眼，馬上就能重疊出立體影像。啊，出現了，快看快看，妳變立體了！

我本人比較立體。她沒好氣地說。

丈夫總是這樣孩子氣地整天不幹正事，架上的寫真書籍雜誌也遠多過經濟本科，讓她對未來感到擔心。不過真正讓潘清妹最感介意的，是丈夫拍攝收藏了大量的女性寫真。

他一向都把東西收拾得井井有條，底片三格一剪收納在專用簿裡，同時洗出印樣貼在旁邊作為檢索參考。放大出來的相紙用夾子吊掛晾乾，再用厚重字典壓平後，仔細收在冊子裡。夾子上每天都有不同的女人隨風翻轉，洋服的，和服的，泳裝的，室內的，戶外的，街頭的，歡笑的，沉思的，慧黠的。不時也會有自己黯淡的表情在上面和其他女人並肩而掛，不由自主轉來轉去。

本來嘛，青年男子愛看美人也是應有之事，但丈夫拍攝女性到了狂熱的程度，而且有點葷素不忌，有些姿色未免太過平庸，或者表情怨憤，他也都照拍不誤。

那天午後下起驟雨，潘清妹領著使女阿琳姊衝進院子搶收衣服棉被，回頭又把廊下吊掛的相紙一起收進來暫時擱在餐桌上。

尿布怎麼只有這幾件？其他的呢？潘清妹一邊摺著衣服問。

阿琳姊理直氣壯說，這嬰兒仔屎尿太多，洗不來，直接丟進便所坑啦。

那些尿布都是很貴的！潘清妹叨叨絮絮念了她一頓，仔細把被子收好，想起餐桌上的那疊相紙，取了拿到樓上書房。

還沒經過壓平的相紙，四邊微微向內卷曲翹起，厚硬得像是蟹類甲殼，互相交疊時自然撐出空隙，彷彿誰也不願被別人壓得扁扁的。

她一張一張拿起來觀看，接著又抽出寫真本認真翻閱。丈夫用獨創的方式分門歸類，像個自學有成的生物學家，為青春女子們畫出繁複譜系，建立一座只屬於他的宇宙。書架上還有幾個紙袋，裡面裝滿測試曝光值用的試條，都是眾多女子不完整的身影，無論半張臉孔，一個眼神，他也捨不得丟棄。

這時她終於看出來，就算是那些平庸女子，丈夫也總能拍出某種神采。相較之下，自己的影像卻大多灰撲黯淡，一套套銀座三越買的高級洋服底下像是空無一物，令人怵目驚心。

良妻賢母就是這麼回事嗎？奉獻自己所成就的，卻又是什麼？

潘清妹忽然覺得很不服氣，把整本簿子摔落，砸得一眾佳麗們滿地逃散。

至少，我不要被你當成萬千收藏的其中之一可以吧。

在那之後，潘清妹就不曾在鏡頭前面懈下防備。於是人們透過寫真所看到的她永遠悶悶不樂、一臉認命。至於她在鏡頭外是否還曾露出笑容，慢慢的也已無人知曉、無人在意了。

•

要不要去拍海女？聽說房總白濱那邊還有非常「傳統」的海女，知道吧，就是只穿一條短得不能再短的木棉褲，外加一條包頭毛巾，除此之外全身赤裸直接下水的海女。龜井光弘說得口沫橫飛。連美術學校平時要找人體模特兒都很難，到那裡去一趟就可以任意拍攝裸體速寫了。說不定阿煇就此拍出自己的大溪地系列呢。

你只是想去看裸女吧，鄧騰煇說。可別一到那邊發現全都是歐巴桑就立刻打道回府啊。

小早川去拍過了，其中有個年輕的甚至算得上美人哩，這個狡猾的傢伙。

果然只是去看裸女。

健康的情色有益身心呀，你也剛好可以測試一下新買的八釐米攝影機。阿煇到底去不去？

當然！

兩人挑了個好天氣一大早出發，龜井光弘駕著那輛凱迪拉克，載上大大小小寫真器具，繞過東京灣開了三個多小時抵達房總半島南端。

喂，海女在哪裡？龜井光弘粗魯地問路旁戴著軟笠背負重物行走的鄉人，對方畏縮地往前一指，龜井光弘隨即踩下油門前進，一邊哈哈大笑說搞不好他以為我們是東京來的大官呢。不過話說回來為什麼我變成你的司機了，偶爾也接手開一下啊。

如果你不怕車子撞壞的話，隨時奉陪。鄧騰煇傲氣十足地把手擱在車門上吹風。

海女工作的地方在一處礁岩海濱，汽車只能遠遠停妥，扛起寫真機材踩著沙灘過去。兩人大老遠跑來看稀奇的海女，沒想到開著進口名車、一身高級西裝和各種奇妙的機器，反而讓他們先成為町民圍觀的對象。町長還真的跑來半信半疑探聽他們身分，老衝著鄧騰煇哈腰，唯恐怠慢這位不知是官員還是貴人，讓龜井光弘一肚子火。

好容易打發了人群，架起腳架裝好八釐米，海女們已經入水捕撈完一輪了。

鄧騰煇開始拍映畫。兩個海女從臨海的垂直岩壁下方小徑遠遠走來，海浪懶懶地潑到沙灘上。今天海沒開呀，年長的說，捕不到什麼東西。她乳房坦然晃動，手中木桶空空如也。年輕海女忽然躍入礁岩縫隙，一扭腰倒立鑽進水底，兩腳在空中直蹬，滯留到令人擔心的程度，接著悠哉冒出頭來，拿著一枚鮑魚還是什麼貝類。

海女們漸漸聚集，整理一點點漁獲，坐在沙灘上為彼此梳頭，拿出鋁製或木製的便當吃飯，自在粗野談笑。她們像森林裡的動物一樣完全無視鏡頭存在，覺得有點冷才披上衣服，甚至薄薄的短褲繩結鬆開都快要露出恥毛也不介意。

吃完飯要去摘海菜。年長的海女說。

請等一下。鄧騰煇注意其中一位海女很久了，邀請她單獨拍攝，靠在短礁邊，坐在巖石上，揹著網籃站上逆光的高處。

年輕海女在陽光下微瞇著眼，一如尋常午後安然閒坐，偶爾笑起來像溫暖的海水。鄧騰煇用八釐米攝影機拍攝，趁著龜井光弘幫忙換膠卷時也拿起萊卡相機按快門。

她並不像都市裡的摩佳們那樣用時髦作妝扮，似乎沒有察覺自己的容貌值得炫耀。她過著房總海女數百年如一日的生活，看慣海面閃爍的光芒，聞慣鹹鹹的爽朗微風。

他忍不住想，如果這位海女打扮成摩佳走在東京街頭，那會是怎樣一幅奇妙的風景？同時也好奇，如果東京街頭的摩佳們都像她一樣坦然……他腦中浮現出無數裸體行走在摩登街道上的奇妙景象，忍不住笑了出來，一瞬間覺得這個想法似乎有點下流，但海女淡然的表情立刻赦免了他。

海女的身體沒有禁忌，沒有神祕，沒有誘惑。她是一塊礁岩、一道波光，一頭令人讚歎的海豚。

回到家時已經入夜，鄧騰煇在玄關脫下沾著細沙的皮鞋，匆匆吃過晚飯就進暗房把底片沖出來，一看就知道這次拍的跟以往都不一樣。底片晾乾後立刻曬出印樣，接著挑了幾格放大，更加確認一開始的想法。

究竟差別在哪裡？

前些時，鄧騰煇到銀座紀伊國屋參觀「萊卡拍攝的文藝家肖像展」，受到很大震撼。展出作品全都是在報章上看慣的名人，但又非尋常靜態刻版印象。只見佐藤春夫厚重圓眼鏡上的反光完全遮住了眼睛，山田耕筰瞠目遠望像是聽到什麼令人驚詫的消息，新居格叼菸掩嘴笑得難以自抑，強烈頂側光打亂長谷川如是閑一頭花雜捲髮，個個閃現獨特精神。

過去那種死板的肖像寫真，就像沒氣的啤酒一樣無趣啊。作者木村伊兵衛就在現場和朋友談論，鄧騰煇並未上前打擾，只是遠遠側耳聆聽。

寫真這回事，就是將肉眼看見的現實和機械擷取的瞬間現實合而為一。人物肖像若不能表現性格與情感，就無法傳達真實……

原來如此，看來自己在無意中領受了那時聽到的話。鄧騰煇對寫真原本就已頗有心得，獲得一二關鍵性的啟發，自然融會貫通，慢慢醞釀出自己的風格。

美麗的海女靠在礁石上，如維納斯雕像般斜擺著腰，背後是高聳的岩壁。柔韌的女性與剛硬嚴酷的環境和諧相處，淡淡的笑容反映著此地所有依海維生者的樂觀與堅毅。

鄧騰煇再次透過鏡頭，拍出了某種理想的典型，這次不只是一個理想的女性，更是理想的生命狀態。

相簿四

電光與神火

子夜，鄧騰駿躺在床上無法入睡。山城街道上早已闃無人蹤，但在蟲唧蛙鳴之外，卻有嗩吶鑼鼓之聲遠遠迴盪，令他心情異常煩躁。

不久前他跟三哥騰煇一起從法政大學畢業，兩人相差五歲卻同時拿到學位，一個經濟一個法律，大家都來恭賀鄧瑞坤雙喜臨門，而且四個兒子都完成學業，以後可以快活了。簇簇新的法大學士，山城裡罕有的秀才，富家子弟，生得又俊，端的是炙手可熱，媒人們蜂擁來踩鄧家的門檻，說得好似新竹州內名媛佳麗任他揀擇。他卻說自己還年輕，也尚未找到理想工作，暫不考慮婚事，拚命把媒人們全都趕出門。

如果媒人像蒼蠅，那麼此刻直鑽入耳裡的八音嗩吶就是蚊子了。不，蚊子還可以一巴掌拍死，嗩吶聲卻怎麼也阻擋不了。

鄧騰駿索性起身穿衣，開門下樓。他把木梯踩得情緒十足，咚咚哀鳴，引得三哥房內也傳出動靜，莫非哥哥被自己吵醒跟著出來？他這時並不想跟人說話，於是腳步放輕卻又想加快，差點滑跤整個跌下去。

店屋正面上了排門不好開啟，他走到後門，交代值宿夥計不要上鎖，逕自推門出去。來到上街，慈天宮前法事正酣，廟坪和街道則都空無一人。他雖不迷信，但還是決定不要正面去闖這生人勿近的儀式，繞往廟後而去。

農曆七月十二，月亮將圓未圓，已是滿地清輝。走在幽暗靜巷裡，只聽得嗩吶濃重的鼻音激切穿透夜空，而清脆的鼓點則在夾巷中迴盪，聲音似遠猶近，更像是會變換來源。整座山城深深陷於沉睡，卻有高亢的音樂兀自演奏，在清冷夜色中透出一種孤絕的狂熱，充滿奇異之感。

再細聽時，那聲音更彷彿從不同時空傳來，並非這個世間所有。確實這不是為現世而發，乃是敬告天地神明、召喚四方孤魂野鬼前來饗宴，因此山村裡所有居民盡皆迴避，在家緊閉門窗連望也不敢向外望一眼。

鄧騰駿從廟後穿過叮咚巷來到偏殿門口觀看。主祭法師頭戴黑底繡金龍紋僧冠，脖子上一串念珠直垂到腰際，領著一班和尚大聲誦經，一會兒客家話，一會兒閩南話。

除了法師之外，旁邊只有值年爐主一行，此外別無他人。廟坪上擱著三根等待豎起的燈篙，那是連頭帶尾的竹子，一尺燈篙三里孤，燈篙越長照引越遠，慈天宮前豎的是最長的竹篙，普渡整個大隘地區的陰魂。

夏夜無風，悶熱得逼人出汗。鄧騰駿注意到幾個法師僧袍底下穿的卻是皮鞋，暗暗鄙薄不倫不類。他看著空蕩陰鬱的廟坪，心想如果世上真有鬼魂，此刻整個山城應該是鬼山鬼海熱鬧非凡。留辮子的、文面的、鬍子剃得乾乾淨淨的、男的女的老的小的摩肩擦踵、客家語賽夏語泰雅語閩南語日本語嘰嘰嘈嘈吵鬧不休。

然而他什麼也沒聽見看見。當然，他是堂堂法政大學法律學士，接受高等現代文明教育，就算狹路相逢，連鬼都要退避三舍，何況世上根本就沒有鬼。

法律學士法律學士，哼，在東京讀了五年中學四年大學，論成績論家世論什麼都不輸給日本人，回臺灣卻找不到能夠發揮所長的工作，這才聽說總督府以下州郡官府都不太採用臺籍人士，圖謀大學教職更是妄想。臺灣人只有在醫療農林等實用領域可以發揮，帶有開明思想的文科腦袋是危險的，斷不可任其有所作為。

親友們越是稱讚他學位崇高，他越覺得懊惱。法律學士只是虛好看，實際上毫無用武之地，只能困守山城，究竟留學多年所為何來？最可悲的是，十三歲負笈日本，思想觀念都在那裡塑造，回到北埔變得看什麼都不順眼。迷信、落後、不文明到令人憎惡的地步，完全沒有拯救的可能。

像日本人但畢竟不是日本人，在外面找不到出路，回來卻發現自己被日本人改造得厭棄家鄉，還有比這個更諷刺的事嗎？

他沒來由想起三哥幫自己拍的那張肖像寫真，覺得當下在旁人眼中他就是那個死樣吧。他在東京住處穿著浴衣，剛洗了頭還來不及吹乾，耷拉著眼皮彷彿一臉憤世嫉俗，三哥忽然拿起相機就拍，令人猝不及防。

活脫是個宿醉未醒的頹廢文人呀，哈哈哈，朋友們看了都這麼說。但這不是我啊，他嘴上抗辯，卻暗暗心驚也太像日本人了。不是你是誰，你平常就是這副尊容，瞎起鬨的朋友們不肯饒過他。

他白天讀法大，晚上還去東京美術學校上課，有一次功課是自畫像，他怎麼畫怎麼不對勁。看著鏡中的自己下筆，腦中卻無法擺脫那張寫真。明明鏡面上的臉孔才是活的，寫真裡的那個人卻更加雄辯，用嚴厲的視線監督他每一個筆觸。他費盡力氣齜牙咧嘴與那個影像對抗，勉強畫出來卻成了四不像。

法事漫長重複不見盡頭，鄧騰駿只覺渾身濕黏，益發心煩意亂，沒等燈篙立起便從廟後離開，漫無目的到處遊晃。

月光打落，熠熠亮起一面馬背白牆，牆腳下一叢九重葛發出宛若透明的紫光，上下分明一幅圖畫。他看得入迷，很自然盤算起該怎麼下筆，又該怎麼表現深夜不期而遇的驚豔……

這樣畫不行！美術學校的教授當頭棒喝。你很有天分，技巧也沒問題，但光照著範本做根本不能叫做繪畫。如果沒有心，畫得再仔細跟拍寫真又有什麼兩樣？

沒有心嗎？鄧騰駿為這句話痛苦了許久。我明明投注所有的精神在繪畫上，為什麼得到的卻是這種評價？

要用日本人的眼畫出日本的心，這才是繪畫的未來。教授的話不斷糾纏著他，日本之眼、日本之心……

鄧騰駿曾想成為畫家，但始終無法突破瓶頸，因此大學畢業後很乾脆地返家了，至今畫具不曾打開過。

他逃離白牆鑽進一條幽巷，左右兩道磚壁夾峙，幾乎伸手不見五指，只在另一頭有盞路燈幽幽亮著。緩步往前走出幾步，眼睛適應黑暗，磚壁的細節隱隱浮現，化成一道道油彩筆觸，焦躁地扭曲流動，爭先恐後向著出口掙扎。

前面有東西！鄧騰駿倒抽一口冷氣，他看見一個可疑的影子晃動起來，不信邪地上前幾步觀察，那剪影在出口亮光下鮮明起來，胸口掛著相機皮套，卻不是三哥騰煇是誰？

鄧騰駿鬆了一口氣，不即上前，遠遠尾隨著。等三哥出了巷口，他才趕過去呼喚道，這麼暗也能拍寫真？

不，完全沒有辦法曝光。我只是不讓萊卡離身。三哥雖沒拿起相機，眼睛卻像不斷在取景、對焦，甚至按下快門。他說這條巷子晚上跟白天好像不是同一條路，單是光線差異，印象就有這麼大變化，真有意思。

老哥相信有鬼嗎？鄧騰駿用日語發問，似乎直接暗示了不相信有鬼這個答案。但也有幾分像是用鬼魂們聽不懂的話語，避免造成冒犯。

相信有鬼的話怎麼敢出門？但也不全然不信，如果相機能拍到鬼的話就太有趣了。

我小時候最怕鬼，現在知道那全是無稽之談。鄧騰駿回頭看著剛才走來的巷子，彷彿在確認沒有恍惚間錯身而過的鬼魂。他說不過回到北埔之後，我又覺得可以看到鬼——在鄉親們的眼神裡。

昭和十年（一九三五）四月廿一日清晨發生關刀山大地震，芮氏規模達到七點一級，造成竹、苗、臺中一帶三千多人死亡，一萬多人受傷，五萬戶房屋全倒或半倒。北埔總算幸運，沒有人死亡，雖然有四成房屋倒塌，但在鄰近地區已經算是輕微。人們受到巨大驚嚇，認為是神靈震怒、鬼魂不靖，因此今年中元普渡異常盛大，普渡領調捐獻特別多，廟前的調燈多到幾乎掛不下。豬公、紅粄、發粄也都多到沒地方放。

三哥忽然莞爾說，阿喜兄可得意了，下街的巴洛克立面倒了好幾爿，只有他蓋的和豐號屹立不搖，直說阿爸應該再送他一瓶清酒。

倒了剛好，那種大正時代的東西早就落伍了，趁這個機會統統改掉。鄧騰駿恨恨地說，不這麼做的話，迷信的習俗是不會被徹底改正的……

這時遠處的八音嗩吶和鑼鼓聲乍然停止，像一把剪刀冒失地剪斷時間，陷入詭異的沉靜，接著一大串鞭炮石破天驚響徹山村，把凍結的時間炸得碎片紛飛。兩人轉過頭看，一團白濛濛的霧柱緩緩向上瀰漫，被月光打涼了散入黑夜之中。

豎燈篙了。三哥說著，熟練地從皮套裡取出相機，轉到最大光圈和慢快門，對著那團輕煙長長地按了一會兒，快門簾幕彈簧發出餘韻悠長的悅耳嗡嗡聲，拍下一張注定失敗的寫真。

不是說無法曝光？鄧騰駿詫異問。

無法曝光也得拍。三哥吁了口氣，滿足地說看到美妙的景象不按快門不行啊，成不成功是另外一回事。

鄧騰駿有些動搖，他知道三哥一向抱著樸素的熱忱拍寫真，好像從來不曾在藝術上有過太深刻的困擾，然而今天這卻讓他有些惱怒——這樣隨興拍攝的三哥，不僅經常在雜誌上發表作品、參加過幾次展覽會，甚至入選《日本寫真年鑑》，已經是個堂堂的寫真家了。

鄧騰駿以往對寫真的藝術性感到質疑，認為那不過是繪畫的附屬品，或者某種昂貴的休暇娛樂。然而三哥拍的寫真越來越純熟，有幾張讓自己深受感染，體會到其中的藝術力量。相較之下，自己抱著嚴肅的態度和繪畫苦鬥，在思想上煎熬，卻竟落到無法再畫任何一筆的困境，顯得多麼諷刺。

三哥覺得藝術家的心是什麼？

鄧騰駿本想這麼問，話到嘴邊卻無法出口，只說，三哥如果要專注在寫真上的話，待在北埔這樣的小地方沒有發展，遲早要搬到都市去吧。

某方面來說的確如此。三哥說，不過至少這次回來真是對了，讓他趕上舊北埔最後的祭典。

普渡每年都有啊。

你難道沒發現？三哥說，小時候總覺得北埔永遠都不會變，但去日本十年回來，卻發現到處都不同了。街道、建築，還有人們生活方式的改變，使北埔變成另外一個地方。或許再過十年，舊北埔就只存在他拍攝的寫真上了。

那些落後的東西有什麼好留戀的？

與其說留戀，我只是忠實地把這變化的過程拍攝下來而已。三哥說，好幾次把相紙洗出來之後才發現，自己也有變化，而且比想像的還要多，這很難說明，但在看寫真時可以很清楚地感受到。所以對我來說，拍攝這一切，也是在確認自己的心像。

啊，就是這個！鄧騰駿在心中驚呼。

怎麼了？三哥似乎察覺了他的震動。

不，沒什麼。

這麼安靜又有元氣的月亮是東京沒有的呢。三哥愉悅地抬頭欣賞著。

我記得某個攝影家說，他要用萊卡拍出昭和浮世繪，我想三哥可以拍出北埔的風物詩吧。鄧騰駿忽然覺得身體大感輕鬆，終於能自在地和哥哥說話。

浮世繪，風物詩，鄉事繪卷！聽起來真不錯。三哥從觀景窗看望月亮，好像那是一架望遠鏡，或者某種可以窺見宇宙奧祕的魔鏡，那興味盎然的姿態，讓鄧騰駿也跟著好奇起來。

這樣的月色，應該怎麼落筆呢……鄧騰駿不自覺摸著下巴思考。

喀擦一聲，騰煇轉過相機，對著鄧騰駿拍了一張。

鄧騰煇從自家和豐號與阿公家榮和號二樓窗口往外拍了許多寫真。

挑著燈籠鑼鼓和獻禮往廟口去的獻眾隊伍。在街心打拳頭賣膏藥的走方把戲。廟會期間各種油炸氽燙滾沖的小吃攤子。放肆玩鬧的孩童。還有萬頭攢動的大戲演出。

這是有錢人家的視角。短短的上街兩側加起來不過十幾棟樓房，能在這裡有扇窗的都是大隘最富裕的商號。逢年過節做大戲的時候，戲臺照例蓋在舊山城內門的照壁前，也就是上下街交界口。阿公姜滿堂的榮和號商行就坐落在這繁華十字路一角，二樓窗口恰在戲臺側面，猶如劇場包廂。街上觀眾每每為了爭搶位置彼此推擠得喘不過氣，阿婆總能安坐在太師椅上，由家人們簇擁著看戲，同時看人們看戲，也讓人們看自己看戲。

這是女人的視角。再想看戲，女人們總不能到街上去跟成千上百個大男人磨蹭，所以總是躲在店亭下（騎樓）遠遠佇足，湊個熱鬧。而有錢人家的女眷只要在窗口便能看得一清二楚。年長的愛看這太平安樂景象，總是欣喜微笑。年輕的真心想把戲文聽仔細，將玻璃窗格往上推到頂，兩手撐在窗臺上拚命往外探。要說視野好，臉上表情卻又像是飛不出籠子的鳥兒，只能伸長脖子嗅聞籠外氣息。

這也是孩子的視角。鄧騰煇七歲那年北埔第一次市區改正，拆掉舊城門和照壁，拉直下街，兩側店屋建起華麗的巴洛克立面。整座山城氣象一新，不愧是新竹廳管內僅次於新竹市的第二大市街。當年普渡鬧熱煎煎，蓋上從沒看過的好大一座戲臺，重金邀請名班演出改良大戲，大隘地區人群蜂擁而來，無不對這一切看傻了眼，以為走進另外一座市街。

這是鄧騰煇記憶中第一次看大戲。事實上大戲也才在那時剛剛誕生，原本客家只有一丑二旦隨處搬演的採茶戲，不能作為酬神的正戲，後來融合了當時轟動全臺的外江戲（上海京劇）、亂彈和四平戲才形成大戲。當然小孩子不懂這許多，只記得當那聲如洪鐘、面若重棗的長鬚綠袍將軍初次踏上新山城的戲臺時，滿坑滿谷的鄉親們頓時歡聲雷動，紛紛以指相告，這就是關雲長，就是關公啊。

關雲長唱著人們從未聽過也聽不懂的京劇聲腔，但絲毫不妨礙人們看得如癡如醉，鼓掌叫好。七歲的鄧騰煇站在窗口俯瞰，覺得戲臺下的觀眾百態似乎更吸引他。也許他從那時候起，就已然愛上從容旁觀的視野。

如今剛好二十年過去，人們在大地震後餘悸猶存，更加熱衷於廟會奉獻，而改良大戲也已成熟。鄧騰煇仍然站在窗口，抱著三歲的永光指點觀看。永光日後對此沒有任何印象，但他一生中看得最熟悉的寫真之一，就是父親騰煇在這天拍攝的看大戲。

你數數看寫真上有多少人？從永光剛懂事起，父親就常拿著這張寫真要他指認。一個、兩個……成千上百怎麼數得完呢，別說人疊著人，店亭下暗處裡更藏著許多模糊的影子。

你看寫真上有幾種帽子？紳士中折帽、巴拿馬帽、鴨舌帽、打鳥帽、報童帽、學生兩色帽、寬邊遮陽帽，還有斗笠。你看有幾種衣服，幾種表情？沒看戲臺的人都在看哪裡？發現相機的人有幾個？這樣的遊戲可以不斷重複下去。

永光很快就和父親搬到臺北，在那裡住上一輩子。以是每當想到北埔上街，腦中浮現就是這張寫真，彷彿故鄉的人們每天都擠在街上看大戲。但事實上兩年後日本對中國開戰，厲行皇民化運動，傳統戲曲遭到禁止，最後戲班都歇業了。而山城的黃金歲月，也隨著產業與交通重心的轉移逐漸失去光彩。

永光晚年時，父親的影像紀念館在北埔開幕，邀請他當貴賓。因此機緣，永光再次仔細重看這些寫真，才意識到大戲臺不過是用削去枝椏的樹幹和竹子搭成，臺面則是平鋪木板上覆一張草蓆。同時更難想像，短短的北埔街上能夠擠進這麼多人。

到那時，北埔街上依然會在中元節搭起戲臺，螢光彩繪霓虹燈泡，演員唱腔透過麥克風聲傳四野，閩南話和客家話穿插使用，間或拋出一兩句國語的流行語。搭了遮雨棚的觀眾席上擺著幾十張塑膠座椅，看戲的人依然熱心，景況卻已大不相同。

上街的巴洛克立面早已不存，店屋紛紛改建。父親拍下的，乃是戰前客家大戲發展到高峰的驚鴻一瞥，也是北埔在兩次市區改建之間最有活力的樣貌。

普渡當天下午，鄧騰煇午睡時被一陣嗩吶聲吵醒，走到臨街的窗口張望，一群人正搬請大士爺塑像出位到南興街口戲臺旁。此時日戲已經結束，臺上只剩幾個戲班孩子在跑龍套，而街上仍有許多人不願散去，挨在臺邊有什麼看什麼，見大士爺來了都自動退讓到兩側。

領頭指揮搬請的人穿著黑西裝外套和白長褲，乃是大叔姜瑞昌。待安座已畢，大叔到榮和號樓下牽腳踏車準備離開，鄧騰煇正好下樓來說話。

大叔這麼無閒，還在到處奔走？

臺灣人忙普渡，日本人卻沒放假。姜瑞昌說市區改正的計畫圖出來了，日本設計師在紙上畫了一套自以為理想的棋盤格道路，說是方便汽車出入、改善衛生和景觀，但是他們完全不管現地條件，連天水堂都要拆掉一角，一定要好好交涉才行。

總督府還想趁機進行茶工場整合，聽說竹東郡要整合成八個茶業組合，街庄長直接擔任組合長，不許個人名義經營工廠。北埔膨風茶的名氣剛剛打響，可不能就此消失，甚至被日本人捧去，得大力爭取。

說起來，膨風茶原本是失敗的茶。原本夏茶價格就不好，被煙仔蟲咬過之後萎縮發黃，更沒有人要。大家捨不得浪費，仍採收焙製，沒想到竟然產生獨到的蜜香，風味絕佳。

這跟拍寫真倒有一點像，鄧騰煇說最滿意的寫真常常都是意料之外拍到的，仔細計畫老半天的東西，就是缺乏一種生氣。

哈哈哈，你真是三句不離寫真。姜瑞昌話已說完，揮揮手踩上腳踏車便去了。

鄧騰煇走到戲臺邊看那尊塑像。大士爺本係鬼王，惡鬼中的惡鬼，後來被觀世音菩薩收服，代為統領鬼界，每逢中元普渡，廟裡就會延請熟手匠人，竹架紙雕塑出大士爺以及山神爺、土地公各一尊，坐鎮慈天宮口防止群鬼搶食作亂。七月十四午後，大士爺出位到戲臺邊，等待晚間普渡結束後送去燒化。

大士爺青面獠牙口吐紅燄，身穿戰甲背插令旗，頭頂上還有一尊觀音像鎮住。孩子們總是又愛又怕，想看仔細卻不敢近前。

每年中元節一個月前，糊紙店的師傅就會帶著五六個徒弟住進廟裡紮起三尊塑像和一座宮殿。鄧騰煇從小就喜歡看人做工，常常蹲在師傅旁邊看他們把一根根竹子劈成細條，彎折捆綁做出骨架，然後俐落地裁剪出各種形狀的紙張，層疊裱糊成形，最後彩繪上色。最神奇的地方是，那些紙片、裝飾一落落散在地上時，完全看不出是什麼部位，但師傅閉著眼睛都能把它們準確地糊在同樣難辨究竟的空心竹架上，漸漸塑出樣貌。

從無到有看著大士爺塑起，洞悉那不過是空心的毛竹棉紙架子，即便塑好也不覺可怕。然而一旦在廟門口安座開光，便瞬間鬼氣森森，畏怖逼人。

自己從什麼時候開始不怕大士爺的呢？又是從什麼時候不再怕黑呢？

十一歲那年從遠方拉來了電，高傲的電線杆一根根聳然豎起，短橫木上長著白的陶瓷礙子說是怕漏電（所以電會漏，像水？），一條條黑線猶如蜘蛛結網般不由分說畫過上下街的天空，日後拍寫真怎麼也避不掉。

電線杆上附掛起燈泡，於是幾個大街口夜裡有了光，從此黑暗與恐懼與那些古老的鄉野傳說再也不能統治入夜的北埔。

姜鄧兩家率先添置照明設備，日沒後起居飲食讀書算帳都方便，但最先感受到改變的是嗅覺，晚上不再有濃重嗆鼻的煤油燈味，半夜可以去茅房也不必再把臭烘烘的夜壺塞在床底下。

鄧騰煇清楚記得那一晚要去店屋深處尋回白天失落的玩具時，鼓勇闖入黑暗的決絕。那空氣裡彷彿漂浮著什麼，摸不著看不透，但不懷好意地伺機而動。直到手指碰上開關的瞬間，光明打散黑暗，原來什麼都沒有。不，當他拿到東西離開時，燈一切掉，那些幽魅還在原本的地方，令鄧騰煇驚慌遁逃。

年幼的他因此明白，即便文明電氣的光也無法消滅黑暗，光只是一張袍子，暫時把黑暗罩起來。人披著光袍侵入黑暗的領地，卻不能永久占領。

黃昏後家家戶戶擺起供桌香案，滿街燭火搖曳，一盆盆紙錢燒得紅光亂跳，令人都忘了頭上還有電氣路燈正在照明。等到一臺夜戲演完，廟前法事也剛好結束，土地公和騎著神獸的山神爺塑像被請到廟坪上焚化返回天界，三根燈篙同樣放倒燒卻。

法師一路誦經引領，眾人扛著大士爺和紙紮的宮殿走出早已不存在的舊城門，到西南邊開基義友塚旁立好，在周邊堆上小山一般的金紙，準備將大士爺請回冥界。郊野昏黑，只有一輪明月敷上薄薄清光，大士爺和人們都只剩下輪廓暗影，不辨面目。

一人上前從紙紮底部引火，小小的火苗緩緩和棉紙溫存著，像是先試探捕獲的獵物。也沒見什麼火光，紙緣已開始捲曲退縮不見，怪不得人們會認為燒化就是到另一個世界去了。回過神來，大士爺腳下瞬間已如燃起明燈，從裡面通透地往外亮起來。

人們用長竿撥著，火頭攀著大士爺身軀延燒，蔓延到後方宮殿和金紙堆，忽然變成沖天烈焰，蒸騰起無數發紅的灰屑，星星點點翻翻滾滾。方圓數丈之內耀成一團光球，義塚上的芒草都醒了。大家抬頭一看，才知道原來四面八方圍著這麼多人！人們被燒灼的熱氣逼得退後一步，又一步。大士爺的形貌消失在火中，變回一堆燃燒著的棉紙與竹條。

鄧騰煇沒有拍寫真，他站得太近，鏡頭不夠寬，火光瞬息變化，明暗反差也太大——事實上這些都難不倒他，但此刻他只想用自己的眼睛觀看這燃燒。

這是不覆蓋黑暗的光，是引領人們走入黑暗深處的光，是會點燃某種心緒的光。

鄧騰煇想起騰駿說，他可以在人們的眼裡看到鬼魂。此刻，鄧騰煇在人們的眼裡看到光。

相簿五

整色性寫真家

每天早上，鄧騰煇穿上配合天氣和心情挑選的三件式西裝，把油頭梳得光順體面，下樓打開店門的時候，都會想到曾對龜井光弘開玩笑說他可以開相機店，沒想到卻是自己開了一家。

他滿意地看著櫥窗，落地玻璃裡軍容壯盛展示著三十五架新款相機（店裡還有更多），後面掛著一張十八乘二十二吋全紙幅裱框寫真，是他拍攝的房總海女，選了在礁石上背坐回眸的一張避免裸露。櫥窗上方寫著：Developing, Printing, Enlarging（沖洗、印相、放大）。最重要的店招則是用時髦字體寫的：南光寫真機材行。取店名時不假思索冒出這兩個字，南國之人，自當綻放南方之光。

這下鄧騰煇一口氣擁有上百架各型相機，能夠恣意把玩，還能有比這個更令人夢寐以求的工作嗎？萊卡一架屋一棟，他開這家店都能買下一條街了，何其奢侈的幸福！

他還做了一件極有氣魄的決定：店裡只賣德國高級相機。這將臺北市內的四家同業全都震懾住，紛紛探問這是哪個大商社的手筆？等探聽清楚之後他們又都大大鬆了口氣，訕笑這種少爺玩法很快就會撐不下去。

事實上鄧騰煇已經妥協了，他原本只想賣萊卡的，但至少其他德國相機也都氣宇軒昂又精密可靠。若說萊卡是帝王，康泰克斯可與之並稱雙璧，而羅萊也算得上是統領一軍的大將。至於日法國相機還算典雅但奇怪的小毛病很多，美國相機物美價廉但總有點粗豪的市井氣。至於日本相機就更不用說了，那只是企圖假裝成德國相機的變身妖狸，總是撐不了多久就自己犯傻現出原形。

鄧騰煇每天站在櫃臺後面等待客人上門，有時拿著相機到門口拍個幾張，把對街京町藥局和松本商行的立面看得爛熟。他也常倚著櫥窗，看燕子在騎樓梁上築巢，飛進飛出銜著食物哺餵，幼雛們一有風吹草動就伸長脖子顫頭啁啾個沒完。

南光位在臺北城內京町二丁目十三番地[5]，隔壁是著名的學校美術社。選在這裡是有緣故的，當時臺北三市街中，城內是官署和日本人活動區域，大稻埕與萬華則是本島人市街。新興的西門町介於三者中間，乃是各方混雜的遊樂區。

全市共有十六家臺灣人開設的寫真館，其中十二家在大稻埕，四家在萬華，城內則完全是日本寫真師的天下；全市只有四家相機行，以榮町擁有三層樓店面的西尾商會為首，都是日本人經營。南光寫真機材行一舉開進城內，高規格與他們競爭。一方面相機價格昂貴，有興趣又買得起的畢竟還是日本人居多。另外一個不得不然的原因是，鄧騰煇來自客家山城，一句閩南話都不會，想打進太平町[6]反而更難。

5 京町二丁目十三番地：現博愛路靠近漢口街口東南側。

6 太平町：現延平北路一到三段周邊，精華地段約在市民大道和民權西路之間，是臺北最繁榮的本地人市街。

京町就在北門內，二丁目離西門也不遠，大稻埕和西門町的客人往來都很方便，乃是個進退皆宜的好位置。鄧騰煇還無從想像，數十年後這裡將會成為著名的相機街、全臺灣攝影器材行密度最高的一段路，但率先開疆拓土的南光屆時已然遷移他處，人們也不記得這裡曾有這麼一家店。

臺北城內的街景寬敞美麗，曾有前來視察的日本中央官員對此讚歎不已，直說比許多內地城市都還要先進。甚至到將近百年後，人們看到當時的寫真都還會訝異這個凌亂的舊城區曾有如許風華。

說穿了不稀奇，殖民政府如何改造市街都只是一紙命令的事，地圖上怎麼拉出計畫道路，現實中就怎麼一路拆去。同樣的事在日本本土就做不到，想拆間破房子都會引起地主反彈。就連首都東京，也要到關東大地震造成毀滅之後才得以改頭換面。

鄧騰煇開店之前只短暫來過臺北幾次，遠比住了十年的東京還陌生。開店之初又因為放心不下店裡昂貴的商品，幾乎寸步不離，沒有時間出去拍寫真，也不曾好好認識這個地方。

有時他會覺得，自己像是歐洲神話中把守寶藏洞窟的噴火魔龍，坐擁金山銀山卻沒享受過財富的好處。

然而他很快就透過無數其他人的鏡頭看遍這座城市。南光的主要業務是代客沖印，許多同好因為家中不便設置暗房，或者重要寫真怕自己沖壞，乃至於單純懶得動手，都需要請專家代勞。一般寫真館並不提供這類服務，少數幾家相機行遂做起獨門生意。一格格底片在他手上顯影，一張張影像被他精心放大。三線路晨曦光影，街道站牌前的候車風景，木造黑瓦日本屋舍，紅磚三合院，市場小吃攤。摩登街道上漫步著旗袍身影，店屋騎樓前面通過神社祭典行列，和服太太們圍著購買新年布置的菊花與門松，一旁卻有榕樹鬚根如瀑布般垂落。

西洋的，日本的，臺灣的，中國的元素錯雜並陳。對他來說，臺北彷彿是夾在北埔和東京之間一個奇妙的混合體，既摩登又鄉土，既帝國又南國。他既無法再去東京，臺北頓時成為理所當然的選擇，一回過神時，自己已然落腳在這陌生的市街上。

鄧騰煇每天在暗房賣力工作，所有沖放步驟絕不假手他人，這是直到南光營業最後一天都始終堅持的原則。

雖然自己拍攝得少，但大量沖放仍使他領悟到更多寫真訣竅。客人拍的寫真常有各種奇怪的失誤，看多了自然懂得避免。同時為了放大，他練就一眼把整張底片背在腦海裡的功夫，對所有細節瞭如指掌，能夠準確增減局部曝光時間。這些訓練最終都回饋到鏡頭前，當他拿起相機時，能立刻留意到更多東西。

當時新興攝影的風潮還未在臺灣引起太大波瀾，多數同好都加入關西寫真聯盟，追求的依然是軟調畫意，意趣有限。

不過一個叫李火增的客人引起鄧騰煇注意，他拍得勤，拍得好，而且一看就知道用的是萊卡，街景速寫準確銳利，畫面構成卻又自在隨興，沒有任何精心計畫的斧鑿之痕，完全發揮小相機的精髓。

李桑用的是萊卡吧？鄧騰煇問。

正是如此，大家都叫我「萊卡李」。李火增得意洋洋。

你是「萊卡李」，莫非還有「羅萊李」不成？

哈哈哈，那倒沒有。但日後會有也說不定呢。

奇怪，我也用萊卡，就沒人叫我萊卡鄧。

萊卡鄧？聽起來好怪，不然以後我就叫你南光桑好了。

李火增也是位少爺，年紀輕輕繼承龐大的漢藥家業，又喜好時髦新奇物事，每天拿著萊卡到處拍，懶得沖洗就丟給南光。鄧騰煇在店面二樓設置了一間接待室，兩人經常在那裡喝咖啡，交換唱盤欣賞，翻閱最新的日本寫真雜誌，很快變成好朋友。

李火增熱中外拍，每個週末登高一呼，帶著模特兒和同好們到草山舉辦便當會，或者去新店碧潭坐屋形船吃宴席，盡情拍攝一整天。南光位置居中，成為固定集合地點，大家出發前不免順手買幾些底片或濾鏡什麼的，回頭又把拍好的底片再交給鄧騰煇處理。

有一天李火增忽然問，南光桑知道阿波羅寫真研究所吧？

寫真研究所？那是什麼樣的地方？鄧騰煇非常訝異。

南光桑沒聽說過？阿波羅寫場是臺北價格最高、業績第一的寫真館，連日本人都不得不佩服。他的技術和學理聞名東南亞，很多人遠道而來學習呢。我本來也想去學幾招，不過他那裡規矩太多，後來就懶得去了。

你說這位主持人是誰？

啊，講了半天竟然都沒說，他叫彭瑞麟，跟南光桑一樣也是客家人呢。

彭瑞麟！我知道這個人！

•

彭瑞麟很早就知道，寫真並不真實。

就說兩年前（昭和八年／一九三三）引起旋風的那支底片，柯達推出史上第一支相機用全色性底片（Panchromatic film），能對光譜上所有顏色感光，改變了固有的拍攝方式，堪稱劃時代商品。

在此之前，寫真使用的是整色性底片（Orthochromatic film），對紫、藍、綠色有感應，而對紅色不感應。簡單來說，就是色盲。好處是可在紅色安全燈下沖洗，一邊目測顯影狀況來調整操作。但對它來說紅色不發光，跟黑色沒有兩樣，所以越紅的東西拍起來顯得越黑。

還有更早的不感色性底片（Non-color sensitized film）甚至只感應短波長的藍、紫色和紫外線，除了拍 X 光，早就只存在教科書裡了，不去說它。

隨著藥膜不斷改進，底片能感應的顏色越來越多，甚至超越肉眼。全色性以及後來的超全色性底片能「看」到更多顏色。也就是說，寫真的世界變得比現實更加繽紛璀璨，喧囂熱鬧——即便一切都是用黑白灰階調來表現。而這也許就是某些寫真比現實更迷人的理由之一。因此攝影者不只要有把眼前所見色彩轉換成黑白灰階調的能力，還要能判斷每一種顏色在相紙上呈現的灰色調。這可以借助濾鏡來調整，但同樣的，攝影者必須熟知每種濾鏡的效果，才能正確操作。

寫真並非真實的複寫，中間有太多能夠操縱的變數，事實上並不「寫真」。但寫真確然無疑是科學，遵循物理和化學原則，只要你熟習到得心應手的地步，就能進而創作藝術。這是彭瑞麟對所有來阿波羅寫真研究所修業的學生上的第一堂課。

事實上，彭瑞麟有個極力對顧客和學生保守的祕密。他是色弱患者，跟整色性底片類似，對紅色弱視，只是還沒有完全色盲。在大太陽下，他可以看見些許紅色，但是無法和橙色分辨。在陰天或暗處，紅色的物品往往變成土黃、深褐，乃至灰黑色。

他暗地裡調侃自己是整色性寫真家。說來輕鬆，但若傳出去可會讓寫真館的信譽毀於一旦。色盲的寫真師？那怎麼幫人拍寫真？世人並不了解也不想去了解，他們的寫真一直都是用色盲底片拍出來的。

彭瑞麟練就一身察顏觀色的本事，起初還得費盡心思猜測客人口唇或衣服上的暗沉是紅還是黑，後來幾乎變成一種直覺，瞬間就能判斷。

小時候，他以為世界就是這樣子的，大家看到的都一樣。當他在師範學校入學檢查被告知是色弱患者時，感到非常震驚。患者？原來我是擁有缺陷的某種患者，是不健康不完整的人？但他左看右看，都不明白自己究竟錯過什麼。

他決心要搞清楚所有的紅色，用科學手段矯正缺陷。他拍攝人們口中各種不同紅色的物品，嫣紅桃紅洋紅朱紅棗紅血紅紅啾啾的紅，沖洗成黑白相紙標註記號，長時間正坐端詳，最後依然參悟不出道理來。只知道當時未婚妻口唇的顏色，到了黑白相紙上會變成充滿魅惑的階調，在顯影瞬間令他神魂翻湧，猝不及防。

•

寫真術發明百年以來，人們嘗試過無數材料與方法去捕捉並再現影像，各有其優點，而逐漸在畫質、成本和簡便性等需求下發展成現今的主流樣貌。但對彭瑞麟來說，那是一條邪路。他認為寫真是門科學的藝術，科學可以透過研究來掌握，藝術則不應該有任何妥協。

彭瑞麟充滿實驗精神，窮究各種作法。他製作三色碳膜轉染天然色寫真，用藍、綠、紅三種濾鏡各拍攝一張原版玻璃底片，分別轉染色彩後再套疊成天然彩色，作品〈靜物〉入選東京寫真研究會專輯；他以明膠重鉻酸鹽印畫法製作肖像和風景，相較於主流的鹵化銀顯像，調性柔和粒子粗糙，充滿古典繪畫質感；他還嘗試過X光拍攝、紅外線底片拍攝、藍曬法印相和彩色塗繪。越是技巧困難、手法繁複，他就越想征服。

同行和學生們無不對他的淵博知識與高超技藝拜服不已，但真的能理解他成就的人幾乎沒有。他不斷攀上一座又一座難登的高峰，四下卻杳無人蹤，環顧茫然。

前幾天鄧騰煇來拜訪，他是好友鄧瑞鵬的姪子，在城內京町新開了一家店，專賣德國高級相機。彭瑞麟對這種把寫真當成貴族娛樂的作風首先就不欣賞。鄧騰煇穿著體面，隨時面帶笑容，用細緻的一雙手取出幾張作品請他指教，從中可以看出藝術直覺與天分，技術方面也下過工夫，但取材太過隨興，缺乏精心營造的嚴肅態度。

彭瑞麟也拿出去年剛完成的四張新竹風景寫真，包括〈五指山風景〉，試探鄧騰煇能懂得幾分。彭瑞麟是新竹州二重埔人，和北埔同屬竹東郡，五指山是他們共同的故鄉景色。這是他以千錘百鍊的明膠重鉻酸鹽印畫法製成的力作，無法做出完全相同的複件，乃是獨一無二的藝術品。

畫面上泛著黃棕金屬光澤，沒有純白色，中間調極其豐富，端正的山容與從山谷中流淌而出的淺淺溪水帶有一種萬古安然的沉靜感，其中如同水彩筆觸般的積雲尤其讓彭瑞麟感到得意。不過鄧騰煇似乎不特別欣賞，只客套地稱讚技藝高明。

道不同不相為謀，彭瑞麟還掛心著正待處理的要緊工作，他從日本高價訂購剛上市不久的紅外線底片，拍攝完正要沖印，於是匆匆打發了鄧騰煇。

紅外線底片原本是柯達公司專為美國農業局開發使用。健康的綠葉在大晴天時會吸附熱能並反射出紅外線，拍起來變成一片雪白。若病變枯萎則不然，會在相紙上呈灰黑色，藉此可以判定植物健康狀態。寫真家拿來從事藝術創作，可以得到十分特別的效果。

彭瑞麟到處勘景，選定總督府周邊的綠葉來拍攝，企圖創造雪白樹木和宏偉建築的對比效果，事前還費了一番工夫申請拍攝許可。紅外線底片對光非常敏感，一定要在全黑的狀態下裝退片，成本又高，所以他非常慎重地拿著整架相機進暗房。

阿波羅寫場牆上掛滿許多裱框寫真，都是他為客人拍攝的肖像。但在他專用的暗房門口，掛的卻是一張背影。那是他在寫真館開幕時為自己拍的第一張寫真，而且首次嘗試自攝背影。

寫真中的自己斜側著背，脖頸微微前探像在尋覓什麼，最醒目的是身上穿著一件起了無數毛球的針織毛衣，彷彿這張寫真是為那些毛球而拍似的。

他剛畢業時曾在公學校任教，有一年冬天寒冷難耐，卻又沒錢買新衣服，遂厚著臉皮請女學生教他打毛線，自己編織了一件。

我幫先生打一件好了。那個叫做林霜葉的學生說。

不必，妳教我就好。

先生有打過毛線嗎？

沒有，從來沒碰過。

那得從頭教起才行。

這樣太慢了，不如妳打一針，我跟著打一針，有錯妳隨時糾正，如此就跟妳打的沒有兩樣。彭瑞麟居然硬是用這樣複製的方式把毛線衣給打好了。事實上當林霜葉示範的時候，他經常分神看著她的雙唇，好奇猜想那究竟是哪一種紅色。這樣打法當然經常打壞掉，林霜葉就暗地裡幫忙修改回來，只是名義上是由他自己完成。

真是像樣的毛衣，先生太厲害了，一點都不像是第一次打呢。林霜葉雀躍地把毛衣高高展開，比彭瑞麟還要興奮。而且這赭紅色非常適合老師，顏色選得真好。

赭紅色……彭瑞麟啞然，他一直以為是鐵灰色。

林霜葉非常聰慧，為什麼不繼續到學校上課？過了一陣子彭瑞麟前往林霜葉家中訪視，質問她的家長。不只是公學校的課業，她還應該去考高女，否則太可惜了。

先生打算照顧她一世人嗎？

啊？

大家都說先生對我們霜葉不懷好意，繼續去學校恐怕以後嫁不出去。

她才十三歲呀，我只不過請她幫點忙，誰在背後傳這麼過分的閒話？總之女孩子遲早要嫁人，讀那麼多書也沒有用。先生請回吧，要是被鄰居看到，我們就更麻煩了。

彭瑞麟氣得渾身發抖，拂袖而去。轉過兩個彎之後林霜葉追了上來。真是非常抱歉，家父不會說話，冒犯先生了。林霜葉急促地一鞠躬。先生不必再擔心我，往後請多保重。

林霜葉說完轉身就跑，陽光耀眼，彭瑞麟在這一瞬間清楚地看見她臉上泛著一抹嫣紅。等一下！彭瑞麟熱血上湧，回身大踏步走進林家。霜葉一定要去讀高女！學費由我負擔，畢業之後由我來照顧！

彭瑞麟穿著那件毛衣到日本讀了三年東京寫真專門學校，以第一名畢業，最後一學期的色彩學獲得九十八分，在十五門科目中分數最高。宮內廳延攬他成為皇室御用寫真師，還要提供官費讓他到美國留學，被他一口拒絕。我必須回臺灣履行承諾，他說。

他依約迎娶了從新竹高女畢業的林霜葉，打著臺灣第一位寫真學士的名號在臺北太平町創辦阿波羅寫場，同時附設研究所，對所有前來學習的人傾囊相授。店外櫥窗右邊展示著商用寫真，提供顧客參考選擇。左邊則展示他的寫真創作，用來啟蒙顧客，好讓這些沒開過眼界的人仔細看看，什麼叫做高品質的寫真。

因此他把自攝的背影貼在暗房門上，每次開始工作前都要好好看看那個後腦杓、那件舊毛衣，別忘記自己從哪裡來，要往哪裡去。

但今天看到寫真上那些毛球時，忽然一股強烈的不服氣湧上心頭，決心要把這卷紅外線底片的沖放做到一百二十分完美。他想到鄧騰煇，心中燃起一把無名火。他非常清楚北埔新姜家族的傳奇與顯赫，哼，少爺，有那麼多錢玩相機卻不追求嚴肅的藝術表現，而認真創作的人卻總是苦於資金不足。沒辦法，世道就是如此。

他不能輸。雖然他並不參加競賽，也沒有和任何人較勁，但他必須爭一口氣，要做臺灣寫真界，不，東亞寫真界的第一人。

•

彭瑞麟插上門杓，關掉電燈，讓自己置身在完全的黑暗。視覺消失時，人對空間乃至自己身體的判斷都變得很不確定，甚至光想讓左右手互碰都可能對不準。但彭瑞麟早已熟極而流，俐落拆開相機取出底片，在桌上摸索到螺旋溝狀捲筒，將底片一端夾在軸心，仔細一圈圈捲上去。每圈底片之間都必須保留空隙，否則交疊處就會因為吃不到藥水而無法顯影，上片時手指還不能碰到底片藥膜以免留下指紋。這一切全憑觸覺，操作正確與否無法檢驗，只能靠頻繁演練達到萬無一失的水準。

在黑暗裡待上一段時間，漸漸會覺得自己融入其中，身體彷彿消失不見，除非去觸摸才能確認存在。這種時候，彭瑞麟常沒來由想起父親說，切藥材必須練到閉著眼睛都能把每片切得同樣厚才算出師。他曾見過父親在昏黑的夜裡尋找藥材，光憑觸摸和嗅聞就正確無誤地把外觀極為相似的幾種藥材分辨出來。

彭瑞麟並不是一開始就立志要當寫真家。他最初想當醫師，後來想當畫家，最後才改而走上寫真這條道路。

就讀公學校時，他一心想報考臺灣總督府醫學校，然而還沒畢業就遭逢家道中落，不得不改考臺北師範學校。等到他以第一名畢業時，父親又留下大筆債務溘然長逝。

父親是一位高明的中醫，兼通藥理，稱得上著手成春活人無數，深受鄉里敬重。彭瑞麟從他身上學到做任何事都一絲不苟的態度，沒有片刻放鬆。人命關天，父親總是說，無論診療還是炮製藥材，小小疏忽都可能害了別人一輩子。

父親曾給他一把刀，要他練習切藥材。父親自己用的那一把，刀身反覆磨礪到只剩半截，木柄握得變形，已經成為父親身體的一部分。父親說等到你那把刀跟我這把一樣，你就可以超過我了。

然而日本人來了以後，對島上所有執業醫師舉行嚴格的資格檢定，題目包含不少西方醫學知識，許多偏遠地方的中醫太慢得到消息趕不及參加，應考者的合格率也不到一半，大量中醫因此被迫轉行。

沒有執照無法繼續執業，父親為謀生計，參加不熟悉的土地投資結果失敗，債臺高築含恨而終，得年才四十九歲，臨死前交代他把切藥刀丟掉，什麼都好做，別做日本人說不科學的事。

父親有一張炭筆肖像畫，雖得其形，但看起來卻總是少了一股神韻。他唯一的寫真是跟一大群人合影，不起眼地站在後排，只露出一個頭，和世間所有紀念寫真上的人一樣表情呆滯。曝光過度，相紙又已經劣化，影中人相貌越發模糊，挑戰著彭瑞麟的記憶，也挑釁著他的寫真技藝。

他不斷探問，有沒有一種科學方法，能把父親的寫真放大保存？

紅外線底片已經捲到底，彭瑞麟把捲筒放進預先裝了顯影液的沖片罐裡，蓋上蓋子旋緊，摸到牆上的開關一切，光這麼輕易就來了。小小的暗房一目了然，黑暗之外的世界運行如常。

他開始計時，並從桌上拿起那把半截的切藥刀，用刀柄尾端敲敲罐子，把可能附著在底片上的氣泡敲掉，避免造成顯影瑕疵。他每次都好奇，在看不見的罐子裡，到底有沒有氣泡正附著在底片上呢？他當然知道這是概率問題，敲了準沒錯，不敲便會有一定的機會造成瑕疵。但他就是想知道此刻眼前的這一罐裡究竟有沒有一顆邪惡的氣泡攀附在潛影上？這彆扭執拗的念頭強大到成為一股不敲罐子來實際驗證的衝動。當然最後他終究還是敲了，但他很需要知道自己活著的每一個動作是否存在意義。

或許人生就是這樣，再怎樣科學的手段也有測量不了的黑箱，而為了避免可能的失敗，必須做很多不曉得究竟有沒有效的舉措。敲了準沒錯。這才算是一種科學的態度吧。

彭瑞麟想成為醫師，他要用科學方法證明中醫是有效的。然而父親死後，他為了扛起家計不得不改念師範，畢業後在公學校任教五年才把債務還清。

在苦悶的教學生活之外，他用美術課學到的技巧幫人繪製炭筆肖像畫，沒想到頗受好評，邀約不斷，不僅得以貼補家用，全心繪畫時更能暫時忘懷鬱結的情緒。

他做任何事情都不免認真起來，無法僅僅滿足於消遣，而是要從中創造意義。一旦要畫，就要成為臺灣第一。臺灣還沒有畫家入選過帝展[7]，是在等著我吧。彭瑞麟正式習畫之前就先立下宏大志向。他一聽說擅長水彩的大畫家石川欽一郎再度來臺定居執教，立刻專程前往拜師，並且從新竹山區的峨眉公學校請調到桃園埔子任職，方便往返臺北上課，也才因此與林霜葉相遇。

顯影時間到！彭瑞麟分秒不差地將底片急制後倒入定影液，再次計時。

7 帝展：由日本帝國美術院主辦的帝國美術展覽會，是官方最高等級美術展。一九二六年陳澄波以〈嘉義街外〉成為第一位入選帝展的臺灣人畫家。

開玩笑的吧，彭君有色弱？那天石川欽一郎驚詫地說，我對你大膽運用藍色的豐富層次印象深刻，非常期待未來的表現，沒想到你竟是色弱患者？

恩師當時的表情讓彭瑞麟一輩子也不會忘記。石川欽一郎除了畫藝精湛，最令他景仰的乃是其人格。恩師是那麼溫文儒雅，立身嚴謹，平日菸酒不沾，並且不輕易顯露情緒好惡。正因如此，恩師的反應無異宣告了作為畫家的彭瑞麟之死。

居然連老師都這麼說，色弱真的是畫家的絕症嗎？

嗯。日本美術界派系林立，鬥爭激烈，臺灣人原本就很難插足……況且色弱的話，恐怕連美術學校的入學試驗這關都過不了。石川欽一郎沉吟良久，忽然說彭君要不要考慮改學寫真？

話雖如此，寫真能夠稱得上具有美術價值嗎？彭瑞麟滿懷憤懣地衝口反駁，難道我就注定只能從事次一等的工作，當個平庸的蠢物？

石川欽一郎對他的態度不以為忤，平心靜氣解釋道，寫真和水彩畫同樣追求捕捉大自然瞬間的神韻，並且需要對光線、空氣和視覺進行深入研究，脫離純粹繪畫而進入科學藝術的境界。你有繪畫構圖能力，一定能拍出好寫真。透過寫真帶來的新視覺經驗，說不定還能給予繪畫啟發呢。

彭瑞麟聞言不語，默默收拾了畫具辭別而去。

真正促使彭瑞麟下決心改學寫真，畢竟是聽到畫家陳澄波入選帝展的消息。無法成為臺灣第一的畫家，再做下去也沒意思。好，今天起就來研究寫真。聽說很多人向帝展請願設置光畫部門，倘若成功，到時候我就會是臺灣第一個入選的寫真家。

——至於你所思考關於寫真的藝術價值問題。石川欽一郎日後捎來一封信，懇切而細緻地再次探討他的疑惑——對此，我想最終還是歸結到身為技術家對科學的征服程度。寫真是否能成為純正藝術？正直地說，至少在目前是難以得到承認的。但若是抱持著藝術家的嚴正姿態來與之苦鬥，作品的最終藝術評價或可拔高至某個頂峰，甚至拓展藝術的邊界也不是不可能的事。

出來了！不愧是紅外線底片，比傳聞的還精采。彭瑞麟將完成定影的底片拉開來對著燈光檢視，透過腦中翻轉負像，看到整排樹木在總督府周邊綻放出一片雪白光芒，讓恩師口中那座「阿呆塔」相形失色。

科學就是科學，只要掌握知識，正確操作，科學永遠不會背叛你。紅外線底片捕捉的不只是彭瑞麟看不見的紅色，更是所有人都看不見的光線。看不見的未必不存在，只有努力不懈的人可以擁有更寬廣的視野。

底片晾乾之後，彭瑞麟洗出相紙，將〈嫩葉中的總督府〉等三件作品寄到東京《朝日新聞》發表，獲得極大好評。

他很快拋下紅外線底片，這件事既已完成便不再值得留戀。前方還有很多挑戰要征服，他不能有片刻停下腳步。

•

鄧騰煇迷上了八釐米映畫攝影，幾乎把相機給冷落了。

八釐米輕巧方便，可以說是攝影機中的街拍機種。在日本的時候他就用八釐米拍過海女，接著畢業回鄉、搬家開店，把攝影機擱下好一陣子。最近他把寄養在老家的長子永光接到臺北來，送進幼稚園就讀，想起用八釐米可以拍下兒子成長過程，於是又興沖沖拿出來玩，竟玩上癮了。

小觀音山下雪，立刻帶著永光上山賞雪；陽光大好，跟幾個朋友租一條船溯流到新店碧潭，和永光一起跳下淺灘玩水，爬到小丘上起油鍋用麵粉裹炸船家現捕的溪魚；幼稚園運動會，小朋友們做操、滾大球、接力賽跑、繞圈唱遊；總督府始政四十年臺灣博覽會，和服仕女們拄杖遊行；龍山寺廟會，藝閣花車盛大巡迴。

這段時間他晚上經常在家對著書桌上的燈光剪接膠卷，一呎一呎計算秒數，用放映機投影到牆上試看，甚至不太跟李火增等好友去酒室了。

和只看動畫的觀眾不同，鄧騰煇可以檢視膠卷上的原始影像。每當他拉開一段膠卷歪著頭端詳時，總有一種奇怪的感覺，這上面的每一格——通常一秒會有二十四格，但有時候為了節省膠卷減成十六格來拍攝——看起來就像是連續拍攝的寫真。這樣說有什麼不對嗎？每一格都跟前一格只有一點點差異，每一格都能當成一張寫真，鄧騰煇確實出於好玩把某幾格剪下來單獨觀看。奇妙的是，被剪下來的那一格彷彿就失去了生命，跟用相機同時拍下的寫真完全不一樣。

鄧騰煇看著一格又一格膠卷上的畫面。海邊盪鞦韆的剪影，雨中的人力車，特寫一戴眼鏡男子仰頭引吭唱著什麼，妻子抱著永光，大片河灘地上母子三人漫遊，穿著泳褲的自己正把一條舢舨推上岸……

其中確實不乏構圖和曝光理想的畫面，但那不是出於瞬間判斷精準擷取，而是囫圇鯨吞下的偶然收穫。而且他知道那一格影像的前面已經先有一格，後面緊接著又將追上來一格。半空中的鞦韆不是凝固的，下一格它會盪得再高一點，再下一格更高一點，又高一點。永光天真的笑容不是永恆的，前一格它還沒綻放完全，再前幾格根本是一張臭臉。

這深深困擾他，這跟用相機直接把時間切一片下來有什麼不同？或許是因為他已經看過每一格了，當你看過所有的影像，你就無法再相信其中任何一格是自我完滿的宇宙，你知道它的存在只具有每秒二十四分之一次快門開啟的意義。就算某一格單獨看來再完美，它也必然無可遏阻地走向下一個不完美的瞬間，如同人生一樣。

這幾乎反過來動搖他對寫真的信念。生命的行進是連續的，既然他已經知曉某一張寫真拍攝之前與之後發生過的事情，那麼一張寫真何以被人們當成一個世界來珍重地看待呢？

不過映畫播放起來的樂趣令他忘記這些疑惑，專注沉浸其中。他特別喜歡乘船遊河時拍攝的水光，反覆放映觀看。水光的迷人之處在於隨機而且不規則，沒有一片光影相同，沒有一道波紋重複。但在膠卷上一格格看就不是這樣了，上面的水光是命定的，是有軌跡可循的，前世今生一目了然。

鄧騰煇醒悟到，寫真捕捉的是某個神而明之的瞬間，是令人會心的表情姿態，是意在言外的畫面組成，是某種象徵。它把一小片時間摘取下來，洗晾乾淨熨燙平整，讓人游離在時間之外自由地品味欣賞；映畫拍下的則是一段連續動作與事件，是一艘航行在時間上的小舟，人們必須搭乘上去，付出對等的生命時光才能前進。

於是鄧騰煇再次把片盤掛上，讓燈球照耀，膠卷奔馳，伴隨著猶如蟲兒振翅飛行的捲片聲響，讓一整條河流重生於書房的白牆。

嗯哼——

門外再次傳來妻子的悶咳聲，儘管她已極力放輕，但一種壓抑的情緒更形濃烈。妻子咳嗽好一陣子了，他幾次關心地詢問要不要看醫生，妻子總說只是小小著涼，很快就會好，不知不覺拖到現在。那悶咳聲實在挺擾人的，但想到妻子才是在難受的人，也就默默忍耐。

咳嗽聲隨機而且不規則，造成某種顛簸的節奏，彷彿在與映畫機較勁。鄧騰煇忽然很想抽菸，順手點起一根，吁出一團濃濃的煙霧阻在放映機投射出來的光路上，白煙像是一道變形的屏幕，失焦的水光在上面閃耀著，另有一種怪趣。鄧騰煇一輩子記得這一瞬間。

晚年回想起來，鄧騰煇覺得那兩年——具體來說是昭和十年到十二年（一九三五到三七），堪稱他一生中最幸福的時刻。娶妻生子成家立業，經營高檔相機行，時常帶著年幼可愛的兒子到處玩，想拍什麼拍什麼，想買什麼買什麼，從沒意識到要擔心錢的事，世道暫時也都還平和著。

然而對於生活的細節，他卻沒有太多印象。當然他記得幾個特別的時刻，但其他部分異常空白。為此他把塵封三十年的膠卷拿出來重新放映，雖然有些發霉劣化，幸好不妨礙觀看。結果除了幾段當時花費偌大心力剪接出來的完成品還算能看，其他大量無意義無趣味甚至記不得是在幹什麼的膠卷都令人不耐。

有好幾卷標註著內容是朋友來家裡拜訪。哪個家？他不曾住過映畫上那樣附有庭園的和式平房啊，其中有些人更完全認不得，令他看得一頭霧水。

他挑了十幾卷看，發現自己呵欠連連。他忍不住想，這裡面有一大半在三十年前就應該丟掉，當時覺得每一格都是生命中珍貴的吉光片羽，時間過了、膠卷丟了就沒有了，所以全數保留。但年過六十才來整理這些太過折騰，也實在沒有餘裕跟著映畫上的年輕自己理直氣壯地揮霍光陰。

當初把精心剪輯的一段《漁遊》寄去日本參加第三回全日本八釐米映畫比賽，拿到一張佳作賞狀，心裡還得意想說或許將來可以當映畫監督呢。現在想想那張賞狀某個程度上也具有高額報名費的收據性質吧。

鄧騰煇短暫的八釐米狂熱在昭和十二年戛然而止。是啊，戰爭開始了，無法再繼續拿著攝影機到處亂拍，膠卷也越來越難買。但仔細想想，自己回到寫真上來，終究才是真正的原因。

要說可惜，就是未曾幫來臺北的阿婆拍一段映畫作紀念。開戰隔年，阿婆領著父親、瑞金三叔、三嬸、瑞鵬小叔、小弟騰駿到臺北來旅遊，也到京町店裡來看看。大家在後院合影，鄧騰煇也在遊覽新公園和北投時用相機拍了幾張速寫，但壓根沒想到拍映畫。

鄧騰煇對阿婆一直又敬又畏。當父親領著自己去向她稟報要開相機行的決定時，阿婆只是淡淡地說，不文不武。此外別無他話，也沒有反對的意思。鄧騰煇有些不服氣，認為現在早已經不是山產雜貨和鴉片煙膏的時代，而自己站在摩登浪潮最前端，不只經營相機生意、推廣寫真風氣，更是要從事寫真藝術創作。

平心而論，晚年的鄧騰煇想，從生意來說阿婆看得實在沒錯。只賣德國相機這個決定，沒有多久就帶來極大困難。首先是積極備戰的納粹德國不斷將帝國馬克升值，使得日本的相機進貨成本水漲船高。日本對中國開戰更立即衝擊景氣正好的寫真市場，政府對舶來品課徵了高額戰時物品稅，同時加徵奢侈稅，相機進口總額在一年間從六百四十萬圓崩跌到一百二十萬圓。相機市場陷入混亂，東京幾大商號不得不在昭和十四年協議出公定價，二手萊卡 IIIa (G) 型一千五百圓，二手康泰克斯三型兩千圓[8]，連日本國產的佳能新品都賣到五百七十圓之譜。

起初還有東京的同業來跟他盤貨，著實賺了一筆，但之後就變得有行無市。再過幾年連底片都被列為軍需品，很難進到貨賣給客人，沖印生意跟著一落千丈，更別提最後空襲帶來的毀滅。

雖然不曾幫阿婆拍映畫，然而對阿婆的印象格外鮮明。這時她年事已高，不再有從前的精悍之氣但依然健旺，除了和大家一起上草山，也拉著嬸嬸兩個人坐人力車去永樂町聽藝旦唱戲，面對陌生的環境和語言毫不畏怯。

鄧騰煇幫她拍了肖像，在北投還是哪裡請阿婆坐在一張天然風格的長木椅上，背景襯著遠處山巒。阿婆依舊穿著客家傳統大襟衫和寬烏褲，腳下布鞋沾上一圈泥塵也不擦。她的目

8 一千五百圓、兩千圓：一千五百圓約合現在的日幣三百萬圓，或新臺幣一百萬元左右；兩千圓約合現在的日幣四百萬圓，或新臺幣一百三十餘萬元。

光不再凜然逼人，卻仍有一種我自巍峨的參天古樹姿態。

鄧騰煇無法想像這樣的阿婆化身為一秒二十四格的成千上百幅影像。眼前投射的映畫跳出雜訊，將鄧騰煇的意識拉回現實。膠卷保存不當，由軸心往外輻射出一條藥膜融壞的損傷，每轉一圈就會放映出烈火焚餘般的扭結焦黑。

就像遭遇大空襲之後的京町一樣。

清晰的舊日影像和融壞畫面不斷交錯，一再打斷時間前進的線性。那些融壞的部分竟也如同河面水光，在連續播映時獲得生命，熊熊熱烈焚燒著，一邊躁動攪扭，貪婪地吞噬鄧騰煇更多記憶作為滋長的養分。

鄧騰煇趕緊停掉機器，拆下膠卷拉開來端詳，好在那都只是些霉斑和融壞的藥膜而已。

相簿六

還山

鄧騰釬從軍入伍半年，有驚無險歷劫歸來，在自家和豐號前下了車，整個上街冷冷清清，只有少數至親迎接，與出發時歡騰榮耀的場面有天壤之別。父親鄧瑞坤為他設宴接風洗塵，穿過店屋後院天井時，母親吳順妹遞上一碗麵線卵讓他先吃過再去沐浴更衣。

天井還是那個天井，陽光照在石板上好安靜。

誰能想到，半年前這個小小的天井曾擠進好幾十人，為他和堂弟煥蔚，以及堂妹婿莊阿魁的出征壯行。他們背後插滿數十隻狹長白幡，清一色寫著祝應召鄧騰釬君、祝從軍鄧騰釬君、祝應召姜煥蔚君、祝從軍莊阿魁君……人們嚴嚴實實圍著一張長桌，鄧騰釬三人穿著日本軍服站在長桌底端主位，桌面上不成比例地空蕩，只有四碟沒人動過的小菜和三支空酒瓶，每個人手上都持著淺淺一杯酒水。

乾杯——

請等一下！三弟騰煇忽然喊道，請看這邊，拍張紀念寫真。

人人舉酒將進，卻突兀地將手煞在半空中，同時轉頭看向長桌底端，等候相機攝下這永恆的一瞬間。鄧騰釬持杯的手微微顫抖起來，忽然想起那首古老的詩句，風蕭蕭兮易水寒。他原本就覺得這杯酒彷彿是在奠祭自己，而騰煇一聲叫喊暫停了時間，讓邁向死亡的痛苦變得無比漫長。

他當下腦中混亂，不曾留意現場細節，事後看那張寫真才得全貌。自己站在主位正中，陽光斜斜打下，在他臉上留下生硬的影子，表情像是帶有滑稽感的悲壯，或者帶著悲壯感的滑稽。

父親站在左邊桌角，騰煇構圖時把他放在畫面中央。他左邊是大叔姜瑞昌，也就是煥蔚的父親、阿魁的岳父。大叔把酒杯舉得太高遮在父親嘴前，造成父親慨然率先乾杯的錯覺。再旁邊依次是三叔瑞金、小叔瑞鵬，還有內心翻湧而執拗地不肯看鏡頭的小弟騰駿──他一直覺得這一切太沒道理。此外左邊前景還有送行諸親友，長桌右邊背光的陰影裡則是一排前來執行徵召的軍方人士。除了一兩個湊熱鬧的傢伙臉上帶著詭祕笑意，其他人全都面色凝重，卻又不敢直率透露哀戚。

怎麼搞得像出殯？鄧騰釬初次看到這些出征旗的時候，著實震撼驚恐不已。白幡不是還山時候用的東西嗎？

北埔每逢有人出殯還山，全庄的窮人家孩子都會爭相來幫喪家擎輓聯、擎花圈，以便討取紅包。也有那衰老貧困又戒不掉鴉片煙的老隘勇，支著一身嶙峋瘦骨，厚起臉皮來和孩子爭搶，喪家總會給他一件乾淨衣衫，讓他擎著帶竹葉的飄幡走在最前面，孩子們則跟隨在後高舉竹竿讓細長白幡迎風飄動，以顯哀榮。

喪主家業越大，孝子親友和輓聯花圈越多，還山隊伍也就越長。鄧騰釬十九歲時祖父姜滿堂過世，隊伍循例從上街穿過西門舊址（象徵出城），繞過豬灶崁下，最後渡過久安橋到大湖溪對面山上墓地。前頭隊伍抵達時，棺柩都還在自家榮和號門口尚未出發。

鄧騰釬記得隊伍行至半途，偶然風止，所有長幡耷拉垂落，在滿目青山間形成一道雪白簾幕——不就和眼前的壯行場面一模一樣嗎？

大家肚子裡都塞著同樣不祥的感受。莊阿魁忍不住埋怨，被叫去替日本打仗就算了，還得學日本人壯行那一套，抱著必死決心出征，先跟家人訣別！這話長輩聽來刺耳，萬一被日本人聽見更麻煩，鄧騰釬立刻叫他別再說了。

對於該如何為從軍者餞行，眾人有過一番周折的討論。北埔前一次有人出征打仗，已經是遠在光緒二十一年（一八九五），整整四十三年前的事了。當時姜紹祖率鄉勇響應臺灣民主國，抗日失敗自盡殉命，留下自輓詩云：男兒應為國家計，豈敢偷生降敵夷。

世道流轉，不過才隔了兩代，姜家後人卻穿上日本軍服出征。這時當然不能再用先祖祭旗誓師的儀式，照鄧瑞坤的意思，奉召入伍迫於無奈，只請少數至親在家小敘話別，也就算了。

然而北埔庄長平間秀顯卻尋上門來，說本庄初次有臺灣人加入皇軍，乃是一大光榮盛事，而且顯赫的姜氏家族率先為國奉公，更應該盛大舉辦壯行會，作為鄉里榜樣，也祈祝從軍者武運長久。

平間顯秀拿出幾分報刊，指著上面的寫真說壯行會就照這樣辦吧。大家一看都愣了，只見這些題名為「出征風景」的寫真上，全都豎立著一片白幡旗海，悲壯決絕。

姜瑞昌拿出前任庄長姿態，表示希望按照本地風俗餞行，平間顯秀說那不行，這是上頭的指示，全臺灣都得這麼辦。眾人無奈之下，也只能遵從。平間顯秀要求管內機關，無論是學校、保甲、信用組合還是商號會社，全都製作出征旗相贈，果然看起來熱鬧非常。

好了！騰煇終於完成拍攝，頓時解除眾人化成雕像的咒術。

萬歲！萬歲！萬歲——

眾人三唱萬歲，囫圇喝下祝酒，紛亂地把小杯放回桌上。如此壯行會就算完成了，軍方人士拔腿往外就走，莊阿魁渾身僵硬直挺挺站著還沒從咒術中解脫，鄧騰釬轉頭向他說了句什麼，姜瑞昌和姜瑞金不知為何依然舉著杯子不肯放下，而鄧瑞坤老邁憂戚地空望前方。

鄧騰釬瞥見父親神情，心中不忍，畢竟他才五十六歲，看起來卻已老態龍鍾。父親是長子，從母姓入嗣鄧家。祖父姜滿堂扶植父親自立和豐號，並給他不少田宅產業，但畢竟把一手創立的榮和號交給姓姜的大叔瑞昌繼承。父親從懂事起就跟著祖父母創業，少年失學，不像三個叔叔都從臺北國語學校畢業，也都當過教師穿過繡金線的文官服，日語流利學問高明，在官場商場無往不利。父親不免暗暗覺得遺憾，因此把四個兒子全送到東京讀書，企圖培養他們成為更文明先進的上流人才，回來同心協力扶持家業，到時候那將會是怎樣一番局面！

大哥騰芳畢業於上智大學商科，熱中最摩登的網球運動，曾在柑園建了一片球場，卻因打球受傷惡化成肋膜炎，竟就此不治，死時才二十六歲；老三騰煇留日最久，從法政大學取得經濟學士學位，但沉迷於昂貴的寫真機械，回來後在北埔待不住，花了大錢去臺北開相機行；學法律的小弟騰駿則熱愛繪畫，要了柑園一個房間改作畫室，每天只知埋頭創作，連結婚都不肯。

鄧騰釪曾偶然聽到父親和大叔閒談時感嘆，真不知道送這些兒子去讀文明書到底是對還是不對？

他讀的是東京美術學校，又是個老實伯，在兄弟中似乎距離經營生意最遙遠，但在大哥猝逝後接掌家業，做事認真仔細，又積極參加各種園藝和茶業講習會，總算讓父親安心把和豐號交給他。沒想到一紙徵召令，又把鄧騰釪帶往命運未卜的戰爭前線，無怪乎父親頓失希望，一夕蒼老。

整個北埔除了新姜家這三人，還有老姜家兩名子弟姜阿新與姜重垣應召，他們都是各房派下的年輕當家，也都到日本受過高等教育。

五位應徵者來到北埔口集合，準備搭乘軍用卡車前往竹東報到。全體公學校學生被動員來列隊歡送，一片白茫茫日之丸旗海亂搖，遠看彷彿天大喜慶。但孩子們臉上興致缺缺，一個口令一個動作，比擊輓聯還沒勁，像是誤入了小氣喪家的還山隊伍。

老三騰煇如影隨形，在這當口又要幫五人合影。他們各個神情落寞，把親友簽名的出征國旗含蓄地捲起來輕輕捏著，好似倒楣僕役端著主人家鑲金嵌玉卻又臭不可當的便壺，實在不想拿太靠近身子，卻又怕一個沒握牢失手摔壞了擔待不起。

鄧騰釬老實病發作，覺得在鏡頭前彷彿有義務裝裝樣子，勉強把國旗拉開一點，卻反而顯得心不甘情不願。倒是旁邊的姜阿新「唰」一下傲然展示國旗，稍後通過學生歡送隊伍時也高舉旗幟一臉榮耀。這位後來以「茶虎」稱號聞名的竹東茶業鉅子，在軍車上對鄧騰釬說，抗拒不了的事就正面迎上去！這的確很符合他的作風。

從卡車後面往外望，故鄉越來越遠。鄧騰釬在人群中看到騰煇依然拿著相機對自己拍照。他忽然想，如果再有一波徵召就會輪到老三了。但他同時有個奇怪的直覺，騰煇到最後都不會直接被捲入這場戰爭，因為騰煇注定是個置身事外觀看的人。

五人到竹東向部隊報到，再從基隆出海，到廣州中山大學受訓後分發下部隊——事實上這五人根本不是被徵召當兵，而是到廣東去當通譯官，昭和十三年（一九三八）時臺灣人還沒資格成為光榮的帝國軍人，去為天皇效死。

這事情說起來令人啼笑皆非，日軍在廣東苦於缺乏通譯人員，不知怎麼打聽到臺灣戶口登記上有許多祖籍為「廣」的客家人，隨即由軍部下令召赴前線。等這批人好不容易到了當地，日軍才發現客語和粵語根本不通，大費周章搞來一群冗員，耗費軍需糧餉卻派不上半點用場，又不能轉作戰鬥兵員，不免大罵軍部官僚作風誤事，在半年內便陸續將他們遣送回籍。

鄧騰釬在廣東整天沒事幹，不時被聊得來的軍官找去泡溫泉，對當地溫泉之多留下深刻印象。通譯是文官軍屬，不掛階級但能佩劍，每逢正式場合穿上外套遮住右胸上那個顯眼的「通」字，就會有搞不清楚狀況的新到充員兵緊張兮兮地向他敬禮，讓這個老實伯也不由得感到幾分虛榮。

他那柄佩劍其實一拿到手就是生鏽的，軍方用瑕疵品打發這班臺灣人軍屬。鄧騰釬有時深夜獨處，把劍拔出來仔細端詳，也曾徒勞地試著磨掉鏽斑，最後坦然接受它不完美的樣子。畢竟只要不拔出來，它就是一柄威風堂堂的文官佩劍。

這次徵召既然是一個愚蠢錯誤，復員時自然低調到不能再低調，事前沒半點消息，更別提什麼歡迎行列了。

父親看到他平安歸來，終於放下心中擔憂，但臉上再也看不到昔時那種一方人物的英氣。當初那場近乎生奠的壯行會，誰也不曾再提起。

或許因為這場驚嚇，鄧瑞坤在三年後以五十九歲之齡離開人世。同年內北埔市街空前絕後接連鋪排了三場葬禮，一場比一場盛大，將北埔最繁盛的時代一併送出舊城門安葬了。

•

鄧騰煇在母親吳順妹的告別式上坐立難安。母親的死令他很傷心，但奇怪的是在式場內卻怎麼也無法難過起來。

告別式場設在柑園，四個孝子依序排列，分別是長孫鄧永源、鄧騰釬、鄧騰煇及鄧騰駿。他們披麻帶孝，全程參與漫長冷清的家祭，以及賓客擠得水洩不通、更加漫長的公祭，隨著法師指示，反覆誦經、跪拜、復位、向不知哪來那麼多的拈香親友賓客團體一一答禮。

日前鄧騰煇在臺北接到二哥告知母親病危的電話，問他手上有沒有母親的肖像，放大幾張帶回來當作遺照。

當年阿婆帶著家人們到臺北旅遊時，他把書房當作臨時攝影棚，為母親拍了幾張肖像，正面、左側面、右側面各一張，同時讓她抱著剛出生的二子永明拍了幾張。

這些寫真顆粒細緻，畫質鮮明銳利，然而卻也格外使畫面中的母親看來蒼老疲憊，非但沒有絲毫大家主母的雍容，而且長年緊鎖的眉心，在棚內燈光下呈現一種戲劇性的悲苦。就連抱著永明那張，也像是在兵荒馬亂中逃難的祖孫，充滿深不見底的倉皇驚恐。

鄧騰煇嚇了一跳，彷彿無意之間用相機揭穿了母親從未告人的生命真相。

當時他沒有把這些寫真放大送給母親，而是另外挑了幾張在植物園拍的速寫。母親和永光、永明坐在長椅上，笑瞇瞇的無比和藹，就連眉心那道鎖紋也變得充滿悲憫與寬慰，周身煥發慈祥光輝。

怎麼會有這麼大的差異？這真的是同一個人嗎？鄧騰煇百思不得其解。

鄧騰煇熬夜放大母親肖像，也將那幾張速寫格放出來，一起備選。回到北埔，躺在病榻上的父親對首先呈上的速寫興致缺缺，一伸指就選了那張醜陋的肖像。他請父親再考慮一下，父親只說，遺像是要讓後世子孫萬年瞻仰的，必須莊重。

看著高掛在式場上的母親遺像，裱框上斜斜打著兩道黑布，被無數供品花圈輓聯圍繞，鄧騰煇忽然有做錯事的感覺。是他把母親在大家族中周旋勞苦一世的不堪面貌揭露出來，是他讓這樣的母親被放在眾目睽睽之下，作為人們對她蓋棺論定的最後印象。

葬禮漫長繁複，成服、入殮、封棺、做齋，每樣都有詳細儀節。做齋二晝一夜，又叫做功德，首六起晝、朝北斗、誦經禮懺，還有耍雜技、演示唐僧師徒西天取經、引魂過橋、用山歌小調唱勸世文……重要儀式孝子都得在場，幾天幾夜下來令人疲憊不堪。

鄧騰煇一直對身上穿的孝服有些介意，休息時和騰駿談論，原本是服喪過於哀痛無心整裝，所以隨手抓著最粗陋的衣服穿上，但現代人為了葬禮還得特地購置全副麻衣白袍，有些本末倒置。

騰釬在旁聽見，冷冷地說現在的孝服已經改良簡化許多了。確實，他們已經不穿全套粗麻的斬衰，而是在襯衫和西裝褲外面披一件白布袍，不戴麻冠改用麻繩綁一條白紗巾，腳下不踏草鞋，直接穿著皮鞋或球鞋，走在風俗前端。

儀節漫無止盡，在告別式達到高潮。鄧騰煇頭昏腦脹，都忘了怎麼悲傷。他一抬頭就看見那張令人悔恨的母親肖像，真想直接趴在棺木上痛哭，而不是呆坐幾日夜看和尚道士念破幾十部經書，聽一篇又一篇詞藻繁麗卻不明所以的祭文，讓成千上百的陌生人輪番勸慰節哀順變。

抱著這許多複雜心情，他越發苦悶難當。直到公祭結束，靈柩抬起蓋上華麗的棺罩，驚覺母親的葬禮就要結束了，他煎熬半晌把心一橫，做了件異乎尋常的舉動，不顧身披重孝，猛然拔腿從柑園飛奔回上街和豐號，進屋抓起萊卡又衝下樓，正好遇上還山隊伍的花圈、大鑼和滿街搖晃的狹長白幡。

轉過街角而來的，是長孫永源捧著牌位前導的小轎，然後蓋著紙雕亭臺仙鶴花草棺罩的龐大靈柩以排山倒海之姿緩緩現身，在上街街心迴旋轉向，載著母親最後一次通過和豐號，準備出西門永別這座山城。

鄧騰煇舉起相機按下快門，眼淚就撲簌簌流下來了。

他無法從觀景窗裡取景、對焦，無所謂，他早已練就爐火純青的速寫能力，直覺對焦，憑經驗構圖，本能地調整參數。他依然惦記著自己的孝子職責，拍了幾張就趕緊回到在靈柩後方亦步亦趨的孝子行列。但是當隊伍出了城、通過田野間的小路，他又幾度脫隊取景拍攝。

他邊拍邊哭，自己都奇怪為什麼拿著相機才能感覺失去母親的悲痛。他盡量避人耳目，始終有種在做虧心事的感覺，滿手都是汗。但披麻帶孝淚流滿面拿著銀晃晃的萊卡相機拍攝，也很難不引人注目。事後沖出底片，才發現全都曝光過度，緊張之下忘記相機裡裝的是最新高感光度快速底片，而且總共只拍了八張。

其中最後一張，是八個抬棺夫用繩索將樸素的棺木緩緩放進墓穴。鄧騰煇才剛拍完就被召喚上前，和兄弟們各鏟一鏟土覆在棺木上，然後由抬棺夫接手封墓。當他那鏟薄薄的土砂虛弱地在棺木上散開時，不禁想，從此母親就要獨自待在這小小的洞裡了。

在那一瞬間，鄧騰煇忽然明白為什麼那張肖像如此失敗。

母親這輩子從沒為自己活過。她總是忙著侍奉阿公阿婆、照顧父親起居、拉拔兒女孫子、調和妯娌關係，每日裡烹調縫紉洗滌，遇上節慶還要備辦祭品牲禮。鄧騰煇幾乎不曾看過母親稍稍停下來，做點屬於自己的消遣。

她是屬於家人的，與家人相處時便顯得完足飽滿、眉目祥和。然而當鄧騰煇邀請她單獨入鏡，把她從家族情境中拔了出來，頓時使她孤伶伶、赤裸裸，變得空洞乾枯不已。

墓地封上了，鄧騰煇舉起相機想再捕抓一點什麼，在觀景窗裡卻只看到平平一片泥土。

•

母親走時，父親的狀況就已不樂觀，但鄧騰煇沒想到下一場葬禮來得那麼快。這次鄧騰煇不等兄長交代，自己準備好幾張肖像帶回北埔，到了才發現遺像早已掛在和豐號前臨時搭築的靈堂上。

原來父親貴為地方仕紳，經常被編入名人錄一類出版物，所以習慣不時拍攝肖像。選作遺像這張，是在和豐號正對面甫開張沒幾年的榮泉寫場拍攝的，主持人吳錦鑾曾在臺北阿波羅寫真研究所跟隨彭瑞麟修業，是少見的女性寫真師。

那是一張好肖像，端正、典雅，光線的安排恰如其分，用作遺像再理想不過。父親一向不喜歡用速寫的方式拍寫真，對老輩人來說，將身影留傳後代是極為慎重的大事，若不是去寫真館拍攝，就是在自家庭院擺好椅子和花草裝飾，衣冠嚴整肅容挺立。因此像這樣的寫真，最是符合父親期望的吧。

相較之下，鄧騰煇雖然善於速寫瞬間的生動表情，但那通常並不適合當作一個留傳子孫瞻仰的典範形象。他不禁悵然，到頭來自己所學所好，無論是經濟學還是寫真術，對父親都幫不上什麼忙。

鄧騰煇小的時候，曾經以為北埔是世界上最熱鬧的地方，每次跟著大人去收租，一離開市街就是一望無際的田疇林野，要走好遠才有一間屋子，而逢年過節時人們都會從四面八方到市街上來祭拜、採購。但等到他一懂事，兩個哥哥前往東京讀書，暑假時穿著神氣的學生服回家，一併帶回許多新奇物品，令他看得目瞪口呆，也才知道山谷以外還有一個更大更新奇的世界。

這叫テニス（tenisu），是最モダン（modan）的スポーツ（subotsu）[9]。大哥騰芳拿出奇妙的道具，換上帥氣白色毛線衣和二哥在柑園庭院裡對打起來，甚至叫人推平一塊地當作球場。テニス，モダン，スポーツ，一句話裡就有三個沒聽過的字眼。

今年安特衛普奧林匹克大會，熊谷一彌選手拿下男子單打銀牌，是日本人選手首度獲得奧林匹克獎牌。小燀現在開始練習的話，說不定將來也可以奪牌喔。

大哥把騰燀叫上前去，將一把厚重的木框球拍塞在他手裡，教他揮擊來球。好厲害！沒想到小燀打得有模有樣，你對移動的東西掌握得很好呢！不過別等球要往下掉了才揮拍，要在球彈到最高點之前就打出去，試試看。

鄧騰燀打了幾球馬上氣喘吁吁，大哥哈哈大笑把球拍接了回去。雖然好玩，但他還是喜歡坐在旁邊看就好。テニス，多奇妙的語言。平平的網子，多怪的東西，不能撈魚捉蝦，光是把球打來打去。東京的人每天都在自家庭院玩這個嗎？

哥哥們也帶回來很多書籍雜誌，上面印著精美的圖片。好寬的街道，好大的樓房，好多的人。這些都是真的嗎？都是真的嗎？

啊，說起來，北埔只是鄉下的鄉下罷了。北埔外面是竹東，竹東外面有新竹，新竹比不上臺北，臺北跟東京根本沒得比，但巴黎、倫敦、維也納又是東京難以望其項背的。不出去看看，都不知道自己是井底之蛙呢。

從這時候起，鄧騰煇便嚮往著離開北埔。他一直以為，從公學校畢業之後就會跟哥哥一樣到東京去讀書，他非常期待這一天。

然而家裡硬是讓他等了四年，才送他去東京讀中學。據說這是阿婆的意思，但終究也是父親的決定。兩個哥哥年紀都比他大很多，騰煇這時出去，過兩年哥哥們就畢業回來了，到時候只剩下騰煇獨自留在日本。而騰駿又比騰煇小五歲，不如讓騰煇晚幾年去，兩兄弟才好作伴。

在等待去東京，或者說等待弟弟長大的這四年，日子平淡得有些無聊。公學校同學們畢業後開始幫忙農事，或者到店鋪當起學徒，有些人很快就結婚變成大人，唯獨留下沒有玩伴的他。

哥哥每年都會往上升一級，氣質形貌變化驚人，不只越來越成熟穩重，還帶著一般北埔人臉上所沒有的特異神采。

整個世界都在往前進，只有鄧騰煇停步不前。他把哥哥們留下來的雜誌反覆看得熟透，尤其是上面的每一張寫真，自以為已經知道東京全部的事，等哥哥下次帶回更新的書報，又讓他大開眼界。

---

9 テニス、モダン、スポーツ：即Tennis（網球）、Modern（摩登）、Sports（運動）。

大哥有時會在家書裡附上一張寫真，起先是老老實實穿著學生服的肖像，接著換成質地與剪裁都很高級的西裝，以及和朋友到寫真館拍的合影，大家或站或坐姿態各異，顯得很隨興。

還有一類寫真是哥哥回家時才拿給他看的，都是好友出遊的照片，這些若是被父親看到一定罵不莊重。大學生有特權啊，大哥老愛說，放浪形骸才是學生本色。寫真上的青年們不修邊幅，穿著邋遢，風衣直接披在肩上，腳底踩著寸許高的木屐，一臉桀驁不馴。

這對吃飯時都得挺直腰桿的鄧騰煇來說太難想像了。醜人多作怪，瘦牛多屎瀨，父親總是這樣教訓他。哥哥到底都在東京做什麼啊？

自由，大哥諱莫如深一笑。

可是你們出去玩都還帶著相機嗎，很重耶。鄧騰煇問。

哈哈哈。大哥仰天大笑，你以為現在還在用瑞昌大叔那種老骨董木箱嗎？他從背包裡取出一個皮製的黑色盒子，大小剛好能握在手上，往前遞出來展示給鄧騰煇看。

這是什麼，錢包？菸盒？筆記本？不可能是相機吧？

大哥啪地一下把盒身中央的蓋子掀開，露出一顆小巧的鏡頭，旁邊嵌著一圈黑底金文的銘版，寫滿各種英文和數字，看起來很不得了。大哥抓住鏡頭下方的金屬小鈕一拉，鏡頭從盒中滑出，蛇腹皮腔也跟著伸長，頓時魔法般變成一架相機，鄧騰煇竟感到頭皮一陣發麻。

現在沒裝底片，示範操作給你看。大哥調到慢快門，撥下快門桿，鏡頭裡三片式快門簾幕「喀」地消失，變得晶透幽深，彷彿能通往某個奇異的世界。再撥一次快門桿，三片簾幕又瞬間「喀」地閉上，好像緊緊把守著什麼祕密。

你可以幫我拍一張。大哥花了點時間裝上底片，調整好參數，把相機交給鄧騰煇，教他俯看折射式觀景窗取景。

鄧騰煇小心翼翼把相機捧在肚子前面，在比指甲大不了多少的鏡框裡看見縮小的哥哥影像，然後用拇指撥動快門桿。

喀。

好了，小煇剛剛完成了這輩子第一次寫真拍攝，可喜可賀。大哥愉快地把相機拿回去，三兩下收起鏡頭還原成一個盒子。這就叫口袋相機，寫真愛好者的出遊良伴。大哥說。

這就拍好了？鄧騰煇原本以為會發生什麼不得了的事情，拿著這麼神奇的機械，大費周章準備了老半天，已經閉住氣準備承受石破天驚地動山搖，然而撥動快門桿時卻毫無所覺，只有幾乎細不可聞的一聲響。他懷疑這又是大哥捉弄人的把戲，但大哥說等我回東京沖洗出來寄給你，你就知道了。

兩個月後大哥果然從東京寄來一封信，指名鄧騰煇先生收。哈哈，自己何時變成先生哩？但墨瀋鮮明的郵戳像是為這個稱謂蓋章保證。鄧騰煇先生小心剪開封筒，抽出裡面的寫真一看卻愣住了，影中大哥穿著領緣勾勒黑線的白色毛衣，頭戴紳士帽，手捧網球拍，端的是雄姿英發，卻根本不是他拍攝的那張。翻到背後，上面用與大哥不相稱的工整字跡寫著芳子留念，署名鄧騰芳，兩個芳字有意無意寫得格外大些。這是寄錯人了吧，而且大哥的未婚妻也不叫芳子啊。

所以自己幫大哥拍的寫真被寄給那位芳子小姐了？

鄧騰煇不知該怎麼辦，默默把寫真收好，本想等大哥回來時再問他，然而總覺得難以啟齒。

幾年後大哥畢業回家，父親立刻將和豐號的經營交給他，並隨即安排婚事，著實忙碌了好一陣子。鄧騰煇即將出發到東京讀書，眼中看什麼都是亮的，過了很久才察覺大哥彷彿有心事。他對人依然熱情開朗，但留學期間那種奕奕神采徹底消失了。

大哥在柑園旁建了一座正式球場，拉起從英國訂購的球網，還準備了好幾套球具。現在我們家除了有北埔第一棟洋樓，也有第一座球場嘍。大哥只有在提到網球時眼神放光。從此柑園就經常發出啵啵啵的奇異擊球聲，錯雜著竭力嘶吼與暢快歡笑，往往引起挑著擔子經過的農民駐足探看，隨即又搖搖頭百思不解離去。父親有時會站在柑園洋樓門口張望，也許聲響驚擾了他出名的漫長午睡，但他從沒有為此發表過任何意見。

大哥總是苦於缺少球伴。二哥運動神經並不發達，也不熱衷打球。親族朋友被大哥找得怕了，連幾個叔叔都接到過邀請，鄧騰煇自也不免。大哥打球有股狠勁，再沒希望的球都使盡全力去救，對再弱的球伴也毫不留情廝殺，很快把對方剛剛產生的一點興趣掐掉。

亞熱帶的草還是不行啊，想在這裡擁有一座像樣的球場畢竟是奢望嗎？有一次大哥打完球坐在地上喘息，忽然用日語發起牢騷。

不過這真是有趣的遊戲呢，鄧騰煇說。

スポーツ不光是遊戲而已，這可以鍛鍊身心，是健全的娛樂。

大哥回來家裡不開心嗎？鄧騰煇衝口問。

不，只要能這樣打球就已經很滿足了。大哥粲然一笑說，你也快出發了吧，給你一個忠告，到日本以後想做什麼事情就盡量去做，不必有所顧忌，更不要留下任何遺憾。大哥意味深長地看著他，眼神中說不出是感慨、喟嘆還是對弟弟即將前往日本的羨慕。

對了，當年大哥告別式的遺照是哪一張？鄧騰煇忽然問起身旁的二哥，騰釬答不出，反問你這時候問這幹嘛？鄧騰煇也覺奇怪，為什麼在父親的葬禮上卻一直想起大哥的事？

鄧騰煇十六歲那年，也就是大正十三年（一九二四）終於前往東京，成為名教中學一年級新生，比班上同學都大了好幾歲。他立刻買下生平第一架相機，跟大哥那架相同款式，柯達布朗尼二號，使用一二〇底片，一次可拍八張，鏡頭由兩塊玻璃合成，只分近距離（二點五公尺）和遠距離（三十公尺）兩個焦段，快門僅有明亮（五十分之一秒）、清楚（二十五分之一秒）和慢速快門三種選擇。

回想起來，那簡直像是玩具一樣，又笨重又陽春的機種。即便如此，一架也要二十三圓，相當於闊少留學生一個月的生活費。

他一到東京就立刻明白大哥說的自由是什麼。從大環境看，他趕上了大正浪漫與民主風潮的末尾，社會氣氛相對開放。但對他來說最直接切身的感受是，原來人可以游離在家族之外活著。

鄧騰煇在寄宿處搭伙，第一天傍晚房東太太用木盤托著晚餐送到他房間來，放在榻榻米上請他慢用。他覺得自己被嫌惡了，對陌生的味噌湯、漬菜和烤魚食不知味，邊吃邊流淚邊想家。在北埔家裡，開飯前都要敲鍋子集合家人——那個銅鍋是當年阿婆熬鴉片煙膏用的，拿來每天敲響開飯好讓子孫不忘本。男人先上桌，吃飯時儀態要端正，好料不能吃光要留一些給後面來吃的女人。幾天後他才發現同學們都是這樣分開吃飯，並非自己受到冷遇，很快就愛上這樣自在的用餐方式。

阿婆講究公平，有客人送了禮物，或者佃農送來橘子、竹筍、肥閹雞、大頭鰱，她一定吩咐父親仔細分成五份，除了自己留一份之外均分給四個兒子。

在鄧騰煇公學校畢業後，無所事事又稍微懂點人事的十五、六歲年紀，跟在父親身邊見識到不少人情世故。婚喪喜慶、年節祭典、餞行接風等等例行公事不在話下，新姜老姜關係複雜，新仇舊怨千絲萬縷，誰與誰心存芥蒂一定要錯開，誰氣量狹窄最愛計較千萬不可少送一樣東西或講錯一句話，等等等等，好像一年到頭都光是在對付這些事情。

就算辦喜事，繁複的儀節都能讓人疲累到愉悅盡失，何況若遇上喪事壞事，還得先打疊精神應付潮水般的慰問勸解，根本沒時間難過。如果不這麼做的話，只會引來更多關切與質疑。

遠離這一切，鄧騰煇在東京如魚得水，前幾個暑假都還乖乖回家，後來就開始藉故拖延，最終在東京待得比其他兄弟都久。而越習慣摩登城市的思想方式和生活步調，回到北埔就與家人更沒有話題可聊。

不知道要講什麼，這是他對父親最大的印象。阿爸我出門了，我回來啦，明天拜拜啊，阿爸食飯。就算客人假意寒暄也能講得多些。他也願意和父親說說話，但對生意莊稼的事一竅不通，也不可能跟父親談論最新款萊卡的種種優點。

看著父親遺像，鄧騰煇能想起來的只是些無關緊要的小事。有一次回家，父親正好在切一塊鹽梅糕，說這是你愛吃的，一刀切了大半塊給他。鄧騰煇心想父親記錯了，這是大哥小時候愛吃的，而且大哥去日本之後也就不再喜歡了。但父親難得打破規矩給他格外大的一份，還是讓他感到一陣溫馨，認真把那塊糕給吃完。

到日本兩年後的某一天，鄧騰煇忽然收到電報，竟是家中傳來大哥死訊，卻又說不必回去送葬。電文十分簡短，完全沒有解釋大哥的死因以及不需要回去的理由，也沒提告別式日期。

鄧騰煇煎熬翻滾，拿著電文反覆端詳如參天書，只差沒有水浸火烘看看會不會浮出更多字句。他慌亂打好行李，不免丟三落四，臨要出門卻又遲疑下來。

好端端一個二十六歲的青年，長子也才剛剛誕生，怎麼忽然就這樣死了？會不會是哪裡搞錯了，貿然出門說不定就錯過更正的消息。也有可能是染上時疫猝逝，那麼一來很快就會下葬，回去也是白跑一趟。

幾天後二哥執筆的家書寄到，說大哥連日工作勞累，打球撞傷胸口又不肯休息，執意繼續出門奔走，竟引發肋膜炎終告不治。

暑假回家時才聽二哥細說分明。醫師認為由創傷引起的肋膜炎並不常見，勞累導致免疫力降低才是主因，但山城裡蜚短流長，都怪罪那詭異的網球遊戲，連觸怒神靈之類的話都傳出來。家裡為了平息流言，簡單從速辦理後事，所以也叫騰煇不要特地回家。

球場徹底消失，變成一片新種下的果園。家裡再看不到任何跟網球有關的東西。

大哥死後，父親生活如常，下午睡個漫長一覺，晚飯後在柑園屋頂露臺上喝啤酒，搭配大嫂親手炒的幾樣下酒小菜。與往常不同的是，他登上露臺後會把木梯抽上去，不使人出入打擾。偶爾家人會看到他站在露臺邊端著一只空啤酒杯，默默眺望果園。

大哥逝去九年後，騰煇、騰駿同時從法政大學畢業，父親為此生平首度前往東京，除了參加畢業典禮，也趁便四處遊覽。正是滿城櫻花盛放的季節，鄧騰煇帶著父親走訪名勝，參拜淺草觀音，沐浴上野公園櫻吹雪，散策丸之內西洋街道，搭乘隅田川屋形船。父親生性木訥，鄧騰煇話也不多，父子倆就這樣默默走逛，偶爾詢問此處風景如何食物好否，父親都唯唯以應，看不出喜惡。

最後一天吃早餐時，鄧騰煇問父親還有沒有什麼想去的地方。

哪裡都行。父親一根菸吞吐了老半天，最後才彷彿不經意說，去看看騰芳以前待過的地方也好。

於是鄧騰煇辭退了預約的出租車，帶父親坐都電到四谷見附下車，走進大哥的母校上智大學。父親拄著拐杖在校園裡一步慢似一步，細看這座教會學校的每一棟洋風建築，臉上沒半點風雨陰晴，等穿過整個校園，出來只說怎麼沒有網球場？

他們沿著江戶城外濠的堤頂走著，這是大哥常掛在嘴上的，當年每天的通學風景，放眼望去果然明朗舒闊。不多時兩人來到弁慶橋，只見橋邊一株高大的櫻花悠然自開。這幾天遊遍櫻花名所，什麼樣義無反顧遮天蓋地隨風逐流的美景都早已看盡，不知怎地卻是這株櫻樹令父子倆不約而同停下腳步。

幫我在這棵櫻花下拍張寫真吧。長久以來始終拒絕速寫留影的父親忽然開口。

於是，爛漫一樹閒對春日，背後欄杆掩映，木橋斜斜渡往對岸。五十一歲的父親在花下拄杖而立，目光曖曖望向遠方。下一刻將有風起，萬千粉白將拂滿那身黑色的紳士裝束，拂滿那頭華髮。但此際只有陽光正好，將他一道短短的濃稠影子定在地上，而有滿樹花影襯在身後相陪。這是父親遺留在鄧騰煇心裡最深的印象。

十六名棺夫將父親的靈柩抬起，直到安葬入土為止一路都不再落地。華麗的三層紙雕棺罩蓋上了，仙鶴、花草、流蘇層層疊疊。長幡、輓聯、花圈和西洋鼓號樂隊先行，長孫永源手捧靈位坐在小轎裡前導，孝子賢孫緊跟在靈柩後，還山隊伍浩浩蕩蕩出發。

靈柩出西門舊址，到了田野空曠處，家屬轉身叩謝隨行親友，請留步不敢再煩相送。輓聯花圈等等哀榮同樣死不帶去，稍晚在此就地焚化。只剩下一支靜肅隊伍，繼續走向寂滅的終點。

鄧騰煇取出藏在孝服下的相機，從側面遠方拍下靈柩穿過田疇，越過隊伍回頭拍偌大的靈柩艱難地走下一段泥土坡道，渡過狹窄的久安橋再登上山丘。去除了旗幡、喪樂和不相關的外人，耳中只聽見抬棺夫齊一步伐的吆喝號令，以及滿山遍野百鳥啼鳴。

離開隊伍裡的孝子位置，鄧騰煇才覺得自己在場，用相機見證父親還山最後一段路程。

這麼做有點卑劣，因為討厭速寫的父親無法再拒絕拍攝。他想起母親葬禮結束後必須先回臺北一趟處理店裡的事情，到榻邊向父親辭行。那時父親病勢惡化陷入昏睡，他撫著父親肩膀，忽然意識到這是記憶中彼此絕無僅有的碰觸。他的手掌覆握著父親的手背，學著女眷們那樣附耳細聲說話，我很快就回來，阿爸你好好休養。這些都是父親安好時不會有的舉動。病危老人不再有種種世間規矩與男性威嚴築起的冷峻宮牆，而多年疏離在外的兒子得以長驅直入，對無法拒絕的父親表達平常自己難以表達的關心。這讓他察覺到自己的怯懦，若非父親變成一個空殼，他也不敢講幾句人子想講的話。

靈柩抵達墓地，除去棺罩，還原成一具樸素的棺木，暫放在墓穴上的橫木。此刻手上的萊卡是鄧騰煇和父親唯一也最後的連結。

在日本時，匯票一度是鄧騰煇和家裡僅有的連結。老實說平常並不想家，只有接近月底等待匯票時才會想起來。那張短短的紙片，像一條放得太長的箏線勉強拉住他。他偶爾會意識到，自己是依靠家族財富才能遠來東京讀書，也是有父親允准才得以買下萊卡，但在日本所見聞的一切卻把他拉得離家鄉越來越遠。

有這條箏線，他才能看似自由地飛翔，倘若飛得太高把線拉斷，立刻就會直直墜落。在另一頭拉著箏線的父親，其實也一直拿捏不定吧。

棺木已然放落，墓穴也已填平。無論如何，父親能給他的庇蔭都到此為止了。朗朗乾坤中再也看不到父親的形影。

昭和十六年（一九四一），歲次辛巳。鄧騰煇老家不知遭了什麼厄運，母親吳順妹和父親鄧瑞坤接連亡故之後，祖母鄧登妹或許無法承受打擊，健康情況也跟著急轉直下。這位新姜家的傳奇主母最後以七十五歲高齡仙逝。

一年三場葬禮，一場比一場盛大，讓大隘地區的人們看足熱鬧。吳順妹還山時，人們已說這是老姜家清漢舍出殯六年來僅見的排場。鄧瑞坤靈柩一出，更令人嘆為觀止。等到鄧登妹還山，大家目瞪口呆，都說老佛爺出殯也不過如此。

十六抬大柩上蓋著華麗已極的棺罩，上下三層，飾滿紙雕的鳳凰、芳菲和串珠。靈柩移動起來彷彿一棟會行走的白色殿宇，在街心轉向時，基座周邊的玻璃一片片反射陽光，宛如法輪。輓聯花圈之多不在話下，讓庄裡每個窮孩子都擎一面也擎不完。披著白頭巾戴孝送葬的行列從街頭排到街尾，不輸神明遶境。特地從新竹市內請來高僧法師，念的經誦可真好聽。制服整齊的竹東交響音樂隊，黑管小號長號大鼓一應俱全，可不是吹笛仔（嗩吶）的鄉野道士可比。而且不只大隘聯庄、新竹州內的親朋好友蜂擁前來祭拜，連警界、政界、商工界和教育界的日本人也都來得齊全，人數多到得在靈堂外排成一個又一個方陣，規規矩矩向這位臺灣老太太鞠躬。

你沒見過鄧登妹還山，那才真叫哀榮，畢竟是北埔最富貴的人家啊……類似話題在大隘人們的餐桌上延續多年，末了總要加上一句，那樣的葬禮以後看不到嘍！

這其實和老太太平生作風相違逆。想當年，北埔庄上流傳著一句話——姜滿堂，貓兒大過豬！每逢中元普渡，稍有辦法的人無不競獻大豬公，不只表現酬神誠心，也藉此展現實力。但貴為地方頭領的姜滿堂卻從不肯在這種地方浪費金錢，總是奉獻尋常豬仔祭祀，被人嘲笑寒酸也不以為意。鄧登妹與他同心一氣，既儉且勤，只要有普渡和廟會就徹夜開門做生意。即便到晚年主持龐大家業，依然襟衫烏褲十分簡樸。

但在她的子孫來說，新姜家族的面子不能沒有，主母的哀榮不能沒有，於是備辦了這樣一場豪奢葬禮。

鄧騰煇只能不斷拍攝，再也無法去想任何事情。對他來說北埔已經垮掉一半，家鄉不再是從前的家鄉。這次站在孝子席的是三位姓姜的叔叔，騰煇兄弟們只需在西裝袖子上纏上黑帶，規矩稍寬，得以拿著相機穿梭，攝下從告別式到還山入土的整個過程。令他意外的是，無論站在哪裡都沒有遭到任何白眼，人們一看到他手上的相機就自動退讓開來，彷彿他拿的是一個文明的隱身符，擁有特權的通行證。

很難想像這樣的阿婆有一天也會死啊。鄧騰煇知道這是個愚蠢的念頭，人都有死，但他確實強烈地這樣感受著。他前幾天走到大湖溪旁觀看流水良久，心想千萬年溪流就是這一條，其中卻沒有一片水花是相同的，多麼奇妙。一抬頭時，只見山色鮮明，光景極好。

他和阿婆稱不上親暱，但阿婆始終就像新姜家族背後的龍脈祖山一樣矗立在那裡。晚年阿婆漸漸退隱，但仍力排眾議堅持由新姜老姜合力興建姜氏家廟，讓夫婿姜滿堂和新姜子弟能夠入祀其中，終於在名實兩面都與老姜家平起平坐；每當家族糾紛難解，彼此互稱兄弟叔姪的男人們惡言決裂，只要她一句話，也都能讓大家各退一步謀求轉圜。

這樣的葬禮往後看不到嘍。賓客們說，姜家下一代全都讀日本書，加上總督府推行皇民化，破除迷信簡化儀式，只會越來越樸素。何況姜家的聲勢，大概也已經到頂了吧。

阿婆棺木入土，大葬完成。墳上不設墓碑，只在塚前立一塊大石頭，周邊填塞一些小石塊作為標記。客家習俗初葬如此，等待多年後再行撿骨正式遷葬。客家人慣於遷徙流離，因此發展出這樣的風俗，就算有朝一日必須離鄉背井，也不至於遺落祖先無人祭拜。

鄧騰煇已難想像先人們背負金甕飄洋過海、深入內山建立城寨的艱辛，更難想像將來要把母親、父親和阿婆的墳塋移到別的地方去，他們早已是這片土地的一部分。而看著眼前的一切，鄧騰煇好奇自己將來會擁有怎樣的告別儀式？他相信科學所說，人死燈滅，其實並不需要這些講究，簡簡單單回歸天地即可。

但他也記得每年春天全家人從各地回來，跟著阿婆到公太墳頭祭祀，將一疊黃紙用石頭壓在墓碑上，表示這是有主之墳。小時候最期待祭祀結束那一串鞭炮響起，代表著分醮墓吃發粄的時刻到了。

三年前他帶著相機拍下掛紙過程。阿婆背脊微駝而身姿依然挺立，在父親攙扶下登山越野來祭祀公太。那天飄著細雨，騰釬與騰駿把傘擱到一旁草丘，在墓前擺設三牲紅粄、金紙香燭，身上風衣被打得雨點斑斑，而自己的兒子永光則在一旁和其他小孩玩耍。

每個人在每張寫真裡都忙著不同的事，鋤草、掛紙、燒金、擺設供品，或者躲在一旁閒話，只有阿婆從頭到尾持香合十，無視身旁人們走動來去、兒童打鬧，叨叨絮絮祝禱良久。此情此景令他忍不住泛起一個不敬的念頭，距離阿婆自己成為祖先，讓後人祭拜的時間恐怕也不久了。到時候她就可以盡情和公太說話，何必急於此時？她究竟都對自己的父親傾訴什麼呢？

遠近鞭炮聲不時起落，在空曠的荒山雨霧中更顯淒清。等到祭祀已畢，他們三兄弟也拉開一串鞭炮燃放，昭告禮成，也驅走些許寒意。住在墓地附近的孩子們聞聲前來討取祭品和零錢，他們便按例一一分送。

滿山芒草簌簌亂搖，四處硝煙隨風飄散。等到收拾已畢，轉過身來，只見襟衫布鞋的阿婆在西裝革履的父親攙扶下，拄著拐杖往草坡下方越走越遠，兩人細小的身影，一下子就消失在搖晃的芒草中。

相簿七

被擊落的瞬間

對鄧騰煇來說，戰爭情勢乃是隨著家族三場葬禮而益發嚴峻。對中國開戰頭三年，社會一片祥和平靜，還因為經常舉辦勝利遊行而充滿浪漫氣氛。市面生意興隆，酒家也相當繁盛，只有米和砂糖要憑券購買。然而母親過世時，肉類、食用油和火柴等大量生活用品陸續列入配給，就算有錢也無法隨意買到；等到父親下葬，市面上已經幾乎看不到百圓大鈔，銅鎳等金屬全數回收，連門上的把手都被拆走。

阿婆還山後，家族痛失支柱，不啻於天崩地解，而連辦三場豪奢葬禮也讓所有人都精疲力竭。正以為終於熬過了這一年的所有艱辛，年底卻隨即爆發珍珠港事變，戰事急遽擴大，各種動員、遊行和演習頻繁舉行，晚間開始燈火管制，治安惡化竊盜頻傳，讓人真切感到戰爭正打得如火如荼。

最麻煩的一點是，映畫底片被內務省列為軍需品，統一管制。寫真底片雖然還可以流通，但既無法從國外進口，國內又缺乏原料生產有限，越來越難取得。

為此，鄧騰煇不得不和同好李火增加入青年團。所謂青年團，據說最早是一種針對臺灣人的社會教化團體，戰時逐漸轉變為基層青年強化國民精神教育與軍事訓練的機構。像鄧騰煇這樣已經三十好幾又受過高等教育的人原本不在招收目標，為了借重他的寫真長才特別納入。李火增屬於建成町青年團，鄧騰煇則成為京町青年團幹部。

他對青年團的發展源流與工作目標並不感興趣，只在有活動找他拍攝時才前往。那通常是神社祭典、高校軍訓、消防演習、各種運動會和軍事大捷慶祝遊行，也曾拍攝火車上的奉公宣導、花蓮港的勤行報國青年隊勞動訓練，還有泰雅族、邵族和排灣族等各地原住民生活。

自從開始接觸寫真以來，拍攝第一次成為他的義務。他再也不是輕車簡從吆喝獵犬上山只為取樂的貴公子，也不是頂風苦鬥探問美學意義的創作者，而是像肉販子一般客人要多少切多少，刀刀精準無須秤量，一早上手沒停過地忙碌。

最大感想是，日本人的動員能力真沒話說，人群呼之即來，旗幟服色嚴整，做起事來極其認真。

其中比較有意思的是消防演習，為了對抗美軍空襲可能造成的大火，在臺北驛前廣場集合市內二十二個町的奉公會分團，以競賽方式盛大舉行。比賽內容是長距離接力傳遞水桶，最後潑向一座高臺上的水槽，率先注滿水槽的一方獲勝。參賽者們莫不急如倒懸拚死從事，表情悲憤萬分，但圍在四周抱胸觀看的臺灣人們卻都咧嘴而笑，像在看一場賣力表演的把戲。

防空演習也是，頭戴防空巾的日本婦女們一聽到指令，全數按照標準空襲對應姿態趴跪在地，手肘膝蓋撐地使肚腹離開地面，拇指壓耳四指摀眼，同時張大嘴巴保持身體內外壓平衡，避免炸彈爆風造成內臟受傷。這時馬路另一邊的臺灣人們莫不歡樂開懷駐足觀賞，對日本人的頂真感到滑稽。

南光桑，你這樣拍不行啊。青年團幹部抱怨說，這樣的寫真我們無法交上去，請南光桑務必拍出戰意昂揚、堅忍持久的奉公精神。具體來說人物動作必須整齊劃一，構圖要端正，也不要有多餘的人事物在旁邊嘛。

鄧騰煇嘴上說好，領了底片離開，心想這沒辦法，這是長年磨練的拍攝美學，鏡頭自然會去搜尋有意思的畫面，就像蝴蝶只停留在有蜜的花朵上，已經是本能反應了。

站在軍用卡車上俯拍高校學生荷槍行軍，他把相機傾斜四十五度，使隊伍變成一道湍急的瀑流，每個學生都像是飛濺而下的水珠，不由自主。而且相較於那些表情激憤的訓練場面，他更熱中拍攝學生們挖坑燒炭用竹竿吊著便當煮湯，彷彿郊遊野炊似的歡樂模樣，那才是青春本色。

奉公遊行時，他把鏡頭對準蹲在路邊百無聊賴的基層幹部；火車上的奉公宣傳活動，他從低角度仰拍，指導員頤指氣使不可一世，而聽講民眾如受刑罰滿臉無奈；在溫泉療養地，頭戴軍帽身穿白色療養袍的官兵，用渴慕的眼神看著前來探視的女性；公學校學童僅著丁字褲列隊聽訓，各個苦著眉頭眼神亂飄，後方還有人摳牙搔背。

國家用制服、隊形和規訓把人變成戰爭機器裡的一枚枚螺絲釘，鄧騰煇卻用鏡頭將隊伍歪斜切割，把生動表情還給每一個活生生的人。

南光桑，你這樣拍我們很困擾啊……

沒辦法，他只好勉強自己拍一些合乎要求的寫真，好讓幹部交代。自己則用拍攝換取拍攝，在城內拍這些活動煩了就去太平町，除了跟李火增、張才等好友上酒家，他從沒那麼頻繁地到太平町去拍攝過。至少在戰況白熱化之前，這裡的氣氛一直都較為閒散。不少時髦女子穿著從上海流行過來的旗袍，比端莊的和服灑脫，又有不輸洋裝的婀娜性感，天冷時就算直接在外面加件西式風衣也毫無違和感。

旗袍女子撐著陽傘過街。旗袍女子坐在人力車上赴約。搭配毛領短外套的旗袍女子笑著快步從騎樓走出。簪花的旗袍女子回頭與偶遇的友人交換幾句閒話，高跟鞋聲音踩得滿街喀噠喀噠。

他也常帶孩子出遊。除了老大永光之外，搬到臺北後陸續生了兩男兩女，每逢假日就全家一起出去玩，近些就去新公園、植物園，遠的就開車去關渡、淡水，把家裡養的狗也帶上。他拍了許多極其日常的爬樹、盪鞦韆、喝汽水、抱狗玩。如果光看寫真，很難想像這兩個世界同時並存。一邊是益發激昂的軍國狂熱，一邊是無憂靜好的平淡歲月——直到戰爭終於把一切吞噬。

為京町青年團拍攝的活動中，讓鄧騰煇最感衝擊的是女學校運動會。戰爭期間運動會擴大舉辦，各女學校學生齊聚臺北帝國大學運動場，總督親臨致詞，陸軍派出一架九三式中間練習機飛臨會場上空為活動增色，男校學生則組成管樂隊幫忙演奏。

運動會以升國旗、唱國歌和遙拜宮城開始，競賽內容除了常見的田徑、拔河和球類運動，還配合時局進行建國體操、護理競賽、避難競走、擔架競走、搬運接力賽和武道——由臺北第一高女表演的薙刀術。

所謂建國體操，最初是從滿洲國發祥，而後推廣到全日本帝國境內。融合舞蹈動作，強化運動效果促進國民體能向上，同時卻又類似機械化的軍隊操演，在剛硬口令下進行，形成奇妙的融合體，既婀娜躍動又死板僵直。

數百名穿著白色短袖上衣和黑色短燈籠褲的女學生赤足列隊在草地上做起建國體操，她們全都聰慧過人又認真服從，努力把自己校準到與群體一致，共同成為一片整齊閃爍的星空。她們確實能達到軍隊般的嚴整，但在旋腰提腿、揚臂橫躍的瞬間，便彷彿有成千上百隻白色鳥兒從密林深處的隱潭中振翅飛起，嘎嘎然生機無限。

報導臂章和相機再次成為一個通行證，讓鄧騰煇得以在運動場上任意遊走。他堂而皇之走到體操隊伍正前方，悠然蹲下來取景。偶然回頭一瞥，那些放下樂器坐著的男學生早都看得眼睛發直了。

青春鳥兒不斷躍起又隨即被牢籠鐵條硬生生擋下，鄧騰煇採低角度取景，用相機讓少女們飛翔的瞬間成為永恆。

他想起第一次參加法政大學運動會，踏進運動場的瞬間猶如望見新大陸，人們為了這樣的目的而聚集在一起，奮力拚搏鼓舞歡笑，那是他從來未曾想像過的，莫大的自由。看著選手們伸展軀體、追逐速度、跳高躍遠，訝異原來人的身體可以這樣使用。刻苦持續鍛鍊，努力變得更迅速更有力量，只為了在一公分、一秒鐘這樣微不足道的物理縫隙間，尋覓寬廣的精神視野。

那時剛入學不久，還穿著土氣的學生服，但故意敞開領口，頭戴紳士帽而非學生帽，彷彿春天時準備離巢而仍不敢走得太遠的小獸。他還沒有萊卡，手上拿的是龜井光弘借他的艾內曼摺疊相機（Ernemann Klapp），擁有千分之一秒高速快門，非常適合拍攝體育活動，乃是要價三百圓的高級品。

不過說實話，相較於滿身臭汗的選手，他對場邊觀賽的女同學更有興趣。作為攝影者他還太嫩，鬼鬼祟祟畏畏縮縮，一舉起鏡頭就立刻令對方生出重重戒心。他鼓起勇氣隨便抓幾個來試拍，笨拙地溝通解釋卻顯得更加可疑。先是一個穿水手服的女生斜眼瞪回來，另一個和服陽傘的女生一臉傻愣，身旁同伴更直接噘起了嘴表達不滿，也有人拿手帕摀臉怒目而視，只有一兩位年長的女性大方讓他拍攝，但又過於慎重其事。

忽然間，在階梯扶手旁出現一團亮影。鄧騰煇什麼參數也沒調，趕緊按下快門再說，生怕千分之一秒後對方就會忽然消失似的。那女生身形單薄，但因此更顯一股俐落的摩登氣質，米色短袖洋裝僅有肩下袖口和衣領用黑綢綴邊，淑女帽往上推到頂露出整個表情，細細一對柳眉微微蹙著，在優雅中帶有凜然之風。

那個，不好意思——鄧騰煇開口攀談卻忽然失語，倒是那女生嫣然一笑，主動與鄧騰煇聊了幾句，似乎對於展現自己、被人拍攝已經十分習慣。

她也是大一新生，來幫系上同學加油。鄧騰煇連對方的科系和名字都不敢問，只說能否正面拍一張？接著連聲抱歉請擋在前面的同學稍讓一讓。他雙手發冷如同冬天晨起捧著冰水梳洗過後那般，一時忘了怎麼調整光圈快門，脫口解釋說抱歉相機是借來的所以還不熟悉，話一出口更加發窘，趕緊用相機遮臉，眼睛湊上牛頓式觀景窗，將透鏡上的十字格線對齊準星，看見那女生輕倚在欄杆上，斜腰俯視，投下不可褻玩的迷離眼神。

他抓住這一閃而逝的瞬間按下快門，心裡暗道「有了！」，對即將展開的大學生活感到無限希望。

嘿——嘿——嚄——

建國體操結束，高女學生們綁上白頭巾，演練起薙刀術來。她們拿著木製練習用薙刀直劈橫掃，形容悲憤地朝著想像中的敵人一刀又一刀砍去。稚嫩的臉孔使那不相稱的悲憤變得有些滑稽，過分投入的表情又使人看了不忍。

如果當年那位美麗的同學也穿上白衫燈籠褲，綁著頭帶演練起薙刀術，會是怎樣一幅光景？

讓自己體會到自由的意義、深深沉浸在自由裡的是日本這個國家，而今把所有人都拘束起來的，卻也是同樣這個日本，到底怎麼回事呢？

他在眼前數百個女孩中試著尋找一副美麗的面孔、一對迷離的眼神，但持續砍劈的薙刀不只切斷他的視線，也徹底攪亂思緒。他假裝湊在觀景窗上取景，其實一下快門也按不下去，等薙刀幾乎劈到頭上才忽然回神。他默默離開草坪，爬到觀眾席最上層拍攝大全景。在那裡看不見任何一個人的臉，只有數百個黑白分明的軀體整齊運動著。

九三式中間練習機再度飛臨會場上空。那是一款雙翼機，漆成練習機固有的橘色，因此暱稱紅蜻蜓。藍天，白雲，青山，紅蜻蜓。練習機迴旋飛轉，不時擺動機翼閃耀光芒。

鄧騰煇舉起相機拍了幾張。最後一張幾乎在他頭頂正上方飛過，可能因為底片刮痕或髒汙，放大成相紙時機尾像是拖著一道淡淡的輕煙。鄧騰煇沒有多想，把這張也交了出去，並未獲得採用。

沒想到幾年後戰事轉趨激烈，美軍轟炸機開始對臺灣展開空襲，這張寫真竟出現在官方刊物上，圖說寫著「盟軍飛機被擊落的瞬間」，藉此激勵國民士氣，使得後世的研究者誤以為鄧騰煇曾在空襲中冒死外出拍攝空戰情景。

不是的，那只是寫真家在某個炎熱午後看見的橘色幻影，一個能夠脫離地面自在飛翔卻陰錯陽差遭到顯影瑕疵擊落的夢。

那白紗飄逸的影像一直映在鄧騰煇心底。

他拿著啤酒杯，站在父親生前最愛夏夜乘涼的屋頂露臺上，對著闃黑中微露幾點燈火的北埔夜景，腦中不斷有一襲純白頭紗掠過。

新娘含羞低頭，手持捧花，快步從屋內走向禮車。鄧騰煇拍下這瞬間，只見裙襬向後揚起，頭紗飄逸漫長，彷彿一道青春的殘影，又像親情依依的牽絆，卻都攔不住待嫁女兒奔向幸福的決心。

鄧騰煇當然知道，新娘後面有花童拉著頭紗裙襬使之飄揚，只是被柱子遮擋不見，才造成如此錯覺。但這張寫真確實拍下了家人們殷殷企盼著喜事進門的心情，畢竟他們在過去這一年經歷太多死別了。

父親生前所居的柑園位在北埔市街南邊山腳下，略可眺望街景。鄧騰煇在露臺上喝著啤酒，心情歡快起來，一時竟有種君臨天下的氣概。低頭卻見露臺欄杆只到膝蓋高度，再往前一步就會絆倒墜落，樂極生悲。仔細想想，獨自站在高處不就是這麼回事？

原來這就是阿爸看到的風景啊，鄧騰煇想。他並不愛喝啤酒，但這幾天晚上都會端一杯上來，甚至厚著臉皮請大嫂炒了父親愛吃的下酒菜，並且學父親把木梯抽起擱在一旁，屏絕打擾，揣摩那中宵獨立的心情。

咚，咚，咚，鄧騰煇彷彿聽見有人登梯的聲音，心裡一驚，轉頭看那梯子好端端躺在露臺上，不由得笑自己癡傻，竟期待弟弟還來陪自己聊天。騰駿正自新婚燕爾，剛娶來簇簇新、噴噴香的餔娘，怎麼捨得離開那花燭洞房呢？

騰駿自從大學畢業回家後便一直專注在油畫上，心無旁鶩，七年間不知推辭多少婚媒，彷彿對全新竹州的千金都看不上眼，眼看快三十歲了卻毫無動靜。沒想到長輩們在短短幾個月間連番故去，騰駿的婚事成了父母遺願，他才被打醒似地，終於在隔年迎娶有高雄第一美人之稱的謝富美。新娘從高雄女中畢業，在三井公司擔任和服模特兒和大場合接待，無論智慧容貌儀態教養都是一等一的，就連穿上婚紗的形影，也讓見多識廣的新姜家族讚歎不已。

這天新娘公騰駿身穿黑色燕尾服，頭戴圓頂紳士帽，搭配黑色圓框眼鏡，神情有幾分靦腆，完全是儒雅才俊模樣，與少年時的頹廢判若兩人。他優雅地領先走在柑園石板小徑上，新娘低著頭落後三步相隨。有意思的是，騰駿不斷看著鄧騰煇的鏡頭，彷彿在尋求什麼指引。

鄧騰煇想起當年自己結婚，必須按照一旁長輩提點的習俗行事，一步也錯不得，彷彿被擺布的人偶。相較之下，騰駿此刻完全以自己的意志前進，反而有些手足無措，令他在莞爾之餘也有些羨慕。

鄧騰煇從臺北帶來整套沖放設備，在柑園裡設置一間臨時暗房，第一時間把寫真放大送給弟弟和弟媳婦留念。過程中，他偶然將一張新娘在柑園門口下車的寫真左右放反了，原本戴在新郎右胸的簪花變成在左胸，應該從禮車左後門下車的新娘變成跨出右後門，現場的一切當然也都顛倒過來。鄧騰煇一看就知道，自己在放大機上片時顛倒了，這是初學者才會犯的錯誤。他在暗房中哈哈大笑，心想自己實在是高興到昏頭，隨即翻過底片重放。

事後仔細觀看，那張放反的寫真卻格外具有某種趣味。由於騰駿定定凝視著鏡頭，因此這幅左右翻轉的影像活像是騰駿在鏡子裡看到的倒映，而非相機擷取下的畫面。而觀看這張寫真的鄧騰煇，猶如透過弟弟的眼睛望見鏡子裡的騰駿。那麼，兩人不就在這觀看的瞬間合而為一了嗎？這念頭讓他在一瞬間頭皮發麻，繼而大為感動。

鄧騰煇仰頭把杯底的啤酒喝乾，看見銀河橫空，星星點點多得像是會把人給吸進去。

原來阿爸挺會享受的嘛。騰駿在結婚前夕爬上露臺找鄧騰煇聊天，四下張望一番後說，不知道阿爸都在這裡想什麼？

大概在煩惱小兒子怎麼成天畫畫都不結婚吧。

還有老三什麼時候才會放下相機幹點正事呢？

真是太可憐了。鄧騰煇想起昨天這段對話依然笑出聲，但不知怎地鼻子忽然一酸，又差點流下淚來。

騰駿當初去高雄相親之後，事隔一個多月都沒再聯絡也沒回信，害對方心裡七上八落，以為他反悔了。鄧騰煇問弟弟怎麼這麼不乾脆，騰駿一副理所當然地說，當時畫一幅畫得很入神，很累，想不到其他的事。

你就不怕高雄第一美人跑了，到底什麼畫這麼重要？

騰駿沉默半晌，彷彿那是個不能輕啟的封印，好一會兒才從黑暗裡遞來一句，就是那幅〈後巷〉。

鄧騰煇看過那幅畫，是弟弟打算拿去參加今年府展的，確實是傑作。不過來日方長，可以儘管先結婚，之後再慢慢畫啊。

不，中途停下來的話，有可能就再也無法完成。騰駿難得粗魯地一飲，艱難地將灌得太大口的啤酒嚥下，皺著臉說我已經決心放棄繪畫了。

為什麼？鄧騰煇大感意外，他最清楚弟弟投注多少心血在繪畫上，而且去年好不容易終於憑著〈龍柱與賣花少女〉入選府展，以畫家身分堂堂出道，前途無可限量，卻怎麼忽然說不畫了？

騰駿搬出新娘來，說富美覺得自己還是有個正當職業才好，正巧北埔庄役場民政課長出缺，瑞昌大叔可以安排，他便接受了。

你也真奇怪，可以相親完一個多月不理人家，但是都還沒娶進門就變得言聽計從，而且就算當課長還是可以繼續畫畫啊。

騰駿說放棄繪畫是自己的決定，能夠完成〈後巷〉已經心滿意足。他反問鄧騰煇是否記得，有一年普渡前立燈篙那晚，兄弟倆都睡不著各自出門閒晃，結果在慈天宮後巷遇到的事。

騰駿說他一直想畫出那天晚上的感覺，可以說七年來所有的努力都是為這幅畫作準備。最後一個多月畫到著魔，連自己都覺得害怕。每當筆刷觸碰在畫布上，彷彿就回到那天晚上的後巷裡，看著遠處燈下的人影，覺得即將就要找到出口，但連往前邁進一步都很困難。他很想趕快完成這幅作品，矛盾的是同時卻又希望完成的那一天不要到來，這種感覺以往從來沒有過。

鄧騰煇不太記得那個晚上的細節，但在騰駿畫裡，他看到占了畫面大半的前景暗部，筆觸躁動線條張狂，猶如一股黑色的火焰正要四面侵襲，卻朝著上方的後巷出口亮光漸次鎮定下來，使人油然心生嚮往，然而沿途障礙重重，考驗著行路人的決心。整個畫面充滿力量，確實是一幅凝聚畫家魂魄的上乘作品。

然而完成這幅畫的瞬間我才徹底覺悟，其實前方根本就沒有出口，那只是繪畫者心中的想像而已。騰駿說。

騰駿說他以前一心只想進入府展，讓長輩們看看，自己選擇的道路並沒有錯。然而老天故意捉弄人，讓他一次又一次遭受挫敗的屈辱，卻在阿姆、阿爸和阿婆相繼過世當年便即入選，令他哭笑不得。

何況隨著戰爭影響，總督府主辦的展覽會越來越強調現實題材和明朗的敘事風格，但他卻逐漸往抽象的內心世界走去，與時局相違逆。另外一方面，身為畫家，也有越來越多宣傳插畫一類的委託，實在無聊透頂，卻又無法推辭。

不過真正最讓騰駿無法說服自己的是，外面戰爭打得天翻地覆，公學校裡的年輕日本教師一個接著一個被徵入伍，物資越來越匱乏，就算北埔這樣遠離前線的深山小鎮也感染到戰爭帶來的衝擊，他怎麼還能窩在小小的畫室裡假裝天下太平。

在這樣的時候，我怎麼能繼續畫賣花少女，畫一條暗巷？

鄧騰煇是怎麼回答弟弟的呢？不過才昨天的事，竟就想不起來了，也許因為那些話連自己都無法說服吧。

三哥真的拍得下去嗎？騰駿卻連他也不放過，緊逼著質問，畫家還可以躲在自我構築的想像世界，寫真家卻必須把鏡頭對準現實，你對眼前的一切真的都拍得下去嗎？

我想，把鏡頭朝向這樣的現實，拍下時代裡的表情，正是寫真家的使命。

接下來鄧騰煇似乎說了一番漂亮的大道理，譬如戰爭總有一天會結束，但藝術永恆。就像我們頭上的銀河，見證過多少戰亂災禍，依然在那裡閃閃發亮……之類的，現在想起來都有些難為情，應該是靠著夜色和酒意才有勇氣那樣說吧。總之話題在那裡結束了，兩人又不著邊際地聊了幾句便草草收尾。

這是騰駿告別單身前和鄧騰煇的最後一次對話，應該也會是騰駿最後一次宣洩放棄繪畫的苦悶。鄧騰煇了解這個弟弟，他外表看似溫吞，骨子裡卻執拗得不得了。他可以埋頭栽進繪畫七年不問世事，一旦決定放棄就會徹底撒手，當一個盡職的民政課長和好丈夫。

鄧騰煇忽然冒出一個奇怪的想法，放下畫筆的騰駿，是個丟失頹廢的頹廢青年。

仔細想想，自己從來不曾拍到過騰駿的笑容。即便在婚禮上，騰駿表情恬淡安適，卻也看不出喜悅之情。騰駿和自己的苦鬥太過漫長，或許放棄繪畫會讓他輕鬆一點，那麼將來總能拍到他的笑容吧。

然而說來不可思議，往後鄧騰煇終其一生沒有再拍過任何一張騰駿的寫真。儘管兄弟感情始終緊密，他卻不再從騰駿臉上看到讓人產生拍攝衝動的表情。在東京宿舍裡那宿醉文人般的頹廢，二哥出征時的忿忿不平，還有和繪畫以命相搏的狠勁，都從騰駿臉上徹底消失。

留在這裡的就只有我一個了啊。鄧騰煇仰天長長吁了口氣，滿空星輝，他卻只看到自己拍的寫真上那條白紗飄逸著，新娘奔向禮車的身姿永遠凝固了，而這一刻漫長得好像沒有盡頭。

•

彭瑞麟去了一趟廣州回來，短短三年間便老了許多。不只是形貌上的老化，過往一種鉛筆削得過尖的危脆銳氣已然摧折，雖仍堅硬扎手，但不再那麼緊繃。

這天他在店裡，看到一個人影用手遮著玻璃向內窺看，立刻警覺起來。太平洋戰爭開始之後，治安迅速惡化，竊盜頻傳，左鄰右舍每天都有腳踏車或衣物被偷。

他快步上前，猛然將門推開，正想教訓一下這無恥鼠輩，卻發現門板差點打到的是個熟人。

南光桑？怎麼不直接進來？

好久不見。鄧騰煇似乎一點也沒變，臉上依然掛著無害的笑容，說偶然經過此處，發現店名改了，以為換人經營，所以忍不住窺看一番。

彭瑞麟以往對鄧騰煇頗為冷淡，這天卻不知怎麼談興甚好，叨叨絮絮和他細說分明。或許是在廣州中山大學受訓時和他的哥哥鄧騰釬建立了患難與共的交情，也可能難得在臺北可以用客家話和人暢所欲言，總之就這麼娓娓道來。

當初阿波羅這個店名是石川欽一郎老師建議的，以希臘神話中的光明與藝術之神作為寫真事業象徵。最早招牌上有阿波羅裸體圖像，那是彭瑞麟按照「觀景殿的阿波羅」這尊著名雕塑繪製的，左手平伸握弓（但弓身已然折斷不見），左足微微後擺踮起腳尖，目光順著手臂朝向遠方。招牌上的圖像已大為簡化，也省略原作的男性生殖器，竟還是被人檢舉有傷風化而不得不撤除。

太平洋戰爭開打後，店名アポロ（阿波羅）和羅馬字 Apollo 都被批評是敵性語——敵國的語言，必須改正。彭瑞麟將店名改為亞圃廬，宣稱這是為了紀念恩師的號「欽一廬」以及與父親的字「香圃」，實際上讀起來還是阿波羅，換湯不換藥，被罵得更慘，最後只好改為瑞光。

這世上也許有人以改姓名為榮，但光是店名被迫改來改去，就讓人萌生退出寫真界的念頭。彭瑞麟說。

彭瑞麟說得興發，甚至拉著鄧騰煇到店裡，拿出畢生心血所集，以祕傳的金漆寫真技術製作的〈太魯閣之女〉讓他觀賞。這件作品在昭和十三年（一九三八）入選於大阪舉辦的日本寫真美術展，是十五件入選作中唯一來自臺灣的作品，曾經轟動一時。鄧騰煇聞名已久，但實際看到真品則是第一次。

昭和十二年彭瑞麟到日本採購原料用品，順道拜訪東京寫真專門學校的老校長結城林藏，老先生退休多年，見到意料之外的訪客，異乎尋常激動，又如久困深井乍見援助，竟在幾番猶豫吞吐後慨然將他延入內室，極其鄭重付託，說有一門原本要傳給獨子的密技，因為兒子重病作罷，又不願自己帶進棺材裡去，正好傳給他這位門下最得意的弟子。

老先生取出幾件作品，彭瑞麟一見之下神魂顛狂，那就是他苦苦探求多年而不可得的，將寫真提升為藝術品的最佳成果，於是當場反過來拜託校長一定要傳授給他。限於時間和材料不足，結城林藏並未實際示範製作方式，只詳述了幾個關鍵步驟，讓他自己揣摩。

這項技術是在古典濕版寫真工藝基礎上進一步變化出來的，以蜂蜜、砂糖和重鉻酸鹽調製成感光膜劑，塗布在玻璃上成為濕版玻璃底片，接著翻拍所欲製作的影像。重鉻酸鹽感光後會變硬固化，而沒有感光的畫面亮部則保持吸濕性，能夠附著金粉。最後將這層感光膜從玻璃上小心撕下，轉貼到木頭或其他材質上，就大功告成了。

說來簡單，然而每一個步驟都困難重重。彭瑞麟原本沒有把握能夠立刻著手，但一聽說同學藍蔭鼎即將在羅馬開水彩畫展，大出風頭，深受刺激之下決定非做不可。

他一開始進行就發現身陷泥淖，吃足苦頭。臺灣氣候潮濕，從國外買來的昂貴成膜劑晾乾後很容易產生氣泡。接著因為沒有將玻璃板上的油氣清除乾淨造成感光膜出現斑紋。塗布感光劑時必須用火烘烤，薄脆的玻璃受熱稍不平均就會應聲破裂，火力過強的話又會使畫面粒子變粗。顯像時使用的毛刷若不夠細就會傷害成膜劑。好不容易成膜，但放置太久乾燥收縮速度不均，又使玻璃破裂。

每個步驟都要極為細心耗費許多時間，但只要一閃神就會前功盡棄。他一次又一次失敗，每次都氣得想把所有材料砸毀，但吸口氣又繼續從頭來過。

最後，他終於把薄膜圖像完整撕下轉貼到原木畫框內，不敢置信地瞪著好幾分鐘，確定不再有任何變化，身體才劇烈顫抖起來，振臂怒吼一聲成功了。

這確實是一件懾人的藝術品。圖像是兩位頭繫負重背帶的太魯閣原住民婦女，其中一位背著嬰孩。兩人垂手側身而立，低頭看著地上，只有吮著拇指的孩子從掩藏的面孔中偷偷瞧向鏡頭。原始影像上呈現灰白階調的亮部，變成層次豐富的橙金色調，就像是在一片黑色礦石上銘刻出來的金色圖繪，而又的的確確是一幅寫真無誤。

這是只有夢幻中才能得見的影像，也是工序繁複、獨一無二的藝術品。作品寄到日本，順利入選大展，使彭瑞麟的聲望上升到頂點。然而就在完成〈太魯閣之女〉之後，金銀受到管制，緊接著他又被日軍徵召到廣東當通譯，因此無緣嘗試第二件作品。

這次徵召令人莫名其妙。彭瑞麟不僅是臺灣首屈一指的寫真家，放眼全日本也有一席之地，投注不知多少時間心力才練就渾身本領，卻被叫去廣東當通譯，然而客語和粵語根本不通，去了也沒用，白白糟蹋人才。到了廣州，受訓完分發到部隊，果然無所事事。彭瑞麟每天只能閒晃，覺得荒唐已極。

通譯官的制服和一般軍人相同，只是不掛階級，而在右胸口袋縫上一塊方形白布，寫著大大的「通」字，代表通譯，但他每次看到都暗罵這是狗屁不通的通。入伍時軍方幫他拍了一張檔案寫真，頭髮推平鬢角剃光，即便戴著軍帽仍顯得斯文畫喪，一身制服軟爛邋遢，眼神裡盡是怨憤。

然而不久後他卻意外得到展現身手的機會。當時日軍亟欲切斷盟軍對中國的物資援助，尤其是運送量最大的一條路線，由法屬印度支那的海防港經滇越鐵路通往雲南昆明，成為日軍戰略上的主要目標。為此日軍禮遇越南流亡王室彊柢，準備在入侵越南後扶植其建立傀儡政權。

彊柢的親信前往廣州參訪時，部隊長官指派彭瑞麟拍攝寫真。苦悶已久的他並不知道背後這些盤算，只為了能夠重拾技藝而感到振奮，使出渾身解數，成果令眾人大為讚賞。日軍遂趁機推薦彭瑞麟成為王室的御用寫真師，將他當作一枚情報棋子來安插。

於是當半年後臺籍通譯人員陸續被遣送回家，他卻留了下來，而且一待就是三年，見證日軍揮兵南下。直到石川欽一郎輾轉聽聞此事，寫了封信暗示前路晦暗，奉勸弟子愛惜有用生命，他才幡然醒悟匆匆返臺。

在廣州時，彭瑞麟經常做著濃黑與橙金兩色混沌交錯的夢，他在一團黑霧中奔跑，茫然不辨此身何寄，但有金光不時閃爍，瞻之在前忽焉在後，彷彿某種指引卻又不容看清。黑暗中似乎有道目光始終瞪視著他，另他備感威脅。好不容易摸索出頭緒，才發現困住自己的是那幅〈太魯閣之女〉，而目光來自婦女背上的嬰孩。

嬰孩在黑暗中用金色的目光窺伺，充滿防備與敵意，彷彿在說，她們其實一點都不想被拍攝，更別說被製成金光燦然的藝術品到處展示，然而在異族統治者的淫威下卻沒有任何拒絕的餘地。

那目光也像是在質問彭瑞麟，你究竟在這裡做什麼？

彭瑞麟後來逐漸察覺受到日本人利用，但他遲遲沒有抽身，除了一貫爭先好強的性格作祟，多少也出於自暴自棄。自從完成〈太魯閣之女〉，縱然功成名就，他卻失去了再進一步的追求目標。攀上高峰之後，隱約看見古典寫真工藝的美學極限，以及寫真在本質上與古典藝術的扞格之處。從現實面來說，時局混亂材料匱乏，也不容他繼續從事寫真藝術創作。因此與其回臺灣，不如留在資源充裕的地方施展身手，沒想到就此越陷越深。

他在廣州時可以自由行動，目睹這座歷史名城在戰火下的蕭瑟與破敗，為此深感悲哀。有一天，他拿到部隊發下來的一組廣州寫真明信片，這是提供士兵們郵寄給國內親友用的。上面的廣州風景一片熱鬧繁榮祥和安樂，與平日所見大相逕庭，令他十分光火，決心拍下實況。

他前往徒弟羅全獅在當地開設的照相館，買了一架小西六寶貝珍珠（Konishikuro Baby Pearl）。這是一款小巧的摺疊蛇腹相機，儘管功能陽春，只有四段快門，但每卷一二七底片可拍十六張。重要的是收納起來只有十公分長、七公分寬、三點五公分厚，重量三百公克，能夠輕易藏在口袋，展開來拍攝時也不顯眼。

一直以來堅持畫意寫真藝術，只使用大型相機的彭瑞麟，終於擁有生平第一架街拍相機。他到那些明信片上的景點，用同樣角度取景，拍下殘破混亂冷清的現實。明信片場景拍完後，他繼續拍攝其他名勝，愛群大酒店，六榕寺花塔，四牌樓，中山紀念堂，黃花崗烈士墓。他到羅全獅那裡沖洗底片，但不放大避免惹上麻煩。

回到臺灣後他才將這些寫真全都放大出來，擺滿一地。妻子歪著頭看了一會兒說，全都是空景呢。確實，他將這些建築、街景和牌樓當作單獨存在的物品來拍攝，乾乾淨淨的樓房，純純粹粹的橋梁，抹去人們在其間活動的軌跡。拍攝時若現場有人他就耐心等到對方離開，有時甚至為此一大清早前去。偶爾真的避不開人，也必然是看不清臉孔的細小身影。

這樣看起來，廣州好像剩下一具空殼的無人城市。妻子說。

彭瑞麟像是皮球被扎了個洞開始不斷洩氣，再也遮掩不住徹底空洞的心境。原來他拍下的，是自己悽惶寂寞的折射，是一場過長的夢遊。

回臺後彭瑞麟隨即當選臺北北區寫真組合理事長，以及臺灣寫真組合副理事長。臺北北區同業大多是臺灣人，向來與南區的日本人同業暗中較勁。他作為北區代表前往南區拍桌抗議，爭取到臺灣同業也能在神社前拍攝婚紗寫真的權利。原本會去神社拍婚紗的臺灣人非常少，同業們也不在意日本人獨占這項特權，但隨著皇民化政策，宮前結婚式幾乎成為必然，也就影響到眾人權益。

彭瑞麟又立一功，聲望崇隆，已然執臺灣寫真界之牛耳。但也就在當年底，太平洋戰爭爆發，日子越來越難過。他還來不及警覺，那件當年由妻子教他編織，長年愛穿的毛衣，就在某個早晨被人潛入店裡偷走了。

當他發現毛衣失竊時，第一個念頭是，這麼舊的衣服居然也有人偷？繼而意外自己竟不如想像中惋惜。

他走到暗房門口，看著自己穿著那件毛衣的背影寫真，不知怎麼想起石川老師的話，創作者一旦失去創作欲望，就會陷入停頓狀態。彭瑞麟心念一動，伸手便將那張寫真給揭了下來。

相簿八

上海燈火

張才是在戰爭白熱化之後，才開始對寫真認真起來的。嚴格來說，是當他移居上海的那一天，心中積蓄已久的疑惑與衝動才瞬間點燃爆裂，促使他嚴肅地拿起相機對準這個世界。

昭和十六年（一九四一），張才為奔母喪前往上海，同時也為來年的移居做準備。大哥張維賢早他一年帶著母親到上海做南北貨生意，本想讓母親在新環境裡安穩養老，卻不料她卻忽然染上急病故去。

由於臺灣人赴中國必須申請渡華旅券，但從日本本土前往則不需要，像張家兄弟這樣被總督府視為眼中釘而經濟能力又負擔得起的人往往繞道而行，規避官方掌控行蹤。於是張才先坐船到九州門司港，再經大連輾轉來到上海。他從沉悶而充滿威脅的故鄉島嶼離開，經歷迂迴漫長得彷彿某種儀式的安靜航程，忽然在薄暮中望見遠處岸上光明喧囂，彷彿來到一座獨立於戰火外的海中仙山。

輪船朝著那仙山緩緩漂去，最後在虹口港的日本郵船碼頭靠岸。黃浦江上布滿大小船舶，岸邊貨物堆棧如山，工人如蟻群般攀附來去。張才早已聽說，未被日軍占領的上海孤島內呈現畸形繁榮，各種黑市交易、聲色娛樂和豁出性命的豪賭仍然時刻都在進行，猶如人們乍然驚醒後試圖抓住的殘夢餘痕。但令張才驚訝的是，天色才剛擦黑，整個租界已然燈海輝煌，各色霓虹光彩明滅不定，將空中的陰沉低雲打成詭異的暗紅色，煥發著某種魔性。

自從對中國的戰爭爆發後，臺灣就發布了燈火管制令，雖然初期因為日本節節勝利而有一搭沒一搭地執行，但隨著氣氛逐漸緊張，入夜後街上陷入黑暗的時候越來越多。萬不得已必須外出時只能點上一炷香，利用香頭微弱的紅光照路，以免撞上電線杆或跌進水溝。夜晚回歸到沒有電氣燈光也沒有煤油燭火的時代，文明痕跡成為邪惡敵人可能探知攻擊的目標，必須徹底抹除。

然而在上海卻全沒這種顧忌，燈火恣意奔放，以匯聚四面八方高度壓縮的人類欲望為能源熊熊燃燒。

張才壓抑不住嘴角的笑意，雖知那光鮮底下暗潮洶湧，依然在心中暗暗說道，嘘でも嬉しい。這是他和好友鄧騰煇、李火增去酒家時常和小姐們講的一句話。就算是騙人的也開心。

原來真正燦爛的夜景是這個樣子啊。張才想起十五年前，自己十一歲的時候，大哥主持的星光演劇研究社在大稻埕永樂座公演三天，第二夜演出尾崎紅葉的名著《金色夜叉》，講一個書生因為未婚妻嫌貧愛富琵琶別抱，故而自甘墮落成為金錢奴隸，各自痛苦掙扎的故事。大哥為了如何在舞臺上表現熱海溫泉的夜景煞費苦心，始終沒有理想的作法。

那天清早，朝陽打進怡和巷家裡的窗子，把窗櫺和玻璃上的汙漬投在牆上。張才一時興起，拿毛筆在窗上塗塗抹抹，說這樣好像玻璃底片放大呢。張維賢靈機一動，飛身出門，不知用了什麼辦法從電力公司借來兩盞五百燭光的大燈，吆喝張才幫忙把窗戶拆下，一起用油彩著色。他們都沒去過什麼熱海，只能憑藉雜誌上的黑白寫真，想像沿著海岸彎曲的五彩燈火模樣。等到好不容易畫完，背後用燈一照，頓時就是一片勝地風光。

大哥還拿一塊厚紙，在上面剪出鏤空月亮圖案，裝一顆小電火球，演出時改換位置表現時間推移。

當大幕拉起，玻璃片在黑暗中倏然被大燈點亮，觀眾席上嘩地傳來一片歎息，他們都得意極了。咱們把熱海帶來臺北了呢，大哥說，這可是臺灣戲劇演出的創舉！

張才也跟著上臺，飾演一個原著裡沒有的弟弟角色，大哥總是說臺上人多比較熱鬧，同時讓他練練膽量。他只有兩句無關痛癢的臺詞，多數時蹲在翼幕邊陶醉欣賞自己和大哥畫的那幾塊窗玻璃。那是兄弟倆共同創造的，世上最美的夜景。

明年這個月的今仔日，我的目屎一定會變做烏雲將月娘罩住，妳若是有看到，就知影我貫一佇什麼所在恨妳啊！主演的大哥淒厲地說完著名臺詞，一腳將女主角踹倒在地，觀眾們瘋狂叫好。

回想至此，張才忍不住噗地一笑，當時想像出來的繁華夜景，跟此刻眼前的實景差太多啦。後來大哥去東京築地小劇場修業兩年，回來後大嘆自己對演劇真諦絲毫不知，人家舞臺設備周到科學化，道具服裝照明縝密用功，演技更是揣摩深入，相較之下自己只是無知嬰孩。

說起當時的大哥，人們都說他浮浪貢，留著不東不西的厚厚髮型，一線眉毛壓在兩個眼睛上，什麼事物映進那眼裡都會變得充滿陳舊的酸腐氣，必須狠狠批判一番。但在張才心中，大哥是世上最熱心最有理想也最公道的人。張才八歲那年父親過世，家裡的事情都由這位比自己年長十一歲的大哥決定，對他來說如同半個父親一般，非常令他崇拜。

張維賢帶著自家南北貨行的夥計到碼頭上來迎接，在一團混亂人貨與拉客的黃包車陣中領著他直直前進，乘上停在揚子北路的汽車，沿著虹口港道邊的斐倫路往北開，不多時便來到在鴨綠路附近的住處。

大哥穿著質地良好的三件式西裝，頭戴中折氈帽。在上海做生意，這點樣子不能沒有。他的眉毛依然壓得很低，但那股嚴厲的視線已然消失，取而代之的是兩道深刻的法令紋。笑起來時眉眼擠壓在一起，像個彆腳無害的老實商人，但那表情只在生意場上陪著客人才會顯露，平常不笑時只有歷盡凶險劫後餘生的死硬。

隔日大清早，天剛擦亮，鬧騰了一夜的上海好不容易有點倦意似欲沉睡，張才就被異樣的嘈雜聲吵醒。他翻身趴在窗口一看，港道對面空地上竟排著滿滿的牛隻，不時哞哞低鳴，聲勢之大，比他一生所見的總和都還要多。

他想起昨天晚餐時大哥不經意提到，自家對面就是工部局宰牲場，旅途勞頓的倦意頓時消散無蹤。

張才披衣出門，偶爾有洋人從陋巷裡的猶太私娼戶出來，看到他手上拿的萊卡相機都不禁壓低帽簷。他從鴨綠路上的小橋跨過港道，隨即混入牲畜洪流之中。溫馴的牛隻被繩索綁在角上繫成一串一串，頭尾相銜絡繹拉進前方一座巨大的水泥建築裡去。

那宰牲場有四層樓高，立面簡素，設有許多細密的方形和圓形窗格作為裝飾，一樓則是造型簡化的波浪狀柱廊，讓沉重的量體稍微活潑起來。張才不知該怎麼形容這棟房子，但無論如何都難以相信如此前衛氣派的建築是一座宰牲場。

他跟著一隊牲口走進建築之中，赫然發現裡面遠比想像巨大。四面長型大廈圍著中央一棟圓形建築，彼此間以許多凌空橫跨的廊橋相連，數不清的牛犢豬羊便從這些寬窄不一的廊道走向死亡的中心。奇妙的是他並未聽見太多動物的淒厲悲鳴，甚至連血腥汙穢的氣味都很淡薄。

幹什麼？閒雜人等不准進來！

張才還來不及舉起相機就被趕了出去。他繞著整座宰牲場走了一圈，沿路不斷拍攝牛隻。側牆外擺著一個清真牛肉麵攤，不少剛忙完的工人和特地尋來的饕客們圍坐著呼嚕呼嚕大口喝湯大塊吃肉，一邊看著牛群絡繹不絕通過眼前。

繞到宰牲場背面，一具具切割整齊的屠體輪番推送出來，有溫體也有冷凍，按部位分門別類，由肉販裝上卡車或拖板運走。

他看著空地上等候入場的牛隻，第一次覺得這龐大動物是如此乖順可親，臉上盡是無辜又認命的表情，頓時很想拍一張待宰牛隻和屠體同時入鏡的寫真，呈現強烈的反差。但他看了半天都沒有理想的畫面，只好暫且作罷，回頭時失魂落魄，差點找不到自己的家在哪裡。

後來聽說，這是世界三大、遠東規模第一的宰牲場，採用電動設備，每天可處理三百頭牛、三百頭豬和五百頭羊，供應整個上海市所需。整座建築處處極盡巧思，終年保持室內涼爽，動線流暢分明，並嚴格執行衛生清潔，防杜人畜傳染病發生。

很長一段時間裡，張才都陷在震撼之中。抵達上海第一晚才見識到令人迷醉的無盡繁華，第一個清晨卻又目睹了大規模的屠戮。更令人不寒而慄的是宰牲場前衛的外觀，以及充滿效率的機能設計，快速大量處理肉品又不留下血腥氣。

他無法忘記那些牛的眼睛。對他來說，那天清晨的曙光是充滿希望的新生活開端，但也是那些牛兒短暫生命中所見到的最後光影。

•

珍珠港事變後，張才帶著妻子張寶鳳和剛出生的長子曙光正式移居上海，在大哥的南北貨行裡幫忙。

那時在上海做生意很簡單，進出貨都只靠一通電話，講明品名等級數量，時間到了貨物和貨款就會出現在該出現的地方，彼此全憑信用。當然，一旦失去信用，就別想繼續在這個碼頭立足。

他們從上海批發貨物給臺灣的商號，賺取價差。看似容易，生意高下卻有如雲泥之別，人人都叫得到的貨物自然利潤有限，獨門掌握的珍貴商品往往翻手就是成倍的價錢。不只要看手腕與人脈，也要賭。賭天氣年成好壞，賭航路平靜與否，賭前線戰況進退，賭百貨行情起落。

靠著家族多年的經營基礎，兄弟倆事業還算過得去。張才一般都在早上處理業務，午飯後如果沒事，跟大哥打個招呼就到街上閒晃拍寫真。

他始終掛記著拍攝待宰牛隻的事情，但後來一直沒有再靠近過宰牲場，乃至於逐漸對每天早上聽到的牲口聚集聲習以為常了。

太平洋戰爭爆發以來，日軍占領租界全境，上海不再是孤島，得以自由出入。雖然燈火管制使上海頓時失去了最豔麗嫵媚的那一面，但十里洋場流風所聚，豈是說散就散，白日裡看似繁榮依然。

張才很快把租界裡著名的景點都跑過了一輪。外白渡橋，百老匯大廈，外灘，徐家匯天主教堂，跑馬廳，大世界，新新百貨，會樂里書寓，先施大樓，龍華寺，還有九江路與漢口路一帶的華人鬧區。

第一個鮮明的印象是漆在牆上的巨大廣告和文字，從醬油、雪花膏到洋菸，無不極其張揚地呼喊叫賣。尤其是一個比人還高的「當」字，堂而皇之吆喝著滿城的窮愁困窘者們不必矜持羞赧，儘管大方進來應急，畢竟這是在上海生活的題中應有之義，無比尋常之事。而在那大字下擺攤賣衣的小販，便看起來始終被一股當頭霉運壓得死死的；又譬如整整四層樓高露齒而笑的黑人牙膏廣告，展示著只屬於這座城市的傲然歡快，也使得旁邊樓縫竹竿上曬滿的衣服都像是剛剛幫那黑人擦過了牙。

第二個深刻的印象是可憐人之多。洋人女性遛狗散步，對路旁的乞丐視而不見。高級洋車在外灘停了滿滿一排，前面苦力推著獨輪車踽踽而行。先進的醫院後面，擺著一個用猴子招攬病患、直接綁線拔牙的攤子。

流浪漢們睡在銀行大門口、百貨公司櫥窗和國際大飯店外。連在黃浦江上乘船，都有叫化子划著舢舨靠過來，跪在半截草蓆上不斷拱手，含糊不清反覆念著老爺先生可憐可憐行行好吧。他身上不知穿著幾件破衣服，破破相疊也就密不透風了，像一捆擁腫而會磕頭的抹布。落魄街頭的人癱傻在牆邊，用粉筆寫了告地狀，我是寧波人，世居城中心，穎川為我都，未便提名姓。本是儒家子，經詩難充飢……

乞丐並不稀奇，但上海乞丐數量之多身分之雜，有老的小的男的女的有東方人西洋人印度人中東人，又與摩登高尚的環境對比之大，還有路人見怪不怪之冷淡，乃至於當面見死不救，在在令人怵目驚心。

就像臺灣同鄉們常說的，上海上海，有錢上好，無錢上害。

在臺北街頭是看不到乞丐的，並非沒有乞丐，而是因為大哥的好友施乾將各地乞丐招納收容在艋舺一處地方。人們把這樣的地方稱為鴨子寮，施乾就把收容所用臺灣話諧音取名愛愛寮。

大哥曾帶自己去愛愛寮參觀，看著施乾大哥親自幫乞丐們清理身體，分發食物，教他們做豆腐販賣營生，甚至吃住都和他們在一起。

我們也要幫忙嗎？張才雖覺施乾情操感人，但稍一上前就被一股濃重的臭味彈得倒退三步。

不，每個人的職責不同，我們能幫的忙比在這裡動手要大得多。張維賢毫不扭捏地轉身離開。

昭和二年（一九二七）星光演劇研究社第三回公演，也就是劇目包含《金色夜叉》的那一次，將門票收入的六成捐給仁濟院、盲啞學校和愛愛寮。愛愛寮用這筆捐款興建了一棟兩層樓的鋼筋水泥寮舍，從此不必再擔心颱風暴雨。

這就是新劇的力量，也是我們的一場大勝利。大哥說。什麼是新劇？新劇與那些宣揚腐敗觀念的舊戲，以及只知討好觀眾的流氓改良戲都不一樣，新劇要提供大眾真正的心靈糧食，對他們有所啟蒙。為了尋求真正人類的生活，破除從來惡弊，改革社會，使人們團結友愛，必須不斷奮鬥，用藝術來確立社會大同的理想！

大哥的演說不管在公開場合還是私人聚會上都充滿渲染力，但有時也讓人分不清他究竟是在戲裡還是戲外。大哥的理想還不止於此，他和幾個主張無政府主義的朋友組織了孤魂聯盟，發出著名宣言。

——孤魂就是活著時孤苦伶仃，死後飄盪無依的可憐靈魂，其悲慘哀痛恰似我們無產階級農民的生活，令人椎心。我們組織孤魂聯盟，就是要推動無政府主義與無產階級解放運動，為光明前途而奮鬥！

什麼是無產階級？十一歲的張才問。

無產階級就是像我們這樣受壓迫的群眾！大哥咬釘嚼鐵地吐出這麼一句就不再多做解釋。他回答問題總是這樣簡略，聽不懂是你自己不夠聰明好學，再問他就不耐煩了。

由於大哥和施乾及其同伴周合源合作，被人們稱作臺灣三大乞食頭。這個稱號倒也不冤，因為大哥剛出生時真的就叫張乞食。在臺灣，類似這樣的名字不少，自然都是因為相命先生批過八字，據命直言，說這孩子運道太差恐怕養不活，就算養大了也必然窮途困頓甚至成為一顆災星，所以故意取個自我作踐的名字。

雖然報戶口時，依族譜行輩登記為張孫乞，但父母平常仍叫他乞食。乞食來食飯，乞食去換衫，乞食你又在使什麼歹性子，真正乞食命！彷彿只要生身父母每日裡用言語糟蹋慣了，就能瞞過上天，將他原本該有的厄運閃躲開去。

公學校入學時，同學們都拿這名字來笑話，他氣得跟人打架，最後在老師建議下，才幫他取了維賢的字號當作學名。

我就是個乞食底啊。張維賢長大之後反而以此自我標榜，最後還升格為無產階級孤魂。他們家在大稻埕怡和巷，父親經營祖傳酒水生意，家道殷實。然而父親中年以後染上鴉片，白花花的銀錢燒成一顆顆戕心蝕骨的煙泡，事業迅速敗落下去，最後連命都賠掉。

大哥那時剛從南洋遊歷回來，繼承家產後，隨即和摘星網球會的球友們組成星光演劇研究所。星光的名字就是從網球會來的，先體育而後藝術，排演的第一齣戲是胡適的《終身大事》。

這是一齣十分簡單的獨幕劇，單表一個田家小姐想與意中人陳先生廝守終身，然而田母求籤算命凶兆連連，說什麼也不肯答應。田父回家聽說，斥責妻子迷信，把寺廟和半仙都批評了一頓。田小姐以為父親開明必當支持，沒想到父親卻搬出祖宗成法說兩千五百年前田陳乃是一家，自古不通婚姻，同樣反對到底。最後田小姐趁著父母吃飯，留書離家和陳先生自訂終身去了。全劇終。

張才從那時開始就開始固定演出可有可無的原創弟弟角色，從頭到尾只有兩句臺詞，大姊食飯，大姊妳的陳先生來了。大哥則扮演腦袋裡灌了水泥的田父。

研究會首度試演是在一位會員家的宅院，演完後大家吵了一架就解散了，至於為什麼吵張才也不懂。後來大哥另外找了幾個人重起爐灶，租了臺北新舞臺的場地盛大公演。張才上了臺發現底下都是人，既緊張又興奮，但反正多數時候沒他的事，便興味盎然看大哥表演，幾乎忘了輪到自己講話，聽到大哥拚命暗示才猛然回神，虎吼一聲大姊食飯，竟逗得全場爆笑。

大哥演的田父真是像到骨子裡去了，尤其是他痛罵田母迷信寺廟靈籤和盲眼算命仙時，那種發乎肺腑的鄙夷和憤怒真叫觀眾共鳴。

張才經常去上海南京路新新百貨四樓的綠寶劇場看新劇——在上海叫話劇。他也分不清話劇、新劇和文明戲之間的差別，只管看了就是。綠寶每天演出日夜兩場，平均五天就換一檔戲，票價固定四角、六角、八角三等，比電影便宜。

綠寶設備先進，編導演都十分優秀，而且很懂得掌握觀眾心理，看起來非常過癮。張才找大哥一起去看過兩回，但大哥顯得興趣缺缺。

你沒趕上孤島時期的綠寶，那時候什麼反抗題材都敢演，反傳統反教條鼓吹抗日，那才真是好看，大哥說罷又批評起當天的演出這樣那樣不好。大哥說得沒錯，綠寶的戲固然總是高潮迭起，但看完之後並無餘韻，好像路邊挑擔賣的小吃，走近時香味撲鼻，吃起來鹹辣痛快，卻只有短暫刺激。後來大哥總推說有應酬不能去看戲，張才猜想大哥或許觸景傷情，也就不再相約。

張才一面看著舞臺上的演出，不免和親身經驗比較，覺得其實當年大哥的表演太過激動，好像藉機在臺上發洩自身苦悶。他又想，如果讓現在的大哥來演田父一定非常完美，他什麼臺詞都不用說，光站到臺上就活脫是那個樣子了。

當年他們星光公演反應熱烈，若論票房自然不能跟綠寶相比，但觀眾投入戲劇的程度猶有過之。畢竟去綠寶的都是老戲迷，不過謀個娛樂消費，再入戲也知道是假的，散了戲就丟開。而星光的觀眾則多半是頭一次見識到新劇這種文明的演出方式，許多沒看過戲劇的人天天來看，連原本反對妻子兒女看戲的人也攜家帶眷進場，甚至有觀眾跳上臺和反派角色扭打，一會兒忽然醒悟到這是演戲才尷尬逃走。

星光在三年間推出七齣劇目，劇本多半是大哥親手從西洋文字翻成日文，演出時則大多使用臺灣話，由演員臨場發揮。

我們沒有監督或導演，全憑演員忠於劇本拼湊成戲。大哥總是自豪地說，這就是安那其主義，也就是無政府主義具體而微的實踐啊。

張才在綠寶劇場裡想起這句話，不由得暗暗嘆了口氣。回想起來，他從大哥身上學到的戲劇學問其實很有限，反而是攝影深受影響，那是一種與現實犄角相牴，單刀直入的姿態。大哥說，拍寫真和演新劇在精神上是一樣的，看人就要瞪著對方眼睛，看事就要看最殘酷不公的現實，要用額頭去死命頂住，然後保持冷靜徹底看清楚。

他在上海的街道上行走，這樣殘酷到令人憤怒的景象太多了，沒走幾步就會踩得整個鞋底都是，大概只有貓能夠保持腳掌乾淨地優雅通行。而他總是輕輕上前舉起萊卡相機，悄無聲息按下快門，無論觀景窗裡是華人洋人，衣冠楚楚或一身破爛，渙散糜爛還是目露凶光。

拍著拍著，他忽然明白為什麼以前鄧騰煇和李火增總是笑他把女人拍得硬梆梆，或者拍得像劇照。也許他天生就是要這樣拍寫真的。

在上海，張才從來不覺得自己是個外人。這裡本就是個東西洋什錦雜燴一鍋炒的地方，什麼樣的人混跡其中都不奇怪。但與其說在這裡落地生根，不如說上海就是個大舞臺，所有人都是演員，努力扮演著各自的角色。

有人警告過他，拿著相機在上海到處亂拍是危險的，很容易被當成間諜密探惹禍上身，但他無所謂。為了取景需要，他會直直走到十字路中心，爬上交通指揮亭，喀擦喀擦拍完之後從容離去。他也會神色自若走進一棟大廈，登上高層天臺俯拍街景。他很早就察覺，拿著相機的態度越是輕鬆篤定，人們便認為你必然擁有某種拍攝的公權特權，就算心中有疑惑也不敢囉嗦。

他不怕盤查。由於大哥在社會運動的活躍，臺北老家經常有警察和特務出入，交手久了，連他一個孩子都看出來，制服底下也不過是普通人，同樣有弱點有縫隙。

只有一次，他遇上過分認真的日本憲兵，揹著上刺刀的步槍逼到鼻子上質問。他用極其漂亮的日語對答，談論起東京和大阪的一切如數家珍，把那從越後鄉下來的小夥子唬得一愣一愣，甚至還立正站好讓張才拍了兩張。

但事後他卻覺得膩味不已，再也沒有拍攝的興致，黯然打道回家。在路面電車上抓著拉環不住搖晃，像是有人鉗著他的雙肩猛力甩動。那顢頇憲兵終究還是逮到他的。

你是什麼人？大哉問。

他從頭到尾沒說過一句自己是日本人，但他仍然取巧地擺出了高級日本國民的姿態，優越的、中心的、摩登先進的日本國民，令那可悲的鄉下老實人自慚形穢，藉以飄然脫身。

在大哥薰陶下，他從小就鄙視日本反對日本。開戰後底片管制，好友鄧騰煇和李火增問他要不要加入青年團，用奉公拍攝換取底片配額，他不屑地說臺灣人兩腳日本人四腳——暗諷日本人是畜生，才不要參加什麼青年團哩。張家兄弟倆決定離開臺灣，也是因為總督府對反對者的鎮壓越趨嚴厲，還有風聲說要優先把思想惡化者送到前線當軍夫，他們才趕緊逃走。

然而那憲兵的質問，卻讓他意識到自己能夠拿著相機在這原本屬於洋人的地盤上橫衝直撞恣意觀看，憑的就是占領者日本人的資格。

這讓他好幾個星期無法再上街拍攝。相機一直都是一種階級，一種權力。萊卡一架樓一棟，有錢人才有辦法拿起相機。占領國的國民，才有資格拿起相機。

那孤魂宣言再次陰魂不散地浮現腦海，當年大哥自稱是無產階級孤魂，要為痛苦的底層人發聲，但他們明明就是大稻埕殷商之子，也許稱不上少爺，但不必為生活奔忙，鎮日裡打網球、演新劇、拍寫真，這樣的人算什麼孤魂？就算情感上再同情對方，宣稱要和對方站在一起，結果也只不過是把孤魂們的痛苦編成戲劇拍成寫真，最後轉身離開，留下對方繼續在街頭乞討露宿。

他也才醒悟，在上海這個大舞臺上，自己扮演的只是個可有可無的龍套演員，講著兩句無關痛癢的臺詞，更多時候蹲在翼幕後面窺看舞臺上下的一切。

•

多年後張才方纔深刻地理解到，能夠在大戰期間自由地拍那麼多寫真，幾乎是一個奇蹟。日本斷絕與英美盟國的貿易，從德國進口底片也幾乎不可能，國產數量稀少，一般人想要拿到一卷底片都千難萬難。但上海到一九四一年底前仍維持自由貿易，底片和藥劑不虞匱乏。

日軍占領租界後，無論中國人還是外國人在路上拿著相機都會受到莫大壓力，就算是老資格的報刊攝影記者都很難繼續工作。然而張才以日本國民身分，加上渾然無懼的個性，並未感受到限制。

再拉遠來看，大日本帝國治下稍微叫得出名號的寫真家全都被編入戰時體制下的翼贊組織，勤勞奉公挺身報國，只能拍攝符合時局國策的東西，沒有創作自由可言。而張才尚無聲名，成為國家動員體制的漏網之魚。

於是在這多重的巧合下，張才得以遊走在時代的縫隙裡，自在擷取光影。

當時他並不明白這一點，多年後他會告訴前來採訪的後輩，他是一個在臺北長大，真正愛拍照的二十六歲青年，上海的一切都給他很大刺激，所以自然而然把所看到的拍了下來。

世間最奢侈的事情是揮霍而不知揮霍，張才相機在手，隨順心意信手取景，在上海四年間拍了近千格底片，半數是街道上的華麗與汙暗，另外一半則是大量生活照。他接連生了一子二女，加上大哥一家四口，還有許多親朋好友，日子過得熱鬧豐富。他拍孩子們玩球，挖砂，盆浴，逗貓，睡覺。拍家人散步，聚餐，閒話，全都是極其尋常的生活樣貌。

這些影像沒有發表的價值，但帶給他極大溫暖。妻子張寶鳳是個臉上常帶歡笑的女人，每一張寫真上的她都明亮開朗得如同正在噴發的爆米花，嗶嗶剝剝奔放著小小的純粹喜悅。孩子們也都遺傳母親的性情，彼此相親友愛。

張才在臥室裡自拍過一張絕佳的寫真，也許是整個上海時期最令他珍惜寶愛的一張。屋裡幽暗得恰到好處，柔和的自然光從右邊窗口斜斜暈染進來，一襲掛在天花板的白紗帳向床頭床尾分掠垂落，猶如童話中的王宮帳幕。而張才抱著剛出生的幼女坐在那微光的中心，低頭凝視不見表情，只有嬰兒的臉朝向光照進來的地方。張才守護著愛女，而這個地方守護著張才的心。

他時常覺得，拿著相機的自己就像是個行走高空鋼索的特技表演者，為了維持平衡而拿著不可思議的長竿子。其中一頭掛著冰冷殘酷的現實，令一頭則是這些平凡無奇的家庭瑣影。

張才也拍了很多大哥的寫真。大哥和友人坐在草地上，大哥在應酬場合，大哥的正裝肖像。但看著放大出來的影像，總覺得充滿陌生感，大哥並沒有帶著年輕時的飛揚跋扈轉身變成商場上的梟雄，反而像是力不從心又不得不裝裝樣子的疲憊買賣人。

忽然一個疑惑閃過腦海，自己什麼時候開始不再對大哥完全崇拜信服、緊緊跟隨他腳步的呢？或許早從自己在書上讀到無產階級的定義，對大哥的孤魂宣言感到質疑的那一刻，他的權威形象便開始鬆動了。

人要推倒心裡的偶像、精神的支柱，往往需要漫長而幽微的變化過程。即便理智的基座已被掏空，情感與記憶也仍良久覆蓋其上，彷彿一切如故。等到連最後一層薄薄的皮面都貼不住，才令人訝異於內裡空洞之徹底。

仔細回想，其實張才在十四歲時就已經開始拒絕大哥的種種安排，但那時候只以為是自己任性，而非對大哥的反抗。

那年張才從公學校畢業，大哥宣布要送他去日本作家武者小路實篤在九州宮崎縣兒湯郡開闢的「新村」，實踐沒有階級差異、自給自足的烏托邦農業生活。

宮崎在哪裡？張才問。

九州東邊。

那不是鄉下地方嗎？

正因為是鄉下，才能夠實踐最先進的理想。大哥興致勃勃，彷彿一腳正踩在新村門口招攬同志似的說，新村精神第一條，全世界的人類都應該完成內在自我完全成長的天命。同時人們不可為了自己的快樂、幸福和自由去妨害他人的天命。這實在是太高明的理想！

那位武者小路先生也住在村裡嗎？

他創辦村子後住了六年，後來因為家庭的緣故不得已而離開……

所以創辦人自己也沒有堅持到底嘛。

我也沒叫你去住一輩子，你去那裡學習個幾年，再把新村精神帶回臺灣來。

大哥自己為什麼不去？

我當然想去啊，不過我剛從築地小劇場學到全般的戲劇學問回來，正要好好在臺灣推展，喚醒群眾意識。我們要分工合作，一起朝著無政府的遠大目標前進。

我不想去宮崎，我也要去東京。

小孩子懂什麼。大哥似乎有點惱怒，最後硬是把他送去臺北州立宜蘭農林學校，說等將來烏托邦實現的時候，農業技能是生存的基本之道。

張才讀了一年就輟學逃回來，跟母親撒嬌說自己不愛讀書，就此賴在家裡。大哥新創了民烽劇團，張才就跟著劇團四處活動，直到三年後劇團因為經費和環境等種種原因結束為止。

我想去東京學寫真。十八歲的張才主動向大哥提出請求。我覺得這不失為一個謀生之道，而且開寫真館是客人上門來委託，比較有尊嚴。

大哥想了想之後為張才作了一個有點奇特，但也很符合其作風的安排。他讓張才先到訓練寫真館專門人才的武藏野寫真學校，在短期課程中學習感光材料、光源掌握、底片沖印修整和相紙放大等等開業技能。接著透過自己在東京的人脈，把弟弟介紹到《フォトタイムス（寫真時代）》創辦者木村專一門下，學習新興寫真的觀念。大哥說，寫真也是一項文化活動利器，光學技術沒意思，要連觀念都學起來才行。

張才在日本養成一個習慣，凡是在書報上看到有意思的寫真或文章，就剪下來分門別類貼在剪貼簿上。莫霍利—納吉和曼．雷，貼起來。布羅瑟菲德新即物主義，貼起來。中山岩太〈上海來的女人〉，植田正治〈茶屋老人的側臉〉，貼起來。瀧口修造〈寫真與超現實主義〉，貼起來。

最初只是出於興趣的勞作，沒想到開戰之後，思想控制越趨嚴格，書報上刊登的寫真風格趨於單一，這些剪貼簿成為他反覆閱讀思考的養分。

回想起來，那幾年也許是張才一生中最逍遙愉快的一段時間吧。昭和十年（一九三五），十九歲的張才買下生平第一架屬於自己的相機，羅萊的雙眼一二〇底片相機。他用這架相機拍下的第一張寫真，是在大哥的好友，學者與詩人楊雲萍的士林外雙溪家裡。

那裡沒有巴士通行，從士林徒步五十分鐘才能抵達，但經常聚集許多文化界人士，張家兄弟也都去得慣的。這天張才寶貝兮兮地取出新相機捧在肚子前面，心想這值得紀念的第一張寫真必須慎重其事好好取鏡，低頭調整參數時忽見楊大哥露出生動表情，情急之下擊發快門，事後才發現機身歪斜了十五度。

歪拍正著，傾斜的畫面使得影中人物更具動態。楊雲萍一襲淺色長袍馬褂，不知正對畫面外的友人講到什麼激動的話題，眼睛瞪得老大，嘴巴噘起像鴨子，手持書冊卻像是抓著木板要打人。好端端一個碩學鴻儒，浪漫詩人，被張才拍得像個諧星似的。

大哥的好友們都拿這張寫真取笑楊雲萍，而楊大哥並不以為意，認為這記錄下友朋間打鬧取樂的實況。

大哥張維賢在畫面左邊，轉頭向裡看著楊雲萍。他身穿黑色三件式西裝，雙手插在褲袋，只拍到後腦勺和一點點眼鼻輪廓，但看得出來臉上充滿笑意。無論經過多少年，拍過多少大哥的寫真，張才始終覺得這是大哥最好的樣子——並非沒拍到臉所以才好，而是因為大哥稀罕地顯得放鬆而自在。

隔年張才在建成町二丁目五番地[10]二樓開設了影心寫場，店名就是楊雲萍取的，不只攝形寫影，還能描摹心神，顯得別緻高雅。

頭家不在！這句話不知何時開始變成張才的口頭禪，或許從影心一開張就是吧。與多數寫場不同，影心的攝影棚——如果能稱為攝影棚的話——裡面空空蕩蕩，沒有布景沒有道具，甚至連桌椅都沒有，反而是滿牆的書、唱片和一架蓄音器。遇到面露狐疑或者問東問西的客人，他就嚷嚷頭家不在，把上門的生意推掉。

這裡與其說是一家寫場，實則是藝文界的聚會所。楊逵創辦的《臺灣新文學》臺北事務所就設在影心寫場，由大哥擔任責任者。眾人在這裡朗讀、聽音樂、言不及義地閒聊，就是不太幫人拍寫真。

天氣好的時候，張才就背著他的萊卡相機出門拍攝。有時是和朋友去郊外踏青，有時則與鄧騰煇及李火增舉辦便當會，找酒室小姐充當模特兒外拍。張才總是反戴一頂打鳥帽，穿著卡其色短褲，搭配拉到膝蓋的白長襪，並在腰間紮進一條毛巾，拍攝時兩腳分開六十度像一把圓規牢牢釘在地上，十足春風少年模樣。

那時距離全面對中國開戰還有一年，日子仍是日子，笑靨仍是笑靨，大哥他們仍作著用文化喚醒群眾反抗殖民統治的夢，還沒有同志被下獄刑求致死，或者被徵召到南洋在前線陣

10 建成町二丁目五番地：現太原路與長安西路口的西北側轉角。

亡屍骨無存。

日本投降那一天，全上海滿街奔相走告，沒有人宣布燈火管制解除，但所有的照明和霓虹燈都有志一同閃亮起來。日本士兵依然盡責地上哨站崗，中國人則裡裡外外圍著他們歡呼叫喊，徹夜遊行。

燃燒似的燈海讓張才想起自己來到這裡的第一天傍晚，而那些閃爍的廣告招牌看起來如此熟悉，好像四年間不曾有一夜熄滅過。

張才跟著大家鬧騰通宵，隔天清晨醒來時也不覺疲累。大哥罕見地約他出門吃早餐，一貫不說要去哪，逕自在前面領著衝闖，居然來到宰牲場牆外的清真牛肉麵攤。

蕭條許久的宰牲場湧進滿滿的牛羊豬隻，人類的勝利要以牲畜來犧牲獻祭。現宰的牛肉確實鮮美可口，張才背對牛群，盡可能不去觀看，只專注在自己的碗裡。

宜蘭頭圍那裡有一塊地。大哥沒來由開口說，在福德坑溪山頂，幾年前我就買下來了。

嗯？

那裡要沿著溪床走進去，再爬上山頂，汽車到不了，可以說與世隔絕。大哥使勁嚼著一塊帶筋的肉，一邊說，過幾年等孩子大一點，說不定我就搬去那裡墾荒，種菜飼雞，自給自足。

烏托邦。張才心裡浮現這個字眼，但沒說出口，只說聽起來不錯喔，等你搬去的時候我再去找你。

好啊。大哥像是鬆了一口氣，幾年間因為下海經商而產生某種扭捏表情，以及為了壓制這扭捏而用力過度的一股狠勁，頓時消散無蹤。

幾年後，張才會帶著他的相機，踩著溪床邊的礫石路走進大哥山裡的居所。遠處兩岸陡峭的山腳夾峙著，像一道門關，把文明產生的世間汙濁擋在外面。

屆時大哥會穿著農人的布衣出來迎接，大嫂為了拍照特地換上旗袍，孩子們看起來都挺開心，而張才會送給他們一輛巴士玩具。大哥會問啊我的菸呢？張才這才趕緊把一整條菸交給他，並且幫他們在大門口拍了幾張全家福。

大哥自己挑水灌進門口的水缸，自己劈柴，種蘿蔔，戴著斗笠在太陽下曬菜脯，彎腰把裝滿的籮筐遞給三歲的幼女，看她把籮筐頂在腰上緊緊抓著，小心翼翼走回屋子裡去。長子十二歲，穿著國小制服，差不多就是當年大哥要把自己送到宮崎新村那年紀。

大哥抽出一根菸叼在嘴邊，摸索口袋左顧右盼遍尋不著。張才上前劃著一根火柴，喊道，大哥！等大哥湊上來把菸點著，他便把整盒火柴按在大哥手裡。

不知為何，那個瞬間他會回想起這個和大哥一起在上海宰牲場外吃牛肉麵的早晨，也許因為那是他們承諾未來將要再次重逢的時刻。

而張才將會忽然一念清明，徹底醒悟為什麼自己到最後都無法拍下待宰牛隻和出場屠體並列的情景。因為他從第一眼便已經隱約察覺，整座上海就是一個碩大無朋的屠宰場，用最文明先進，最富機能效率，符合安全衛生的方式，將人的命運和靈魂切割整齊，分門別類販賣出去。自己到最後都無法將額頭抵住這個現實，冷靜地看仔細，然後擊發那百分之一秒的快門。

抗戰勝利後世道並未好轉，內戰隨即打起，上海再次面臨陷落的危機。張才先帶著家人返回臺灣安頓，大哥則留下來處分房產和庫存貨物。

張才把所有的底片都帶在身上。這些奇蹟般拍攝下來的上海街頭速寫，絕大部分從未放大成相紙，只以底片的形式留存。回到臺灣後，張才也始終不曾將之示人，徹底封存在餅乾鐵盒和茶葉罐裡。一直要到整整四十三年後的民國七十八年，一群年輕的攝影後輩們在七十三歲的張才收藏中看到這批已經開始劣化損壞的底片，驚為至寶，才幫他放大洗出，以個展形式公開發表。

離開上海前，張才把這些底片全部瀏覽了一次，感到一股龐大深切的絕望。他在那些乞丐、流浪漢身上看不見一點希望，沒有為了生活而拚死掙扎的能量，也沒有任何生命的尊嚴。

張才不斷地思考，有沒有可能在最無精神、最沒有生命力的人身上拍出一點元氣？有沒有可能在最沒有尊嚴的人身上拍出尊嚴？難道世間真的就是如此悲慘到一無尊嚴可言？

不，他拒絕相信。

在那之後，張才窮盡畢生的努力，尋找各種方法、技巧和取景角度，還有最重要的攝影之心，去看見每一個人的神魂所在。他將會震懾於臺灣原住民族猶如老鷹和黑熊化身般的不可侵犯，還有豐歌般的純美力量與生命驕傲。他也將感動於神明聖駕出巡的威靈赫赫，以及信徒們的樸質虔誠，並且被某個參加廟會的黑衣男子惡狠狠地反瞪回來，在那張變形虯結的臉上，看到人為了在這苦難世界裡日復一日生存而被逼出來的執拗勁道。

他不再有任何一刻假裝自己和對方有著相同的階級身分。他只是用大哥教他的方法，以額頭抵著眼前一切冷靜觀看，並且發乎內心地尊敬每個出現在他鏡頭裡的人。

相簿九

照片的語言

如果照片會開口說話，它會說什麼語言？用最想當然耳的推論，戰前的寫真說日語，戰後的照片說中文，另有客家話和閩南語貫穿其間，偶爾也許來兩句洋文。但真的是這樣嗎？

多年後鄧騰煇檢視自己一九四〇年代的照片，有許多竟分不出是戰前還是戰後拍攝的。譬如碧潭渡船上午睡的男人，堤防水門旁曬衣服的主婦，或者群聚在樹下等公車的民眾，無論終戰前後時代遷化，人們的生活依然有恆常不變的部分，從照片上無法看得出來。

又如一張在關渡拍的煤砂挑夫，身上穿著日式甚平（無袖短外罩），若從衣飾看是日本時代拍的，但自己頻繁到關渡去攝影應該是光復以後的事了，窮苦人有什麼穿什麼也不奇怪。

光復，日文中沒有的詞彙。鄧騰煇拿起國語字典查詢，光屬於儿部，或者用注音符號檢索，ㄍㄨㄤ一聲光，翻到該頁，指尖擦著紙面橫走，光明光顧光滑光膀子，有了，光復，失去再收回，光榮收復失土。

對他來說，也許更願意把光復解釋成光的恢復。曝光的恢復，南光的恢復。

有時候，照片上的蛛絲馬跡會透露拍攝時間，譬如街上店家的招牌，有日文的是戰前，改為中文的是戰後，雖然都有漢字但不難分辨。譬如鄧騰煇自己的店，就從南光寫真機材行改為南光照相機材行，張才的影心寫場改為影心照像館。

就算照片會說話，說日語的寫真也都很快陷於沉默了，它們迅速從報章雜誌上消失，像蟑螂一樣必須被殲滅，就算無法徹底撲殺殆盡，至少不能堂而皇之任由在餐桌或牆壁間橫行。

事實上沉默的不只是寫真和店招牌，京町通變成博愛路，榮町通變成衡陽路，太平町通變成延平北路，東西三線路則改為中山南路和中華路。

鄧騰煇自己也沉默了好一陣子。剛光復的時候，鄧騰煇完全不會講新國語中文，只會講不再是國語的日文，以及在臺北較少人使用的客家話。經常有路過的客人上門，講了兩句話發覺不通又隨即離開，錯失很多買賣機會。相較之下，會講中文甚至其他中國方言，諸如上海話或粵語的同業，像是張才和李鳴鵰，便能順利接到生意。

這一切轉變來得如此劇烈。戰爭結束前幾年，也是總督府推行皇民化運動的高峰，必須說日語的場合增加了，一切行為舉止也都要像日本人。他曾在東京留學十年，這些對他來說都沒有困難，也配合國策取了個日本式的姓名吉永晃三，從此在所有官方文件上他就是這個名字，不過私底下家人還是叫他騰煇，而朋友客戶們也還是叫他南光桑。

官方對寫真材料和活動的管制更加嚴厲，已經不是加入青年團就可了事。總督府在昭和十八年（一九四三）舉行第一回寫真家登錄，參加者必須繳交寫真作品接受審查，通過後發給許可。總督府同時大幅緊縮控制，底片和藥劑採用配給，優先提供給登錄寫真家。戶外拍攝活動必須事前申請，拍攝好的底片得送交指定寫真館沖洗，並且經過情報課審查，有問題就打洞銷毀，剩下的才發還留存。

鄧騰煇和李火增喝酒時聊起此事，都說不得不參加。若不取得指定寫真師資格，南光寫真機材店連沖印業務都無法再做下去。

南光桑打算提出什麼作品去應徵？李火增問。

就這張〈堤丘上的人〉，我特地帶來先給你看看。鄧騰煇興沖沖遞過一張寫真，鏡頭仰拍，畫面六成都是灰色的天空，左下角露出斜斜一小塊草丘，正中間立著一柱電線杆，堤丘上露出四個人的半截身影，各自遠望毫無交集。

李火增愣了一下，接著抱著肚子笑得岔氣。他拿出一本總督府的出版品翻開，上面的圖片都是一些強調戰意昂揚、勤勞奉公，以及銃後的勞動教育生產等等具有宣傳性質的寫真。戴水兵帽微笑著行舉手禮的小學生，豐收而滿心歡喜的農人，沐浴在天皇御仁慈之下而獲得安樂生活的原住民，還有為前線戰士縫製征衣的婦女等等。

你也太死腦筋了。李火增說，日本人要的就是這些東西，你隨便揀也有一大堆，怎麼拿了一張這麼前衛的作品？而且上面的人看起來茫然又虛無，簡直是在諷刺時局似的。

啊，我沒那意思。鄧騰煇懊惱地說，我只是想到寫真會被印在年鑑上流傳後世，才刻意把近期的得意作拿出來呀。

還好有我幫你預先審查，才不會落第。李火增得意地一笑說，你選上了得請我喝酒！

最後應徵人數將近三百名，只有八十六人通過審查，鄧騰煇和李火增都名列其中，拿到效期一年的證書。兩人又在酒家碰面，李火增從衣襟上拆下一枚「台灣總督府登錄寫真家」

徽章向小姐們炫耀，說別小看這東西，現在得有這個才能在外面拍照。

這麼了不起？小姐們爭相傳看。

別搶，南光桑也有一個。

鄧騰煇拿出自己的徽章仔細端詳，那是一個左右拉長的萊卡圖案，連觀景窗、連動測距窗口、過片旋鈕等細節都做出來。

一個和他交好的小姐冷不防把徽章抽走，別在胸口神氣地說，這樣我也是堂堂寫真家了！眾人聞言哄堂，輪流別上徽章，彼此取笑。

然而拿到徽章實際上也沒什麼用，早幾年還頗為盛行的遊行、軍訓或運動會都中止了，私人休閒娛樂也必須「自肅」。到頭來，他在這一年裡拍得最多的還是家庭寫真，別著這個徽章只是方便他取得底片配給，並且可以在公園裡拍自己的孩子。

昭和二十年（一九四五），登錄寫真家制度停辦。從這年一月三日開始，除了天候極度惡劣的日子，每天都有美軍飛機空襲臺灣。鄧騰煇帶著家人，把所有搬得走的貴重相機資材都裝上車，拿出儲藏許久的最後一桶汽油倒進油箱，疏開回北埔老家，在柑園住了兩年，直到戰後一段時間才重回臺北。

北埔僻處鄉間，沒有任何軍事和工業設施，最主要的物產是茶葉，因此成為很少聽見空襲警報的世外桃源。廣播裡一貫播送著皇軍英勇作戰的報導，對全島經歷的大空襲不及一語。

出入外地的人們口耳相傳，不斷帶來許多破碎而無法確證的消息，都說臺北、基隆、新竹、嘉義、高雄等大城市陸續遭到毀滅性的空襲，又說美軍計畫登陸臺灣，大本營方面已經下達了全島玉碎的指令，要求所有人作戰到底。

街上看似平靜，但電力不時中斷，加上燈火管制夜裡一片漆黑，彷彿回到兒時的故鄉。不，兒時故鄉並沒有這樣四處潛伏的肅殺威脅，眼睛看不見，但隨時都有種即將大禍臨頭的惶惶之感，或許更像先祖們初來開拓時的情境吧。

鄧騰煇經常爬上柑園屋頂露臺抽菸，這裡已經變成專屬於他的空間。他邊抽菸邊眺望著朗朗晴空，春天裡五色鳥叩叩急鳴，藍鵲嘎嘎聒噪，綠繡眼珠玉圓潤群集應答，白頭翁高踞枝頭婉囀絮語。等天氣稍熱起來，一入夜就是遍地螢光閃爍蟲唧蛙鳴，全不知人世險惡。

北埔的上空沒有敵機飛越，連聲音也沒聽到一次。鄧騰煇曾經近距離見過美國飛機，那是在昭和十一年（一九三六）三月底，臺北飛行場落成啟用，日本航空輸送會社旗下的道格拉斯DC-2型客機富士號，從福岡經那霸飛抵臺北，在跑道上進行低空通過展示飛行後，忽然一個側傾急速轉彎爬升，又繞了一圈才正式落地，受到民眾熱烈歡迎，從此開啟臺日定期航線。

鄧騰煇拿著八釐米攝影機錄下道格拉斯著陸的歷史一刻。銀色機身和豪邁的發動機聲，令他想起那些美國相機，不追求高雅細緻的工藝美感，一逕講求堅固實用，單就性能來說非常可靠。傳說中的美軍轟炸機比道格拉斯還要巨大許多，攜帶數以噸計的炸彈。以美國人講求實際的精神，那一定是極具穩定性與高效能的飛行機械。

他忍不住去想像著這片天空上正有龐大的機隊長驅直入，對著這裡飛來，準備打開機腹排出無數邪惡的炸彈。他仍然保持隨身帶著萊卡相機的習慣，如果天空中出現敵機，就會反射性舉起鏡頭。理智上當然不希望發生這樣的事情，奇怪的是太過平靜的眼前情景總會使他產生更多焦慮的想像。

對著過亮的藍天看得太久，眼前出現許多急速旋轉的雜點，一瞬間他幾乎以為是急墜而下的炸彈，又隨即醒悟到這就是所謂的眼花撩亂，自己畢竟不再年輕了。

真的會來嗎？上一次這樣在天空中尋找不知何時出現的飛行物，是大學時去看飛船那次。抱著期待看向廣闊天空，卻不知飛船會在何時、何處出現，長時間徒勞搜尋異常令人消耗。雖然知道飛船一旦現蹤，人們的歡呼聲就會告訴他，但他依然忍不住持續尋找，總希望自己就是第一時間率先看見，伸手一指高喊「來了！」的那個人。

後來飛船真的來了，那麼巨大，那麼不真實，那麼像個夢境。當時大家興奮極了，都說這是科學文明的勝利。然而現在科學文明的腳步已然跨越到他無法理解的境地，從天而降的不再是跨越國界的友誼而是足以毀滅城鎮的地獄之火，而且更高更快更靈活，毀滅效能高超。

如果此刻美軍轟炸機來了，我真的會在炸彈落地之前按下快門嗎？鄧騰煇沒來由地想。

不，鄧騰煇一向只拍美好的事物，很少把鏡頭朝向悲慘破敗的方向。他思索著，藝術最初是人類對鬼神的獻祭，後來變成人類的自我探詢。但如今鬼神與自我都不存在了，藝術的價值究竟如何存在呢？在戰火中，藝術又能做什麼呢？

•

六月裡的某一天，聽說臺北在五月卅一日遭受大空襲，市中心都被爆破，連總督府也中彈。接著輾轉傳來消息，京町密集落彈，整條街化為廢墟。

八月十五日，收音機裡傳出天皇玉音放送，訊號嘈嘈雜雜，講的又是古雅的日語，一時難辨內容，但猜想得出來日本投降了。被禁止多時的鞭炮聲響徹街頭，人們隨即開始討論要把停辦了幾年的普渡恢復起來。而鄧騰煇做的第一件事，就是帶上相機和底片，想盡辦法轉搭各種交通工具回臺北一探究竟。

臺北的情況比想像中還慘，但大空襲畢竟已經是兩個半月以前的事，廢墟早就被清理到令人訝異的乾淨程度。這是官方的戰時對策，避免殘留的灰燼重新燃燒蔓延，也把道路清出來便於通行。

沒有言語可以形容他站在南光店址前的心情，他更完全沒有想到拿起相機拍攝任何寫真。京町幾乎全毀了，一丁目和二丁目路口遺留著三個積水的巨大彈坑，訴說著爆炸當時的慘酷。

家徒四壁。在他眼前的整排店屋名符其實地都只剩下四道磚砌的牆面，其餘木頭的梁柱樓板全部在大火中徹底燒光。陽光把整排店屋立面的窗格影子打了滿街，好像有人幫這些房子拍了張 X 光寫真。

他走進空蕩的自家店屋，憑印象踩在原本的店面、暗房和辦公室上，但此刻它們已然化為一體再無分別。只有兩邊牆上遺留許多橫梁圓孔，可以推測出原本樓板所在的位置，而仰望直透藍天，也沒有什麼樓上了。

他抬起頭想像自己站在二樓書房兼接待室，拿著唱盤走到蓄音器旁播放，喇叭裡傳出交響樂，當時什麼音樂聽起來都那麼閒適悅耳，哪怕貝多芬的命運正在敲門也一樣。樓上的自己低下頭閱讀唱片封套，目光和他憑虛相向，卻注定沒有交集。

空間真是奇妙的東西，以往在裡面起居坐臥，每天將自己的氣息薄薄暈染上微不可察的一層，精神與情緒累積沉澱，十年下來也就成為自己的另一具軀殼。平時不會察覺，但只要回到這具薄殼裡，就能頓時感到安心。爆風和大火毀去的不只是地板、隔間和看似可有可無的擺飾，更是這一層令人熟悉的殼甲。物理上來說，這空間還是同一個空間，然而再也不是同一個場所了。

他想起在這裡拍過的許多寫真，玻璃櫥櫃裡擺滿高級相機、鏡頭、各種配件、底片、相紙、放大機用的燈泡、D-76、D-72和 MQ 等各種藥粉；一貫臭臉的妻子抱起次子永明放在櫃子上坐好，六歲的永光小心翼翼扶著弟弟然後看向鏡頭；剛剛會站的三子永正在店後把手放在沒關緊的水龍頭下面，奇怪怎麼有水流個不停；留著西瓜頭的四歲長女美枝在磨石子樓梯上端正坐著，手在膝蓋上乖乖放好，眼睛卻瞟往側面，臉上藏不住笑，像懷抱著某個得意的祕密。

還有一張，五個孩子已全數來到這個人世間，他在二樓書房架了燈光自拍全家福。他抱著剛出生的幼女桂美，睜大眼睛等候自動快門，心中默默讀秒，顯出一種向遠看的誇張神采。而妻子把永正摟在懷裡，仰頭斜斜朝著燈光來處，但眼神裡什麼都沒有，只是任由擺布。其他三個孩子或坐或站，透露出幾乎能預言一生性情和遭遇的表情。

奇怪的是，他從來沒想過要從街上拍攝南光寫真機材店的門面，最多只拍過櫥窗布置，但不曾退後開去，把店屋立面和招牌完整地拍出來。反倒是站在店門口往街上拍了不少，對街的堀內商會、松本商行、京町藥房、大澤運動具店。從二樓窗口俯拍臺灣神社祭典，女學生遊行，奉公班集合。自家門面每天看得慣了，平常熟悉到不覺得需要煞有介事拍成寫真，如今卻就這樣消失了。

鄧騰煇比預想的還受到更大打擊，他知道自己總有一天會忘記南光門面的樣貌。自己從日本回來後就在這裡落腳，生養孩子、創業工作，投注了人生中最精華的十年光陰，卻什麼都沒有留下。

如果地面留下一些焦炭或瓦片也許還讓人好過些，那至少是某種生活軌跡的殘餘。但遺址裡只有炎熱陽光下的一片空無，像是對他人生的徹底否定。此刻他像是站在一座磚窯裡，被烤得全身汗濕，而記憶隨之一滴滴蒸散。

整條街所有店屋都是如此，沒有過往時光的蛛絲馬跡，沒有曾經熱鬧的生息，也沒有瞬間剝奪生命劇痛酷虐的死亡遺痕，僅有一道道磚牆勾勒出一條街的骨架，像是血肉與靈魂都被野獸和細菌徹底啃食殆盡後遺棄在荒地上的灰白遺骸。

他拔步四處走看，發現店屋正面至少還有一副骨架可以憑弔，街廓後方那一區木造房子已然纖芥不留，變成一大片空地。那裡原來有幾十戶，但住了什麼人開過什麼店他全然想不起來。人的記憶原來如此荒疏，就算是十年間每天經過瞥見無數次的地方，只要是自己不關心的店家，一點都不曾印在腦海裡。

京町以外也是到處殘敗。總督府塔樓旁被炸坍了一段，露出內部的走廊與房間，像是穿著大禮服配戴所有勳章的年邁將領，被人在右肩上狠狠砍了一刀。

後方的總督府圖書館全毀了，只剩兩片拱門相續的殘牆和遍地瓦礫，第一眼的印象竟想起觀光寫真上的羅馬競技場，某種古代文明遺跡。這裡曾經有全臺灣最豐富的藏書，鄧騰煇也曾來閱覽過珍貴的寫真圖冊。其中所有的文明瑰寶，無論是日文、中文、德文還是英文、法文，全部付之一炬。

幾個赤裸上身頭戴斗笠的男人在廢墟中撿拾，照理說兩個多月過去，有用的東西應該早就都被撿光了，但他們並不死心，其中一個人用大鐵鎚猛力把牆片敲散成磚塊，另外一個人徒勞地來回搜尋著，年幼的孩子則茫然坐在瓦礫上。

咱們家整個被炸毀，這個囝仔的老母也死了。乾瘦的男人用閩南語說。

鄧騰煇這時第一次想起來自己脖子上掛著相機，舉起鏡頭拍了兩張。這是他在臺北廢墟裡僅有的拍攝。如果攝影是將時空裁切下一塊來保存，你如何從已成碎片的現實中再裁切出東西來？

最後他走到新公園，這是最常帶孩子們來遊玩，留下無數影像的地方，已然變成幾十個大小彈坑掘爛的泥塘。博物館前後都是彈坑，然而建築本體奇蹟地未曾被彈，如果用寫真拍下來，取景避掉前後左右，彷彿什麼事也沒有。他腦袋一片空白，手腳卻自己動起來，架好三腳架在博物館正面自拍了一張。

這是他第一次在鏡頭前頭髮蓬亂，衣服皺爛，連領子被風掀起也不理好。三十七歲的他露出前所未有的驚悸蒼老，惶惶如喪家之犬，不，他確實就是喪家之犬，失去了他的歸所、他的青春、他的城市，還有他的時代。事後來看這張寫真，覺得莫名所以。或許是害怕連未來都要失去，只能在倖存的建築物前用拍攝當作一種徒勞的掙扎吧。

他離開市區走向臺北飛行場。周邊空地上無數飛機殘骸堆疊在一起，大部分都已被支解得不成機形。人們拉著板車前來尋找值錢的東西，用鐵鎚狠狠把精密複雜功能強大的機具敲碎，還原成樸素廉價的金屬拖走。

一截機身蒙皮脫落露出骨架，讓他想起兒時觀看的紙紮神明塑像。少數機身上還有日之丸標誌，但多數殘骸已經分不出是日本還是美軍的飛機。一個衣衫破舊的赤足男人對著這座鋼鐵小山發愣，手上捏著一塊不知能做什麼用的鐵皮，那大概是他唯一拆得下來的東西。他茫然呆立良久，不知道該試著再拆點東西，該觀察別人如何動手，還是該轉身離開。

鄧騰煇完全不記得在現場拍過什麼，許久以後把底片沖放出來，才發現自己鬼使神差拍下那男人的背影，簡直就像有人從後面拍下了自己。

•

隔年春天，鄧騰煇帶著全家回臺北重起爐灶，在後來改為衡陽路的榮町通上開了新店面。與先前的空蕩死寂完全相反，彼時的臺北極其繁忙紊亂。盟軍決定遣返所有日本人，只許每人攜帶提得動的一件行李和少量現金離開，於是日本人把東西拿出來變賣，有的就在自家門口鋪張蓆子，有的拿到人潮往來的鬧區擺攤，於是整個臺北市從驛前、城內、西門町到城南，變成一座巨大的跳蚤市場。

這是一次生活與記憶的倒賣，原本關起門來冷暖自知的起居細節，貧富貴賤，荒蕪或豐饒，全都攤在陽光下赤裸裸展示。不管日日摩挲的是有田燒、信樂燒還是鶯歌燒，愛不釋手的是夏目漱石、志賀直哉還是太宰治，通通一覽無遺，並且任人毫不容情貶得一文不值，藉此殺價。

這也像是一次相機的大檢閱，從一架五圓的國產大眾款到數百圓的西洋高級品，從口袋型摺疊相機、萊卡規格街拍機、中型底片相機到骨董級的大木箱，各種各樣各形各色。

鄧騰煇因此得以從別人出清的生命裡與自己的記憶重逢。他每天都像巡水田的老農般去看看這些相機，遇到稀罕的就拿起來把玩一番。原來世上有這麼多種相機啊，其中有些根本聽都沒聽過，而人們就是用這些相機留下生活記錄。

他的目標當然是德國高級相機，萊卡、康泰克斯、羅萊，但持有這些相機的主人多半捨不得賣，還是會揣進行李箱裡……正這樣想時，路旁一道銀光閃入眼中，竟是一架萊卡A。

可以讓我看看嗎？鄧騰煇當即上前說，真難得，竟然有萊卡呢。

啊，請隨意看看。那日本人還不習慣擺攤叫賣，顯得有些難為情，竟帶著勸阻的語氣說，不過這是很舊的機型呢，操作起來不太方便。

鄧騰煇拿起相機首先檢視流水編號，驚呼道八四七一，這可是元老資格的相機啊。他進一步看看規格，搭配的鏡頭是光圈三點五的五十釐米Elmax，附有外接式測距器。雖然被使用得有些陳舊，部分黑漆脫落露出金屬機身，貼皮也有破損，但試著操作一番，機械本身狀態十分良好，頓時歡欣無比。

他在學生時代花了十個月生活費買下第一架萊卡A，從那之後才算真正踏入攝影的領域，當時極其珍愛，連睡覺時都要放在枕邊。後來為了換購新型號機種而忍痛賣掉，多年後卻越想越覺得可惜，畢竟它的紀念價值無可取代。因此當下拿著同型機種，猶如生命中一大遺憾獲得補償，再也捨不得放下。

這幾天也有幾個人問過，但都說機型太舊不實用，看一看就走了。那相機主人拿起兩卷底片說，有興趣的話，這個也附送給您。

那真是太感激了。不過只賣一百圓，真的可以嗎？現在光是底片都很珍貴呢。鄧騰煇手頭其實也不寬裕，但也不忍心占對方便宜。

事到如今也無法計較那麼多了，能夠交到懂得珍惜的人手中，相機也會開心吧。那人很爽快地把底片奉上。

對鄧騰煇來說，買到這架相機的瞬間跳蚤市場就結束了。事實上隨著日本人一波波登船遣返，跳蚤市場確實迅速沉寂，一個多月後便徹底消失。曾經遍布臺灣各地、山巔海角無所不在的四十多萬日本人，迅速被遣返一空，彷彿從來不曾有這麼一群人存在。取而代之的是從中國各地來的外省人，有接收官員、駐守軍隊，也有許多前來新天地尋找機會的各領域人士。

臺灣好像一個玻璃瓶子，原本裝著一分油九分水，油水之間涇渭分明。忽然在朝夕之間上層浮油被吸取一空，卻又立即倒入另一種液體，說不出是油、是乳還是什麼，激盪之下也還看不出最終會變得交融或是排斥。

擺脫了戰時總督府對攝影的種種限制，鄧騰煇迫不及待想要恢復自由的拍攝。然而萬萬沒有想到，戰後初期他拍最多的照片竟是數不清的證件照和人像。

戰後百廢待舉，所有物資都十分缺乏，何況是攝影器材。整個臺北市面上總共只有五架萊卡相機可供販售，而且乏人問津，底片也很難取得。

鄧騰煇打聽到有一批從日軍航空隊倉庫整理出來的底片要標售，那原本是拍攝高空偵察寫真用的九乘九大型底片。他和幾個同業分著買下，在暗房裁成一二〇和一三五寬度，剪成適當長度後分裝出售，也就是所謂的飛機片或航空片。

底片的片基是賽璐珞，用剪刀剪過時有一種爽脆的手感與聲音，剪多了幾乎會上癮。但裁底片可不能用剪刀，他找來一根三點五公分寬的木尺，壓在底片上用鋒利的刀片切割，就成了一三五規格——理想上是這樣，但在全黑的暗房裡憑觸覺操作，片基又會滑動，邊緣多少都有些歪斜彎曲。只要不偏差太多，能順利過片，在這種時節上客人也不會抱怨。

就算是底片，也有各自的命運。鄧騰煇在暗房中反覆裁切著底片時忍不住這樣想。同樣一捲底片，相鄰的兩格卻可能拍攝了截然不同的內容。而手上正在裁切的這捲大型底片，原本是被製造來從高空中俯瞰大地，拍下一格格巨幅壯闊地景的，如今卻被割成細幅長條，從此各奔天涯，去領受屬於自己的碎散瞬間。

如果當它們拍攝完成，又有機會齊聚一堂，應該還能夠紋絲合縫地拼接在一起吧，那會不會是一幅有趣的光景？不同的拍攝內容，曝光條件，甚至沖曬是否得法，都會讓每一條底片產生具有差異的表現。

當然底片不是有情之物，只是一些化學感光藥劑塗抹在賽璐珞片基上，對光機械性地做出反應。這樣的想像也許是浪漫過頭，近乎幼稚了。但他依然無法遏止地想像底片飛行在高空上，發動機雄壯轟鳴，偶有沁涼的白色雲霧飄過，而俯視著地面的相機喀擦喀擦將大塊山河攝入鏡頭之中，何等暢快！

不過那些高空拍攝的影像裡看不到人們的面容身影，它們往往被軍方用來繪製地圖、制定戰略、標定轟炸目標，或者檢視空襲成果。而這些裁成細條的底片，將踏實地踩在陸地上，記錄戰爭結束後混沌與希望交織的當下情景。其中有些也許會被旅客帶到中國各省，或者被上岸的美國水兵帶到海外，拍下更廣闊的世界。

然而這些都鮮少發生，此時多數人都還沒有拍照的餘裕，照相機材行生意清淡。唯獨證件照和人像照需求火熱，照相館應接不暇，也每天都有客人誤闖進南光要求拍照。飛機片最終多數曝光為一本正經的大頭證件照。

多年戰亂流離，重要證件往往佚失或損毀，加上戰後大量人員移動，返鄉、謀職、復職復學、工商業重新登記，都要辦理證明，急需拍照。不久後政府製發國民身分證，又是一波大量業務。同時，有那分散多年親友重聚，或者戰時草草結婚想補拍婚紗的，也都上門要求拍攝。

鄧騰煇拜託懂中文的朋友寫了看板，上書大大的「快相」二字，強調二小時交件，同時提供攝影藝術人像服務。他第一次把看板擺到店前時還有些扭捏，畢竟這並不是他開業的初衷，回想起京町的南光寫真機材店，那可是只賣德國貨的相機殿堂，頂多提供點底片沖曬放大服務……別再去想京町了，整條街整個時代早就都已經化成廢墟啦。在這樣的世道，多少梟雄窮途末路，自己還能重開一家照相機材行已是萬幸。

念頭還沒落下，已經有路過的客人被這看板吸引進來。鄧騰煇不會講中文，拿出價目表比手畫腳一番，客人指了一個價錢也就點頭入內。他不禁想，語言不通倒也讓自己省去不少尷尬。

原本他最擅長的是速寫人們神情靈動的瞬間，但拍攝證件照卻是千篇一律的重複動作，燈光架在固定位置，客人在同一張椅子上坐定，看界邊，好，要拍了，鄧騰煇用剛學會的生硬中文單字說著，然後按下快門。

照理說，肖像就代表某個人，至少頒發證件的單位是這樣認定的。但這總讓鄧騰煇感到迷惑，如此表情僵硬眼神呆滯的照片真的可以代表他們嗎？證件照沖放多了，他更發現每個人的臉都不對稱，多少有些歪斜，大小眼，眉毛一邊高一邊低或者一邊粗一邊細，下巴偏一邊，這些是平常看著一個人、認識一個人時不容易發現的。

他能做的只有盡量引導客人稍微擺點姿態，展現一些笑容。但客人多半只求快，甚至希望低調，而且不知是否因為在陌生的鏡頭前感到緊張，許多人看起來疲憊滄桑，甚至茫然驚惶。他唯一的收穫是在短時間內仔細端詳了許多外省人的面孔，大江南北五湖四海，發現差異很大。

有一日，進來一位特別的客人，氣質不凡，像是見過世面的，又不像接收官員那樣趾高氣昂。他到攝影棚坐定，看見鄧騰煇手上的相機，用中文道，您用萊卡拍證件照？這倒少見。鄧騰煇猜出他的意思，勉強拼湊著說，我，用萊卡，比較熟悉。

客人聽了一笑，說他也曾有一架萊卡。接著便自在地擺出準備拍照的姿態，順利完成拍攝。填寫取件單的時候，客人說他姓王，很爽快地先付了全額費用。

兩個小時後王先生來取件，在櫃檯抽出照片檢視，狀甚滿意，卻感慨說沒想到還能拍得這麼體面。他冷不防用流利的日語說，只不過是證件寫真而已，您卻如此用心拍攝，客人姿態和構圖都有巧思，與別家不同，真是令人感謝。

鄧騰煇嚇了一跳，但隨即也用日語客氣說這是份內的事。或許因為不期然遇到講日語的外省人，感覺特別高興，於是他又說，底片和相紙都經過妥善處理，可以保存很久不變質，日後有需要的話隨時可以再拿來放大。

妥善處理的意思是？

聽說有些同業為了節省時間和成本，顯影之後直接定影，省略使用冰醋酸溶液急制的步驟。但我堅持還是完整的沖洗流程，才能保證品質。

省略急制的話，如果顯影液沒有去除乾淨，豈不是很容易產生變化？

正是如此，看來您也是行家。鄧騰煇更加起勁地說，其實像這種證件寫真，一般只在短時間內使用，並不講究長期保存，客人來拍照都求快，同業這樣處理也無可厚非。只是我按部就班習慣了，而且也總有客人會想要長久保存。

原來如此。王先生頻頻點頭。

冒昧請問，王先生的日本話是在那裡學的，非常道地的東京腔呢。

我是在橫濱出生長大的。王先生侃侃談道，從橫濱的高等學校畢業後，響應祖國號召抗日，返回大陸讀大學，之後又在政府裡任職，負責對日工作，所以日本話一直都沒有放下。

是這樣啊。我是東京法政大學畢業的，所以對王先生的腔調備感親切。在臺灣的日本人大多講九州腔，真叫人受不了。

哈哈哈，那倒是。王先生爽朗地一笑，稍頓一頓，下定決心似地道，我剛才說在政府裡任職，指的是汪主席領導的南京國民政府。汪主席也是你們法政大學的校友呢。

啊。鄧騰煇一下子心情複雜起來，戰爭期間，汪政權不斷被宣傳為大日本帝國的盟友，令人乍然聽見時直覺感到友善。當然他也知道抗戰勝利後汪兆銘被稱為漢奸，南京政權也加上了個「偽」字，變成敵對的一方。

不瞞你說，我這個名字其實是假的。王先生低聲道，像我這樣的人現在就如同過街老鼠，就算在新政府裡不曾做過壞事，只要一聽說我是南京出來的，立刻人人喊打。所以我打算隱姓埋名，找個不起眼的地方默默過完一生。這張寫真，就是要取得新身分之用，對我來說非常重要。

王先生將證件照和底片放入紙袋，彷彿對待新生的嬰兒般慎重揣進懷裡收好。臨走前又回頭說，照理講既然用了假身分，就不該對任何人提起，但今日卻不知怎麼很自然就對你說了。或許是覺得投緣吧，而且一想到幾十年的餘生中都要埋藏自己，難免感到苦悶，所以忍不住就多嘴了。今天說的話，就請您當做沒聽到。

鄧騰煇無以為應，只能說請多保重，祝福一切順利。

王先生走了之後，鄧騰煇思緒陷入混亂。他翻看櫃臺上客人待取的照片，有幾件甚至已經過了三五天都還沒來拿，該不會是有什麼問題？這陣子大量拍攝的人像一張張閃過腦海，各個都變得很可疑。其中到底有多少人像王先生這樣，改換新的身分來到這個沒有人認得出來的島上，展開截然不同的人生？

其實他的公太（曾祖父）鄧吉星，當初也是在太平天國滅亡後逃來北埔避禍，把女兒嫁給阿公姜滿堂，才有後來新姜家族的興盛繁茂。念及此，他對王先生的戒心頓時消除大半，甚至有些同情起來。

過了一段時間，政府製發國民身分證，要求繳交兩吋證件照。鄧騰煇新拍了兩張都不滿意，總覺得照片上的人神情很不自在，怎麼看都不像自己，也不願這樣的照片黏貼在身分證明文件上。最後實在沒有工夫重拍，便從舊證件照裡找了一張時間較為接近的交了出去。

等到身分證發下，帶回家仔細一看，他才赫然發覺自己挑選了和登錄寫真家證明書一樣的照片。他把兩張證件並排在一起，一張寫著身分證明書，氏名吉永晃三，明治四十一年十二月五日生，寫真上蓋著紅色篆文的臺灣總督府印。另一張寫著中華民國國民身分證，姓名鄧騰煇，民前四年十二月五日生，照片上蓋著臺北市政府鋼印。

兩張相紙同時放大，擁有同樣的曝光和顯影條件，但此時看起來卻好像是不同的影像，甚至不同的人。如果照片會開口說話，那麼貼在兩張不同身分證明文件上的照片，吉永晃三與鄧騰煇，會各自說什麼語言？

從技術的角度來說，這張證件照並不是十分理想。光線打得太硬，反差稍大，臉上大部分地方過亮而陰影輪廓顯得過深，但仍拍出一種精神。他臉上總是掛著一抹淡淡的笑容，即便拍攝證件照時正襟危坐，仍隱隱透露出笑意。

他很少這麼仔細觀看自己的證件照，原來臉型歪斜得這麼嚴重，高挺的鼻子向左偏，像是原本應該蒼勁一氣直通而下的書法筆畫，寫到一半被蚊蠅騷擾而不慎撇開。但這都被他明朗的眼神與如同飛鳥展翅的濃密眉毛所掩去。

也許名字和身分就像衣服一般可以脫下換去，但這歪斜的鼻子是換不了的。鄧騰煇想，如果二十年後再看到他們，他們會各自告訴自己什麼樣的故事？

相簿十

消融的影像

民國三十五年三月一日開始，外面的世界整個顛倒過來了。

政府實行新交通法規，將原本人車靠左通行的規定改為全國統一靠右。幾條大馬路上都有宣導員，兩兩一組捧著「靠右邊走」的大牌匾走來走去，另有一個拿著銅鑼，看到逆向人車就死命敲打警告。

那個週末，鄧騰煇循例開車載著全家大小出門遊玩，他從打開車門坐進駕駛座就開始默念（靠右靠右靠右），插上鑰匙發動引擎（靠右靠右），踩下離合器換檔（靠右靠右），車子一開上路就發現另一輛車迎面而來幾乎撞個正著，妻子和五個小孩齊聲驚呼靠右靠右！同時街上鑼聲銑銑銑震天價響，這才驚覺自己還是本能地靠左行駛，趕緊往右切去。

剛才就提醒你要靠右了。妻子受了驚嚇，更加理直氣壯地擺出難看臉色。

沒辦法，我從剛才就一直想著靠右靠右，但習慣一下子改不了。鄧騰煇有苦難言，畢竟開錯邊是明擺著的事實，只能長長吁口氣。倒是孩子們慣於把有驚無險的事都當成愉快的遊戲，一路上興高采烈反覆談論，看到車子稍往左偏就立刻大喊靠右靠右，車子沒往左偏也要起鬨喊靠右靠右，比平常還開心。

有時候人適應改變的速度快得不可思議，他們在淡水海邊玩了一天，傍晚回程時，鄧騰煇一上路就自然靠右而行，彷彿有生以來都是這麼開的。

然而長年以來的習慣深深印在身體裡，有時候因為疲倦、酒醉或者想事情出了神，又會不自覺地靠左走。

隔年春天，長子永光就因為這個以為早已改正的習慣而發生車禍。他騎著腳踏車出門，前面一輛汽車靠左行駛，他正想著待會兒學校要舉行的國文科考試，無意識地跟隨其後，絲毫沒有察覺哪裡不對勁。假如他單獨上路就會照新規矩靠右走，但前車靠左的景象和十多年來的生活經驗相符合，一時便不假思索跟上。於是當前車忽然往右閃開，永光隨即被對向來車撞上，傷重送醫。

當天鄧騰煇正要去臺大醫院看牙，卻在醫院門口遇到自己的兒子被送來，陪著進了急診。永光一看就知道是大腿骨折，肢體扭曲得很不自然。

觀察骨折部位會產生一種奇怪的感覺，平時太過習慣人的形體樣貌，頂天立地理所當然。乍然看到違反既定印象的變形肢體，大腦一下子反應不過來，會產生很不真實的感覺。慢慢才理解到，人畢竟是由一副脆弱的筋骨所支撐，只要有稍大外力衝擊，筋脫骨斷，血肉皮囊便會軟癱彎折不成人形。

那麼，人的精神骨架又有多堅強？一旦摧折，又將會如何變形呢？

醫生對著永光的 X 光片說，斷骨位置接近髖關節，即便開刀接合，恐怕也無法百分之百恢復。手術後固定了一段時間，等拆線完又是漫長的的按摩與復健，讓腿部恢復運動功能。

永光後來雖然變得有點跛，無法從事激烈運動，畢竟恢復一般行動功能，外觀上也沒有明顯缺陷，算是痊癒了。

這段時間鄧騰煇忙著照顧兒子，只好忍住牙疼。打從農曆過年的時候開始，左上顎後方某顆牙齒就已經有些不對勁，整條神經嗡嗡作響。不知是牙齒蛀了洞，還是咬到太硬的東西裂開了？他試過用手去搖，用湯匙敲，但都無法分辨究竟是哪一顆牙在痛。

新年期間求醫無門，他先吃止痛藥壓住，也就暫且不管。拖到二月底正要看醫生，卻又被永光的意外所耽擱。

二月二十八日那天，醫院裡忽然湧進大量傷患，有的渾身是血，甚至傷口還不停淌出血水。鄧騰煇第一個念頭是難道發生戰爭了嗎？第二個念頭是兒子腿傷未癒連逃命都沒辦法。

他並沒有親身遭遇過戰地情景，臺灣幸而不曾成為陸戰肉搏的前線，臺北空襲時他又已疏開回北埔，因此眼前情景便是他所見過最接近戰爭的場面。

耳語謠言比傷口血汙還恐怖，都說政府開槍鎮壓抗議民眾，一時又有全島大起義的傳聞，但不久就被軍隊從基隆上岸的消息壓制沉寂。臺北街頭像是一具全身筋脫骨折的變形皮囊，攤在地上動彈不得，怎麼看都很不真實。

人們像颱風天裡深埋在河底的蛤仔，並不明白外界究竟發生什麼事、為什麼河水突然變得如此湍急凶猛混濁冰冷，但這類事情也不是頭一次遇到了，本能地知道只要緊緊閉住硬殼忍耐，激流遲早都會過去。

十三年後的夏天，八月一日，會有一個叫做雪莉的颱風在阿里山降下打破世界觀測史紀錄的單日兩千公釐降雨量，重創臺灣中部地區，臺北市西邊淡水河沿岸也到處淹水。

南光照像機材行在水患中損失了一批資材，說多不多，卻對早已捉襟見肘的經營狀況帶來致命打擊。鄧騰煇別無選擇，只好結束二十多年的事業。

談好店面頂讓那晚，鄧騰煇約了張才去酒家。他們對南光的事情沒有多談，鄧騰煇和逐漸有些老態的酒家小姐划酒拳，張才則照例脫了上衣大跳毛巾舞，跳完雙手叉腰問小姐愛不愛他。嘘でも嬉しい，妳一定要說愛我，就算騙人的也開心。但當小姐反過來問張才愛不愛她，張才便哈哈大笑指著鄧騰煇說，別問我，去問南光桑，他最愛妳，他最愛所有的女人。

南光桑南光桑，沒有南光機材店了還能叫南光桑嗎，鄧騰煇默默地想。

這夜看似一切如常，卻揮不去空氣中壓抑著的告別意味。大家都知道鄧騰煇不再有能力時常到這夜夜笙歌的銷金窟來，但不只如此，二十多年來他們一起去過的老派酒家一間接著一間關閉，徹底消失也是遲早的事。

今晚是最後一晚了，但大家全都假裝沒這回事，依然玩著曖昧的戀愛遊戲，嘘でも嬉しい，嘘でも嬉しい。既然已經彼此騙了二十多年，那就把這一晚也騙到最後吧。

鄧騰煇如同往常面帶微笑，話跟酒都不多，一根接著一根抽菸，對小姐態度溫柔，不像某些討厭客人一上來就毛手毛腳，因此小姐都喜歡接待他。

倒是一向節制的張才反常地喝得酩酊大醉，毛巾舞跳個沒完，忽然又怒吼一聲，一腿盤膝一手撐地坐下，猶如深山裡攔路的惡鬼。鄧騰煇知他有話，叫小姐準備熱茶，暗示她們暫且退開。

今天銷毀了一批底片，一批非常重要的底片。張才用日語說。那天我們家大水淹到胸口，收藏底片的茶葉罐和鐵餅乾盒全都漂浮起來，我好不容易才搶救回來。

嗯。

我把那批底片從所有浸濕的茶葉罐裡挑出來，一卷一卷確認仔細，應該沒有遺失。原本想用燒的，但是燒底片會發出奇怪的臭味，反而引人注意。所以我把自己鎖在暗房裡，一個寫真家就算把自己鎖在暗房三天三夜都是再自然也不過了。我調了一桶特濃的減薄液，加了好幾倍赤血鹽，感覺好像在調自殺用的毒藥。然後把一卷底片放進去，看著上面的銀慢慢溶解掉。

二二八？

我跟你說過嗎？

只提到過一次，但沒有說拍了什麼。

拍了什麼現在都無所謂了。張才說看著底片上的影像溶解真是一個奇怪的感覺，好像讓凝固的時間溶化掉似的。

怎麼想到要毀掉？我是說都放那麼久了，又沒人知道，卻忽然在這種時候來做？以前也是想，那些底片混在幾十個茶葉罐和鐵餅乾盒裡，刻意要找都不一定找得到。但是那天我從樓上下來，看到水面上漂滿茶葉罐，好像中元節放水燈，其中有好幾罐已經在大門口就要漂出去，整個人好像被雷打到，不顧一切跳進水裡把它們全部收回來，也不知道到底有沒有底片漂走。

之後不到一個月就出了雷震的事情[11]，也許水災是上天在提醒我，世間沒有事情是萬無一失的。我忍不住懷疑，那天會不會已經有一罐底片順著水流出去，被人撿到送去警察局，而且這麼倒楣是一卷二二八。我自己被抓就算了，如果害照片裡的人惹上麻煩罪過才大。

張才不再說話，陷入自己的思緒裡。

把茶葉罐全數救回來之後，張才的第一個感想是——茶葉罐真的很防水，像那樣漂在水上，裡面的底片竟然都沒事，連紙封套都沒濕。他越想越不敢確定茶葉罐有沒有少，每天都睡不著，很怕有人來敲門。

張才十三年來不曾打開過任何一個二二八事件的茶葉罐看過一眼，但每次按下快門的瞬

11 雷震案：民國四十九年九月，長期發行《自由中國》雜誌批評時政的雷震，因與臺港在野人士連署反對蔣中正三度連任總統，遭到情治單位逮捕並判處十年徒刑。

間早已深深印在他的腦中，不，那兩天的整個遊行過程他都記得一清二楚。

當時影心照像館設在延平北路南京西路口的德記百貨內，就在查緝私菸引發衝突的天馬茶房隔壁，張才聽見騷動便拿著相機衝上街，也參加了隔天早上的遊行。他在上海和東京大場面見多了，指導遊行群眾把主張寫在布條上，宣傳訴求，也吸引認同者加入。他從建成圓環加入人群，像是一尾被養殖待宰的虱目魚，趁著河川氾濫衝垮魚塭的瞬間逃出來，跟著魚群在浪濤裡激動跳躍，深切地感受到身處巨大洪流之中，奔向廣闊無垠的自由大海，卻不知大水即將把牠們全都沖上乾硬的陸地。

群眾湧到城內的專賣局臺北分局門前抗議，衝進屋裡把菸、酒、火柴成箱搬到街上焚燒。上萬根原本安分沉默的紅磷火柴在瞬間轟然燎成巨大火柱，數千包香蕉牌、鳳梨牌、樂園牌香菸噴出團團沖天迷霧。人們接著轉往行政長官公署請願，才到中山路口就遭到公署屋頂上的槍彈掃射……

張才把專賣局前焚燒貨物的底片放進黃綠色的赤血鹽溶液中，鼻子裡好像還可以聞到好幾萬根菸一起燒起來那種將人嗆得癲狂的濃煙，然後看著膠卷上的黑色怒火迅速沉寂熄滅，彷彿在脖子上割一刀放血將死的雞，愣愣瞪著的眼神越來越淡，直至無形。他繼續把被毆打倒地的人、被推翻的車輛和被搗毀的店家放進減薄液裡溶化。他看著一張張激憤的表情往下沉，任由鐵氰化鉀死死咬住影像上的黑色金屬銀粒子然後拖往深深的水底，把那些臉孔默默抹去——那些臉孔上都帶著張才在上海時遍尋不著的表情，卻消失得那麼快。

他將六格一剪的底片一條一條洗掉，確定連一顆銀粒子都沒有留下，變成完全透明的賽璐珞膠片。不再有影像，不再有時間切片，不再有歷史的證據也不再具有任何威脅。

我當時打算等過幾年局勢安定，真正有自由的時候再把這些底片公諸於世。張才說，沒想到那一天竟遙遙無期，不得不現在就把它們銷毀。但你知道真正最令人難過的是什麼嗎？他憤怒地說，當初拍下這些底片的時候，我發誓就算賭上性命也要好好保存，但現在卻變得這麼懦弱。是我老了還是世界變得更恐怖？

你是心地好，懂得保護別人，鄧騰煇說。

我不甘心。

當然會不甘心，我可以體會失去重要東西的心情。鄧騰煇這樣說著，自己一邊沉浸在收掉南光的情緒裡，雖然這兩件事好像無法相提並論，他也不知道該怎麼安慰張才。

若說到二二八，鄧騰煇想到的是當時永光腿上有傷沒辦法逃走，所以事態能夠平靜下來覺得很慶幸。雖然這樣想似乎對那些死去的人很抱歉，但他也只能這樣想。

鄧騰煇從那之後繼續開了十三年的店直到今天，除掉中間疏開回北埔，從京町開始算總共做了二十三年。他用人生最精華的時間證明自己是個不夠格的經營者，把所有的家產都賠在這上面。能夠懷抱這樣奢侈的夢想二十三年，應該要感到知足吧，但他只覺得萬分悔恨。

鄧騰煇忽然開口問道，你說說看，南光機材店結束之後，我還能叫鄧南光嗎？

說什麼蠢話。張才教訓似地說，那家店是因為有你所以才叫南光，不是因為有那家店所以你才叫鄧南光！

那就對了。鄧騰煇淡淡一笑。毀掉那批底片，你還是張才呀。

可是這樣一來，就沒有證據讓以後的人看看我們是怎麼被欺負的。

這十幾年來，你還拍過很多有價值的影像。鄧騰煇說，那些相貌莊嚴的山地同胞，赤腳走好遠的路卻只提一小壺水的蘭嶼勇士，在歌仔戲班後臺餵奶的演員，還有那些廟會、賽豬公……以後的人也許無法看到我們怎麼被欺負，但從你的照片，他們會看到我們是怎樣堅強地活著，那更有價值。

張才沉默不語。

還有那張〈永遠的歸宿〉，鄧騰煇衷心讚歎道，那是你在剛光復的時候拍的，簡直就像預言一樣。那麼沉重的烏雲壓在密密麻麻的墳墓山丘上，天上居然還有一圈月暈，看起來卻不嚇人，反而很超脫，真是一張令人忌妒的寫真。

張才說那是去安平經過墓地時隨手拍的，當時也不覺得怎麼樣，回來卻越看越有意思，死亡好像變得十分平常的模樣。

話說回來你到底是怎麼曝光的，問了那麼多次都不肯教我。

我不是不肯教，而是不好意思承認自己失手。張才嘿嘿一笑，那其實是在大白天拍的，誰都會。那個月暈喔——是氣泡啦！我沖片的時候偷懶沒拍鑵子，結果就長了一顆氣泡在那裡，氣死我了。原本想重新做一張遮掉，但後來覺得有月亮氣氛反而更好，就留下來了。

原來那竟然是氣泡，被你騙了這麼久！鄧騰煇笑到流淚，冷不防用怪腔怪調的閩南語說，你看天公伯仔有偌疼你，連月娘都共你攢便便，你猶閣無滿足！

張才聞言笑得噴茶，也用閩南語回道，你猶是莫講臺灣話較好！

鄧騰煇不肯放棄地說，來飲酒啦，莫想遐濟！

張才拉開紙門，叫喚小姐們送酒來，歡宴重開，包廂裡一時又恢復往日氣氛。

鄧騰煇沒說的是，他用了跟張才一樣的方法來銷毀底片。是的，他也拍過二二八，但只有幾格，而且隨即就銷毀掉。

那時他在醫院忍著牙疼陪伴永光，看到傷患送進來，外面亂成一團，腦子還來不及反應，拿著相機的手已經自動舉起來拍了幾張。

鄧騰煇銷毀底片時想，攝影實在是最虛幻的東西，說穿了不過是一堆銀粒子排列造成的幻覺，但看著這幻覺還原為一顆顆自由的銀粒子游離在減薄液裡，卻依然讓人感覺失去了什麼。

他無法保留這幾格底片，倒不是怕惹事，而是因為無法忍受有一個人一直躺在那裡流血。

拍攝時他不知道躺在木板上那人是否還活著，看著底片時更無法確定那人到底有沒有救回來。他把底片藏進一個紙袋塞到雜物深處，但沒有用，每次接近那附近就會想到有一個人躺在雜物堆底下，永遠血流不止。

他用赤血鹽溶液徹底洗去流血的影像，直到膠卷變成像嬰兒一樣純真透明，好像什麼不該看的東西都沒看過。然而那個影像還在那裡，當他看著透明到連廠牌名稱和底片格數都被徹底洗光的膠卷時，腦中的潛影就會立刻顯像，那個傷口又開始汩汩淌血。

說到底，化學只能處理化學的事。

與張才觥籌交錯之間，鄧騰煇忽然沒來由地想起那時拔下來的智齒，出於某種原因他將牙齒帶回家好好保存，卻也不知藏到哪裡去了。

當事件逐漸平息，永光的腿傷也慢慢復原，鄧騰煇終於有機會好好處理他的牙疼。牙科部的醫師問哪裡不舒服，他鉅細靡遺地從過年講起，起初如何隱隱作痛，冷熱變化時如何酸楚，連吸氣都有感覺，中間一段時間好像好了但不久又復發，然後又如何被各種事情耽擱到現在……

牙醫耐心聽完，叫他張嘴，猝不及防地伸出鐵夾一戳，痛得鄧騰煇哎呀一聲，幾乎沒從診療椅上彈起來。

上面蛀了這麼大一個洞，虧你忍得住。智齒沒有功能，直接拔掉就好了。牙醫師更不打話，拿一根長長的針筒在牙床上打了麻醉藥，再次用鐵夾戳戳蛀孔確認麻醉生效，三兩下就把那顆智齒拽了下來，「玎」一聲丟在鐵盤上。

我可以拿起來看看嗎？

當然，那是你的牙齒。

鄧騰煇伸手想要拿起那顆智齒來端詳，奇怪的是，即將碰到的那一瞬間，他心裡竟產生莫名的排斥乃至嫌惡感，彷彿它是倒在路旁的陌生動物屍體，散發出不潔的死亡氣息。鄧騰煇對這樣的念頭感到詫異，畢竟這顆牙齒直到幾秒鐘前都還是他自己的一部分，只因為沾滿血汙，又被蛀得十分悽慘，是醫師判定沒救也沒用的東西，所以脫離本體之後就立刻變得如此可憎？

說起來牙齒也可以算是骨頭的一種吧，少了一小塊骨頭的臉，是否也變形了呢？一會兒麻藥漸漸退去，醒來的身體開始察覺到不對勁，有什麼東西永遠失去了。被遺留的齒孔涓滴地滲著血，淡薄得連一點腥甜味也沒有。

•

如果不是相紙後面的註記，多年後看到這張沙崙海灘上遢鞦韆的照片時，恐怕連鄧騰煇自己都要遲疑一下，真的是在民國三十七年，一場蔓延全島的大亂結束後不久拍的嗎？

鄧騰煇當然記得那一天，他還記得島嶼十月依然炎熱的日頭，快要發出焦味的藍天，看似密布了大半個天空卻又始終不肯幫大家遮一下太陽的白雲，強勁又燻灼的海風，懶洋洋的浪花，盪鞦韆小姐的笑聲，一切的一切都還在他腦海中。

不過還是翻過來偷偷確認一下好了，年紀大了總是記錯很多事情，越來越常鬧笑話。多虧了他的好習慣，每一張相紙背面都用鋼筆工整寫著拍攝記錄，日期、相機、鏡頭、底片、快門、顯影藥水、溫度、時間。落筆從容，或濃或淡的墨水深深吃進相紙裡，筆畫轉折處留下一點積墨，彷彿剛剛才寫上去似的。沒錯沒錯，這的確確就是那個美麗夏天拍的。

多年來，無論多忙多晚，鄧騰煇都盡量在第一時間整理好沖放出來的底片和相紙。底片三格一剪裝在專用的收納簿裡，另外有印樣簿便於檢索，相紙編號並寫好拍攝記錄。

兩位妙齡小姐面對面踏在同一塊鞦韆板上，鞦韆往前盪到高點，背對鏡頭的那個穿著細格子洋裝，彎身屈膝準備使力往回盪。正面的主角一身白色旗袍，飄然望向大海，笑得那麼歡欣，那麼無憂。

這兩位模特兒是受邀來拍攝的酒家小姐，原本習於在人前故作姿態的她們，在擺盪中甩去平日矜持，孩子似的玩笑起來。多數攝影者都忙著圍在陽傘下的泳裝美女旁，只有鄧騰煇察覺了這一幕，默默走近按下快門。

說起來，戰後臺灣攝影的復甦，酒家小姐們居功厥偉。那時戰爭結束已經快三年，攝影資材逐漸供應正常，除了剪裁分裝的廉價航空片，從美國進口的柯達一百度高感光 Double X 全色片也不難取得，但市場還是相當蕭條，照相器材行生意一直沒有起色。

同業們聚議，都說這樣下去不行，不如辦場活動來刺激一下攝影風氣，於是大家公推最資深的鄧騰煇和照相器材同業公會理事長李鳴鵰出面。李鳴鵰人稱羅萊李，以與萊卡李李火增區別。顧名思義，他使得一手好羅萊，把雙鏡頭一二〇相機的優點發揮到爐火純青，而且經營手腕高明，戰後才開設中美照相器材行，兩年後就當上公會理事長。

兩人連袂到迪化街拜訪上林花大酒家老闆謝輝生，那是鄧騰煇的老朋友了。上林花原本叫做カフヱーゆり——百合咖啡。戰後片假名カフヱー自然不能再用，改稱酒家。日本式的店名像是百合、ヱルテル（維特）、大屯等紛紛改為上林花、萬里紅和小園春，一時充滿濃濃中國風，但裡面的陳設和小姐都還是一樣的。

上林花同意派出旗下三十多位小姐充當模特兒，在酒家頂樓舉辦私人攝影會。這是戰後臺灣第一次舉辦模特兒攝影會，對雙方來說互蒙其利，照相行藉此促銷機材，酒家則樂於做免費的宣傳廣告。

如此好事卻也非理所當然，謝老闆算是有魄力的，因為當時集會活動十分敏感。二二八才剛發生不久，政府又正被共產黨打得節節敗退，對任何集會都很注意。因此大家決定低調行事，打出私人攝影會的名目試試水溫，沒想到消息不知怎麼轟傳江湖，攝影同好蜂擁而來，幾乎比酒家小姐還多，鄧騰煇才知道全臺北市有這麼多好相機被人藏在家裡。

熱烈盛況讓謝老闆有些心驚膽戰，深怕引起情治單位注意，吩咐小姐們站在頂樓假山前讓大家拍幾張便匆匆宣布活動結束。沒有近距離拍攝，沒有頭號紅牌獨照，沒有配合造景擺姿勢，簡直像照相館師傅受邀外拍團體合影，所有人拍出來的照片都一樣。然而沒想到不僅沒有人抱怨，而且從同好到小姐們臉上都放射著初夏明豔光芒，對於能夠參與如此盛會備感欣喜。

大家實在悶太久了。李鳴鵰下結論說。

是的，人們被戰爭與動亂的陰影壓抑了許多年，哪怕世界依舊搖晃不定，血淚的記憶還未淡去，卻都渴望呼吸這樣承平時代才該有的空氣。

或許是受到這次活動回響熱烈的啟發，三個月後，《臺灣新生報》慶祝創立三週年，舉辦了一場攝影比賽，邀請酒家小姐們著泳裝在淡水沙崙海灘提供拍攝。這樣大張旗鼓的活動必然是取得當局默許的，其實並不難理解，因為焦頭爛額的政府也樂意營造太平安樂景象。

這天幾乎所有叫得出名字的攝影同好都現身了，還有許多人從中南部坐了好幾個小時的火車趕來。大家身上多半只穿一件泳褲，彷彿隨時可以跳進海裡，事實上拿著昂貴相機根本不可能下水，只是應景湊趣混跡在風騷的泳裝美女間，好一副夏日風情。

鄧騰煇陶醉地看著這一切，壓根兒沒想到什麼比賽的事，光是對著如此盛況就已經心滿意足。

他站在外圍側拍，此情此景是這麼熟悉。大學時寫真部的外拍，還有戰前每個週末恆例的便當會，曾以為是一輩子就這樣拍到天荒地老的尋常景象，一群男人拿著各色相機擠成一團搶拍美女，臉上露出直截原始甚至近乎幼稚的笑容，還真是——他腦中冒出一句剛學到的中文——狗改不了吃屎。他立刻意識到這句話用在這裡好像不太恰當，但也挺傳神的，不由得自己吃吃笑了起來。

有沒有十年了？距離上次大家這樣肆無忌憚地拍攝到底有多久，中間拍了多少出征壯行，演習運動會，勝利遊行，慶祝光復……能夠光明正大把相機對著美女按快門，竟然是這麼難得的事。不過也看出來，什麼聲色俱厲的國民精神運動真是一點改造作用也沒有，籠子一開所有豬羊犬兔豺狼虎豹全都馬上滿山遍野亂跑。

海灘上的遊客比想像還多，就算把攝影比賽相關的人都扣掉依然非常熱鬧。泳客跳進海中任由浪頭拍打，孩子們在沙灘上拔河，挖沙堆築城堡。穿著全套優雅洋裝的小姐吹風散步，泳裝美女在陽傘下喝著玻璃瓶冷飲。

最吸引他的畢竟是那架鞦韆，架設在沙灘上，四根立柱，高低三根橫槓，麻繩綁著木板。漲潮的時候海水會直淹到鞦韆下，喜歡胡鬧的泳客會高高盪得幾乎倒栽蔥，或者把鞦韆板當成跳板跌進水裡。也有小姐把好漂亮的圓盤草帽綁在鞦韆板上，引人遐想帽子主人是誰，正在哪裡踏浪踩水？

鄧騰煇終於也爬上鞦韆盪了起來，啊，這麼簡單的裝置就能帶給人莫大快樂。他想起經常帶孩子去的兒童樂園，小朋友們最愛的也是類似的輻射鞦韆飛天木馬。那是一種差一點就能飛起來的錯覺，有限自由伴隨著安全無虞的保證，原地擺盪但其實哪裡也去不了的小小冒險，剛好滿足躍起與墜落的渴望。

他一向喜歡待在旁邊安靜地觀看，唯獨這鞦韆，令他盪得忘我。

然而這可是民國三十七年，印象中那前後幾年是格外苦悶的。戰爭時期當然也難熬，然而戰後人們一度以為已經雲破天青，而且是五十年陰霾一朝揮散，沒想到狗去豬來，天空更加烏暗幽沉。這樣明亮單純的快樂有可能發生在三十七年嗎？

後來那個星期他嚴重脫皮，肩背紅腫一碰就痛得跳起來，躺都躺不安穩，額頭鼻尖浮起一片片白色皮屑，根本無法在櫃檯接待客人，好像是上天對這過分歡樂的懲罰。

有懲罰也有獎賞，比賽評選結果出爐，張才囊括一、二、三等獎，紀綠瞳（林壽鎰筆名）並列二等，鄧南光（騰煇）和李鳴雕同獲三等，各得獎金數萬元。

鄧騰煇、張才和李鳴鵰都是臺灣文化協進會攝影委員會的委員，三人又共同出資，每個月舉辦攝影月展，儼然是攝影界領袖。剛好院線正在上映熱門電影《三劍客》，攝影家黃則修就稱他們為攝影三劍客，這稱號一下子叫開，從此跟著他們一輩子。

受到這次比賽成功的鼓舞，許多單位紛紛跟進。照相機材公會推出攝影比賽會，也邀請酒家小姐擔任模特兒。

同好們都很熱心參與每場活動，然而一般攝影風氣卻沒有絲毫復甦跡象。當局對於風花雪月妝點太平的活動採取默許態度，但公然拿著相機在路上拍攝卻還是會惹上麻煩。

民國三十八年中央政府撤退來臺。臺灣往後便從中華民國光復的一省變成中華民國的全部。失去大陸江山的國民政府推出各種力圖振作的舉措，譬如反共抗俄戰鬥文藝，攝影也被包含其中。又來了，就像日本時代寫真被要求挺身報國，現在攝影也要開始戰鬥復國了。

有段時間鄧騰煇只能寄情於拍攝酒家小姐。旗袍的，洋裝的，戴墨鏡的，攬鏡自照的。倒酒，抽菸，猜拳，唱歌，和客人胡鬧，研究客人帶來的相機，或者配合他的要求在不同光線下擺出各種姿勢。

張才取笑他是在幫小姐拍照建檔，什麼人都拍，什麼場合都拍，政府如果要認真掃蕩女招待和違法茶樓酒室，先扣押他的照片按圖取締就對了。

確實他來者不拒，只要有緣一見就想幫對方拍照。他喜歡女人，不只是歡場做戲或者發洩情欲，而是真心喜歡關於女人的一切。他拍女人的各種姿態各種表情。微笑，歡笑，大笑。神氣，傲氣，怒氣。幽怨，煩惡，無可奈何。

小姐的姿色當然也有三六九等，酒客們不免品頭論足，各有偏好，但鄧騰煇幾乎全都欣賞，並且總能拍出每個女人獨特的風姿韻味。這在他年輕時就已經十分擅長，而在酒家小姐們身上他更展現出一種本事——把她們拍得不像酒家小姐。那像什麼呢？也許那就是她們私底下的樣子，甚至是她們自己都忘記很久的表情。

在酒家，不時會有客人帶相機來拍照，小姐一般無法拒絕，但並非心甘情願。到酒家賣笑賣身乃是迫於無奈，通常是家中負債，或者單親育子，都有難言隱痛，總希望早日脫離這種日子。照片凝固情境的能力太過強大，一併把人在當下的身分狀態也都固著下來，留下一張在酒家的照片，彷彿一輩子都是酒家小姐，永世不得翻身。

然而在鄧騰煇的照片裡，她們往往卸下防備，眼神裡說出許多心事。

對生活感到徹底迷茫但仍未失去對明天的嚮往。

與其回到充滿痛與恨的家庭還不如待在虛情假意的酒家。

倚在窗邊湊著天光讀不知情的孩子第一次從家鄉寄來工整規矩的問候信。

沉溺於別處不可能得到的姊妹濡沫溫情。

徐娘已老但仍在席間取出鏡子使勁補脂抹粉奮力一搏。

早早屈服於命運對一切漫不在乎。

廁身歡場而凜然不失尊嚴骨氣。

安之若素的慧黠笑意。

也有老娘明擺著來這裡從男人身上討回上天虧欠的。他拍著，他欣賞著。她們無聲地一字一句訴說，彷彿他並不在那裡，彷彿他也是姊妹同命。

當然也不是每個小姐都喜歡他，她們不會講，但從照片上看得出來。譬如有位 B 小姐在他鏡頭前總是冷傲如高嶺之花，然而面對其他同好的鏡頭卻天真歡笑如同赤子，根本判若兩人。只能說無論在哪裡，總有接納你也有拒絕你的人。你能否看懂一個人一件事，乃至於只是莫名的投緣與不投緣，永遠都會忠實地顯影在底片上。

酒家風格有很多種，有圍坐圓桌吃合菜的，日式紙門榻榻米上擺著矮桌的，也有洋風沙發咖啡座，或者酒館吧檯高腳椅。講究的會有假山門洞庭園造景，但也有隨便在一間狹長店屋裡擺幾張桌子就營業的。

愛去酒家的男人大致可以分成兩種，一種去扮演現實中不存在的自己，一種則是去釋放在現實中無法存身的自己。張才則是個異數，一進酒家就像小孩子誤闖沒人收票看管的遊樂場，自顧盡情玩鬧，至於酒菜好壞、小姐姿色如何都無所謂，更不在意他人眼光。

剛光復不久時，政府曾聲色俱厲地宣布要整飭酒樓茶室，廢除女招待，規定侍應生必須穿上白色制服，絕不許穿旗袍。兩個主要的理由是，女招待和私娼的存在必然使人口販賣惡行無法根絕，而且有女侍陪酒乃是日本遺留的惡俗，必須改正。

不許穿旗袍？日本惡俗？鄧騰煇和好友們聽酒家小姐說起這一節都笑了出來，日本時代他們到咖啡店找穿旗袍的小姐作樂，可是帶著逃避甚至反抗日本統治的精神勝利意味呢。

鄧騰煇在昭和十年（一九三五）來到臺北定居開業，那也正是島上咖啡店剛剛風行起來的時候。最初日本人開設的咖啡店大多移植東京的風格，女給一般都著和服，少數穿洋裝，和客人大玩戀愛遊戲，迅速受到歡迎。

臺灣人開的咖啡店玩的則是自己的一套。首先本地人不像日本人那麼耽溺於曖昧朦朧的情感攻防，甚至猜心鬥角到近乎自虐的地步，在這方面比較爽直乾脆。

相較於繁複拘束的和服，臺灣婦女跟隨上海流行，普遍穿起經濟、性感而不失莊重的旗袍來。對臺灣人來說，上海不僅代表漢文明的原鄉中國，更象徵比日本還先進的西洋文明，一時「海派」成為臺灣人的流行語，形容那些摩登時髦而出手闊綽的作風。

本地女給們不約而同穿上旗袍，便將酒場營造成一個有別於現實世界的洞天之地。臺灣男人們夜裡上歡場尋芳作樂，彷彿也暫時脫離了白天日本人的控制。然而如今政府卻說酒場裡的旗袍鬢影是日本遺毒？

不得穿旗袍的規定畢竟窒礙難行，很快就沒人再提這件事。如同往後每隔一兩年就推出的筵席節約辦法、酒樓茶室改為平價公共食堂等等規定一樣，最後總是流於形式。畢竟那些高官巨賈們也得有地方吃飯開會是吧，政府也不時需要徵召一些能歌善舞的女性到前線勞軍，女招待都掃蕩光了誰來應召？於是酒家頂多在門口掛上一塊公共食堂的招牌，賣的酒水菜色價格卻只有變得更貴。

將傳統酒家淘汰的畢竟還是時勢，政府遷臺約莫十年後，根基逐漸穩固，不再那麼需要依賴本地仕紳的協助，新的政商網絡興起，應酬聚會逐漸改到江浙川湘等外省菜館，竟使得本地餐廳酒家迅速式微，一家接著一家歇業。

屆時鄧騰煇將會想起，張才那句玩笑話點出了事實，他的確是在幫酒家小姐們拍照建檔，留下頗具規模的記錄。原本出於無心，單純就是愛女人，喜歡幫女人拍照。但或許在某個時間點上，他已默默察覺時代的推移，下意識地想留下更多酒家的片影。

H小姐，B小姐，D小姐，K小姐。他用代號為照片命名，反正一看就知道誰是誰。他再次發揮自創的生物學規則幫小姐分門別類，依照氣質、面貌、體態、個性、喜好、與自己親暱的程度，乃至於只有他自己知曉的理由來歸類建檔，界門綱目科屬種井井有條。

他沒想過有一天竟也會忘卻她們的花名或暱稱，只剩下面無表情的英文代號，以及專屬於他鏡頭的種種表情。而整套酒家小姐的生物譜系，將成為後世研究者無從解讀的天書，只有一張張照片顯示曾有這樣一種空間和氣息。

他終於明白，戰後像他這樣的臺灣男人到酒家，在小姐們的旗袍上尋求的卻是某種昔日情懷，那與其說是對日本時代的懷念，不如說是在無處遁逃的現實苦悶中尋找著莫可名狀而且不一定真的存在過的美好青春悵惘。

旗袍成了鄧騰煇記憶兩端的一條漫長的線索，一頭在壓抑的日本時代嚮往著想像中的自由，一頭則在苦悶的光復後回味著經過美化的往昔。於是他用鏡頭拍下一個又一個穿著旗袍的小姐身影，如此婀娜，如此嫻雅，彷彿世界不曾稍有改變。

至少關起門來的時候，在這擁擠而歡鬧的空間裡確實如此。嘘でも嬉しい，就算是騙人的也開心。

相簿十一

攝影與寫真的不同

有段時間，鄧騰煇幾乎覺得攝影和寫真是不同一件事。

當然這只是中文和日文對同一件事的不同用詞，攝影就是寫真，寫真就是攝影。然而民國三十七年，臺灣省政府邀請攝影大師郎靜山在中山堂舉辦個展，鄧騰煇前往觀賞，受到很大衝擊，從根本上動搖了對攝影的認識。

最明顯的差別是風景照，第一眼的感覺是畫意氣氛濃厚。鄧騰煇對畫意攝影並不陌生，他剛開始拍照時，日本寫真界的主流就是畫意派，他也拍過不少這類的寫真投稿雜誌。然而他所認知的畫意攝影主要是沿襲西方繪畫精神，郎靜山的風格卻與此不同，他多看幾幅便醒悟到，啊，這是中國山水畫。

最令他震撼的當然還是郎靜山著名的集錦照相作品。就說其代表作〈春樹奇峰〉，鏡頭隔著山谷遠眺黃山群峰，腳邊則有一棵臨崖而生的灌木剪影，難得有如此理想的取景角度。根據解說，原來前景的灌木和後景群峰是分別使用兩張底片接合而成。

一張張看去，〈山居〉、〈曉汲清江〉、〈飛來雙白鶴〉，都是由數張底片拼接出來，要山有山，要水有水，要鶴有鶴，想怎麼布局就怎麼布局，完全任由攝影家安排。

原來也有這樣的攝影啊，真是令人開了眼界。鄧騰煇感想複雜，一時也說不清楚是怎麼回事。可以確定的是，郎靜山的攝影和暗房技巧都是極其高明的，底片有時多至五、六張，要找到光線、角度和反差調性接近的素材，各自測試好曝光條件，仔細規畫步驟之後精確執行，只要一個環節稍有閃失，整幅作品就失敗了。

即便只用少量底片，郎靜山也能用出神入化的暗房技巧創造出驚人效果。譬如〈絕嶂迴雲〉，畫面是一座雄奇險峻的大石坡斜面山嶺，郎靜山用極低的反差抹去立體感，形成灰濛如畫般的色調，並以粗粒子製造類似披皴筆法。此外還用筆沾著赤血鹽溶液擦出國畫風格的雲霧。遠遠一看果真與一張水墨畫並無二致。

鄧騰煇上一次受到這麼巨大的衝擊，已經是十七年前在東京參觀德意志國際移動寫真展。當時的展品中也不乏使用多重曝光或蒙太奇手法，不過和這是完全不同的東西。

這些作品不能說不美，但越看越令人混亂。尤其是部分作品呈現散點透視——將好幾個不同的觀看角度放在同一畫面，這固然是國畫一大特色，但照片給予人重現真實的印象太過強烈，違反大腦認知。而當空間感遭到破壞，時間也一併消除殆盡，那些空靈的風景彷彿處在一個無始無終的太虛幻境，而非現實所有之物。

長久以來，人們不斷爭辯著攝影是否算是一門藝術，三〇年代日本新興寫真曾喊出要斷絕與舊藝術寫真的關係，建立新的攝影美學。郎靜山的攝影作品，從方法和成果來說，應該都是他看過最接近傳統藝術定義的作品了，然而這樣的攝影藝術一時卻無法說服鄧騰煇，甚至讓他產生很大的困惑，不知該如何評價。

正在觀看時，展覽會場忽然一陣騷動，一道亮藍色的影子在一群政府官員和記者簇擁下飄然而至，是作者郎靜山本人出席開幕儀式。他身上那襲陰丹士林藍布長袍格外引人注目，衣服式樣是非常中國的，跳躍的藍色則顯出一種富有現代感的青春活力。如果把北京某個寺廟前的石獅漆上藍色油漆，大概就是這種感覺吧。

後來鄧騰煇才知道，所謂陰丹士林是德國染料牌子，號稱不懼日曬雨淋皂洗，甚至越穿越鮮豔，乃是最新科學產品。德國染料與中國袍子的組成，恰恰正是郎靜山集錦照相給鄧騰煇的印象。

官員輪番上臺致詞，接著郎靜山發表簡短講演，鄧騰煇試著專注聆聽，但他的中文程度還不足以理解所有的話語，只聽見郎靜山說相較於西洋繪畫，中國繪畫的原理與攝影更加吻合。郎靜山講了六種中國繪畫的方法，辭彙都非常深奧，他只聽懂「氣韻生動」這四個字，但也無法理解什麼樣的照片算是氣韻生動。

最後郎靜山說，你看，這放在照相來看，說的不就是集錦方法嗎。西洋固然也有照相拼貼的作法，但中國的集錦照相並非唐突拼湊，而是講究氣韻生動、意境高遠……

鄧騰煇越聽越糊塗，只好瞇著眼睛看身邊牆上所掛的那幀〈絕嶂迴雲〉，從中揣摩氣韻和意境。他看得太入神，以至於沒有發覺郎靜山講演完畢，領著賓客遊走會場，介紹幾幅代表作，已然浩浩蕩蕩來到身旁。

這位是本省著名攝影家鄧南光先生。一位同好向郎靜山介紹。

幸會幸會，請多多指教。郎靜山伸手與他相握。

鄧騰煇忙道久仰，還沒反應過來，又意外感覺到郎靜山手掌綿軟，完全不像年近六旬的攝影人之手。

郎靜山說，南光先生好像對這張照片特別感興趣，看得好專注。

這時鄧騰煇腦筋發白，想要講幾句得體的場面話，無奈中文實在太差，情急之下竟脫口說——真是風景如畫。眾人聽了都笑，鄧騰煇自己也大為發窘。

黃山確實是人間仙境。郎靜山顯得很開心，好像聽到有人稱讚自家庭院布置優美，笑吟吟說，這地方叫小心坡，在文殊院右邊，石梯就闢在萬仞峭壁之上，走起來非常驚險。他順勢指著照片，轉身對眾人說這圖上其實包含了從渡仙橋經過蓬萊三島、一線天、文殊洞、小心坡而到達文殊院的景象。

最後他又轉回來對著鄧騰煇諄諄說道，黃山是最能代表中國的風景，乃是一生必遊之處，南光先生有機會一定得去看看。

鄧騰煇見郎靜山儒雅閒逸，並無半點高傲之氣，說起黃山風光時悠然神往，令人心生好感，不由得連連點頭。

郎靜山領著賓客們又往下一張照片去，鄧騰煇暗暗鬆了一口氣，兩條腿竟微微痠麻。

在這個當下，鄧騰煇和郎靜山都無法意料到，隔年中央政府撤退來臺，郎靜山也離開大陸輾轉到臺灣落腳，並在這座島上經歷四十五個寒暑，度過漫長的老年歲月，對臺灣攝影界造成莫大影響。

民國四十二年，中國攝影學會在臺灣復會，郎靜山當選首任理事長。成立大會上，從總統府戰略顧問何應欽將軍以降，立法院長、內政部長、教育部長和中央黨部四組主任等高層人物都到得齊全，隔天《中央日報》還以頭版大幅報導。

攝影在臺灣第一次獲得如此巨大關注，前所未有。日本時代，臺灣寫真家只能加入關西寫真聯盟臺灣支部，末期才有總督府登錄寫真家制度，可以說是帝國邊陲中的邊陲。然而如今一個全國性的組織在臺灣復會，中央政界高官雲集，卻是另一種極端的古怪。好像森林大火之後所有倖存的動物全都鑽進一個大山洞裡躲避暴雨，原本各自雄踞一方王不見王的熊羆猿豹全都挨著身子擠在一起，把原本久居山洞的小狐壓得無法喘氣。

鄧騰煇和李鳴鵰、蔡子欽、詹炳坤等四位本地有名望的攝影家獲邀名列三十八位復會發起人之中，參加於博愛路美而廉西餐廳舉行的成立大會。但在大會上，他們只能在遠遠的窗邊聽著一個又一個大人物用南腔北調發表漫長致詞，行禮如儀地拍手，會後合影時也只能站在後排邊緣。

多數時候中文不好的鄧騰煇都心不在焉，忍不住撇過頭偷偷看向窗外。那景象如此熟悉，博愛路就是以往的京町通，這裡距離舊南光寫真機材店只有一百五十公尺。臺北大空襲後的京町通上遺留了三個大彈坑，其中一個就在這扇窗戶底下，美而廉所在的這一排房子也都全部燒毀了。

京町復建的速度快得驚人，大火雖然燒掉所有的木構，但堅固的房屋立面和磚牆結構依然屹立不搖。人們直接在牆洞裡插上木頭橫梁，鋪上木地板，蓋上屋頂，整條街便若無其事地復原了。

鄧騰煇看著簇新光亮的屋梁樓板，以及滿屋子外省高官與攝影家，覺得真是不可思議。

中國攝影學會復會後立刻舉辦了一次大型的「祖國河山影展」，共有六百一十二幅作品，絕大部分都是外省攝影家的創作。北京天壇、長江三峽、峨嵋金頂、黃山奇松、長安古塔、雲岡石窟、西湖斷橋、塞外蒼穹……在這座亞熱帶小島上展示著縱橫萬里的錦繡河山，然而越是恢弘壯闊，越顯出歸鄉無期的蒼涼，人們只能把各自收藏的江南塞北影像集合起來，拼湊成夢裡不曾改變的神州故土。

他們彼此交換的記憶碎片最終將匯聚成共同擁抱的巨大夢境，如同卷軸般無限展開的巨幅攝影作品，一幀最繁複的集錦照相。

這場展覽獲得官方媒體極力推崇，從此中國風情與沙龍畫意成為攝影界的最高指導美學。郎靜山出色地完成上任後第一項工作，坐穩了攝影界領袖的位置。而這個理事長的職務，郎靜山將會連任二十四屆，一直當到民國八十四年，他一百零三歲逝世為止。

郎靜山始終不覺得自己真的有那麼老。

當年家人幫他籌備五十大壽的時候，他怎麼也不覺得已經活過這麼多歲數，好像才剛過四十不久嘛，結果那場壽宴倒像是親友們聚集起來逼他承認自己已是半百老翁。

七十、八十的時候也是這樣，甚至一百歲時海內外攝影界同聲祝賀，媒體競相報導，他也都感覺不踏實，自己明明還年輕啊。

如今他一百零三歲，精神矍鑠，腳步輕健。有電視臺想以他為主角做個專題報導，體諒地說到家裡來採訪。他回說室內拍起來不好看，拎起一架哈蘇相機就直奔陽明山小油坑，甚且來回走個幾趟讓攝影機拍個夠。對鏡頭講起自己的攝影理念時，條理分明侃侃而談。

沒多久前——九十四歲那年，他曾出過大車禍。攝影協會一行人到南橫拍照，天雨路滑，轎車衝出道路滾落山崖，他被拋出車門掉在路面下方四、五十公尺的斜坡，回過神時發覺自己右手抓著一把草根，左手依然牢牢抱著兩架相機——他常說相機第一，老婆第二，這話可是用生命在實踐的。那次車禍造成三人不幸罹難，他卻只有骨盆輕微骨折，休養一個月後就恢復行動自如。

旁人最常問起的，除了攝影就是養生了。他總是用一口淡薄的浙江口音說，自己對養生毫無辦法，只是聽其自然，有什麼都接受，什麼生活都過得去。無論好的，壞的都接受，都很舒服。

他像水，像風，一清見底，自然而平實地存在著，連老天爺都忘了他的歲數。唯以天下之至柔，能馳騁天下之至堅。

初次上門拜訪的客人總會訝異，這位名揚世界的攝影大師生活簡樸至此。他住在溫州街一間老公寓，桌椅櫥櫃都是極其尋常的東西。就說坐慣的那張椅子，是當時流行的摺疊海灘椅，椅面由幾條塑膠布拉成，他喜歡其通風涼爽有彈性，而且輕巧好移動。

他在書房牆上隨意掛滿字畫，都是老友張大千、臺靜農等名家手筆。攝影相關物品雖多，但卻沒擺出幾張照片，屋裡更接近書畫家的起居之處。

也會有人問，郎老怎麼不把一些獎狀獎杯擺出來？

我不需要那些東西，他說，而且數量太多啦，地方不夠。確實他一生擁有無數榮銜，中國第一位專職攝影記者，中國第一位人體攝影家，中國商業攝影先驅，中國藝術攝影開創者，首位榮膺英國皇家攝影學會高級會士的中國攝影家，世界十大攝影家，當然還有將這一切稱號冶於一爐的，郎靜山大師。

和那些浮誇的名號比起來，郎靜山自己暗中更得意的可能是「詩書影畫四絕」的恭維。說到底，他始終認為自己不只是一個攝影家，而是一個中國傳統文人。

郎靜山知道一個只有活過百歲的人才曉得的祕密——他們能夠自由地在漫長的一生記憶中移動，隨意回到哪一段人生時光，如臨現場地重新體驗一次。但得到這項能力的老人往往並不把這當一回事，也很少動用，畢竟耽溺於回憶是那些害怕青春不再，或者察覺盛年將逝的人才在做的事。他們都更願意活在當下，去感受每一秒鐘的存在。何況像郎靜山這樣得天獨厚的百歲之人，他有時間只會想出門照相或進暗房放大相片。

當然他生命中也有某些格外特別的時刻，偶爾他會坐在那張摺疊海灘椅上，讓自己回到那些瞬間。他十分節制，並不貪戀，也許只是曬一下那時的陽光，吹一點風，體會那種喜悅的心情。

他最喜歡的瞬間之一，是剛剛拿到全新的 Graflex RB Serious D 相機，第一次外出拍照。他像抱嬰兒一樣將那臺巨大的相機捧在臂彎懷裡，露出父親般滿足喜悅的笑容。

這架相機是民國十八年時，由虎標萬金油創辦人胡文虎所贈，那年他三十八歲。早在十年前他於上海創辦靜山廣告社時，虎標萬金油就是最主要的客戶之一，他以豐沛的人脈和高明廣告手法幫助胡文虎迅速拓展事業。同時胡文虎身為華僑，非常欣賞郎靜山致力於參加國際攝影沙龍、宣揚中國美好形象的作法，因此對他不遺餘力支持。

這是一架大片幅單眼反射式相機，使用八乘十點五公分的柯達或矮克發軟片包。平時可摺疊收納成一個方箱，使用時將鏡頭和觀景窗遮罩彈開。機身內設有一塊四十五度的反光鏡，把鏡頭攝入的影像反射到上方的觀景窗，便於取景對焦，撳快門前再把反光鏡升起。

它最大的特色是那垂直的方筒狀巨大遮罩，使用時必須俯身把整個臉湊上去，密合地貼在眼眶四周徹底隔絕外界干擾，只容鏡頭攝入的光線在半透明磨砂玻璃上幽幽成像。霎時天地間只剩下自己和這幅光影圖繪，獨自瞻望著某種旁人無由知曉的真相。

就算是當時已經出版了第一本個人攝影集、拍照經驗豐富的郎靜山，初次靠在這鏡筒上看見影像時，依然感受到一股得窺天機的驚奇顫動。

他喜歡這架相機的另一個理由是，取景時必須彎身低頭，彷彿向著眼前風景鞠躬。而雙手將相機捧在腹前操作，也猶如珍重地抱持著影像，整個拍攝過程充滿謙遜的敬意。

接下來很長一段時間他都以此為主力相機，提著上山下海也不嫌累贅。但是他用這麼巨大的相機卻從來不帶腳架，遇到必須使用慢速快門時必須尋找平坦的石塊、牆頭，甚至跟附近人家借張板凳來安置相機。並不是胡文虎捨不得多買一組腳架給他，而是因為腳架讓郎靜山感覺不舒服，不自由，限制了他的行動和思考，寧可不帶。這算是他小小的任性吧。

他的暗房工作習慣也是如此，就算是後來進行手續再繁複的集錦照相，也從來不做筆記，全憑記憶為之。譬如有一張〈鹿苑長春〉，前後試了十八個版本，耗費上百張相紙，但他完全記得每次嘗試的所有細節，包括放大機光圈、每一格底片的曝光秒數、遮光範圍和操作順序等等。

多年後，他與美國攝影家安瑟・亞當斯會面，並且幫對方拍了一張藝術肖像照。兩位技巧超卓的大師自有不少話題可聊，安瑟說他的暗房作業極度要求精確，當試出一張底片最完美的放大方式之後，就會記下鉅細靡遺的工作流程，往後製作副本時便按部就班操作絕不允許丁點誤差，即便由兒子或助理來執行也都能得出相同的結果。

郎靜山聽了淡淡一笑，心想人又不是機械，這樣工作太不自由了。他自己從來沒有固定的工作時間或細節要求，總是行於所當行，止於所不可不止。這是中國文人追求的境界，絕非任性胡為，而是在千錘百鍊之後才能獲致的隨心所欲。

他回報胡文虎贈送相機的方法是出發去拍攝更多壯麗的中國風景，首先就近前往浙江莫干山、雁蕩山和杭州西湖，接著乘船上溯長江，一睹著名的三峽風光。

穿越三峽必須搭乘民生公司的小火輪，噗嘟噗嘟進入全長將近兩百公里的峽谷區。多數旅客只在通過兵書寶劍峽、牛肝馬肺峽、巫山十二峰這些著名景點時才從船艙裡探出頭來張望，但郎靜山全程抱著相機待在船頂上，全身全神地領受著造化之工。

這像是老天爺特為中國人劈開的一道啟示。黃濁江面上不時噴湧出受到暗礁激盪的水花，顯示壯美路途底下危機四伏。河道並非平直一線，而是在夾岸山腳之間曲折前進，有時前方看起來山窮水盡如同湖岸，駛到近處才發現江面矯健地扭過山腳又繼續蜿蜒而去。兩邊峭壁上殘留著古人開鑿的棧道，沿著山腰時高時低，不知從哪裡開始，又會通到哪裡去。

江上長風是從時間通道另一頭吹出來的吧，否則怎麼會如此無窮盡又颳得人臉面生疼。他吹了半天的風回到船艙中用餐時，錯愕地發現動作繁忙的人們卻盡皆杳然無聲，猶如正在上演默片，一會兒才意識到耳朵已讓風颳得暫時重聽了。如果說穿越三峽像是穿過一部歷史，那麼歷史留下來的似乎只有嘈嘈呼嘯的雜音，找不到正確的頻率來收聽。

小火輪出發不久就在秭歸停泊一晚，他和相機並肩躺在甲板上望著星空直至深夜。隔天一大早他被輪機發動的顫抖聲音吵醒，察覺小火輪離開碼頭進入巫峽，便即回到船頂看夾岸蒼翠。他在船艙裡的時間如此短暫，以至於下船前提取行李時，才看見民生輪船公司創辦人盧作孚的那幅著名對聯：作息均有人群至樂，夢寐勿忘國家大難。

終於，小火輪在薄暮時分行至瞿塘峽口，抵達路程中最高峻雄偉的景色之前。是的，夔門已然在望。郎靜山艱難地捧著相機試圖取景，但船身搖晃，光線昏暗，加上遊客們全湧出來觀看，彼此推擠不堪，他只能勉強撳下三次快門，並未拍到理想的鏡頭。小火輪一時已駛到夔門底下，兩岸收攏夾峙，峭壁拔地千仞，已非世間任何照相器材可以拍攝，只能直觀地感受那心靈震撼。

遊客們全都把脖子仰到極限，不由自主歎息起來，卻又因為喉管拉扯壓抑而發出憋屈的聲響。原來世間曠古絕倫的景象，只能用一片嘶啞來頌讚。

郎靜山提前在奉節下船，胡亂投宿一晚，隔天到處找當地船家帶他再到夔門底下去。由於他要求在峽谷中的江邊淺灘靠岸，以便取景照相，沒有人肯接這筆生意，最後好不容易抓著一位老船夫，搬出國家興亡民族大義，好說歹說才鼓動對方搖起長長的櫓槳帶領他出發。

雖然多數夔門照片都是由西往東順流而下拍攝，最能呈現南岸白鹽山的天下雄關氣象。但郎靜山對於逆流出峽的身心感受太過深刻，堅持要過夔門找地方上岸。

正值夏季水枯，江岸邊淺灘懶洋洋地裸露出來，老船夫熟門熟路繞著礁石前進，郎靜山忽然大喊停船，抱著相機跳上江岸。

這是極佳位置，站在北岸峭壁之下，與峽谷融為一體，更能感受那驚人氣勢，絕非乘船過客所能體驗。郎靜山捧著相機的雙手禁不住微微顫抖，猶如十一年前奉亡父牌位回金華蘭谿游埠鎮的郎家村入祀家祠，那是自己生平第二次踏上不曾居住過的祖籍地，卻在瞬間感應到某種來自血脈中的共鳴，幾乎捧不住手中神主。

父親郎錦堂是前清武將，本在曾文正公幕府參贊，後來領兵立了軍功，官至河南河北鎮總兵。那可是紅頂子正二品大員，統率九營兵馬駐紮懷慶府衝繁之地，端的是威儀凜凜，唯獨子息上甚是艱難，頭兩個兒子都沒能養大成人，直到五十歲才又得了靜山，於是悉心教養，將他培養成槍棒拳法琴棋書畫無所不通的全才。

父親是個開明派，很能接受新奇事物，當年結婚時領風氣之先請淮陰鎮上的留雲閣照相館到家中拍了張濕板玻璃照片作紀念。父親經常往來上海，每次都給郎靜山帶回許多照片，無非是中外名勝、風景民俗。那時有句話，秀才不出門能知天下事，說的是報紙無遠弗屆的威力，而照片更勝一籌，無論人們識字與否都能從中神遊萬里，藉此認識寰宇世界。當時郎靜山年紀雖小，卻已覺得對海內山川，乃至於巴黎、羅馬等外國城市都不陌生。

然而他到上海讀南洋中學時，教大家照相的李靜瀾老師有一天拿出幾張照片來傳閱，說，你們看看，這就是外國人眼裡的中國。

街頭鶉衣百結的乞丐，榻上抽鴉片的癮君子，還有陋巷裡攬客的妓女，都是些陰暗的奇風異俗。尤其是這張，一位纏足女性脫下鞋襪，將小腳擱在榻上，旁邊擺著她的三寸蓮鞋。那折彎的腳掌乍看像一顆粽子，又像一根剛剛冒出土的竹筍，仔細看時拗摧變形，顯然骨節寸寸折斷，令人既揪心又感厭惡。拍攝者同時安排一個人從鏡頭外伸進一隻正常的腳掌作為比較，更加強畫面張力。

不是的，這不是中國真正的樣貌，中國有那麼多美麗的事物，為什麼偏偏要拍這些東西，讓萬里外的異國讀者以為中國人都是這樣醜陋的怪物？同學們憤慨不已，紛紛立志精進攝影能力，向世人展現中國文化的廣大悠遠、深入精微。

那時攝影工具龐大複雜，操作起來費工費時。他們用柯達盒子相機，每次可放五到六塊玻璃底片。一般使用伊爾福ＨＤ一百度底片，光圈開在十二點六。就算是號稱快片的伊爾福大紅牌ＨＤ四百度，用上六點八光圈，在太陽下仍須五十分之一秒快門才能曝光充足。

底片顯影後得在大蘇打水中泡上一整夜定影，隔天用清水沖洗十次，而曬映相紙又要費去大半天。學生買不起昂貴的白金相紙，李老師教大家自行製作藍曬紙，雖然色澤怪異層次單調，但可以應付練習之用。即便克難麻煩，眾人依舊樂此不疲。

郎靜山很快發現自己對照相擁有異乎尋常的天分，就像娘胎裡帶來的本能一樣，信手施為就能得到良好結果。而從小學習的國畫概念很自然融入構圖中，受到李老師嘉許，鼓舞他進一步嘗試，終於驅使他走上專業攝影家之路。

郎靜山十九歲那年，清朝滅亡，民國肇建。父親搬到上海做寓公，從此幾乎足不出戶。郎錦堂雖曾貴為總兵，但這個官其實做得並不痛快，畢竟當時大清朝日薄西山，內憂外患無時或已。軍事上敗給洋人也就罷了，郎靜山兩歲那年，中國竟然在甲午戰爭一敗塗地，輸給小國日本，不得不割讓臺灣，喪權辱國莫此為甚。郎錦堂酒後提起此事，每每痛哭流涕，深恨國事蜩螗。也因此，多年後臺灣光復，臺灣省政府邀請郎靜山前往舉辦攝影展，他一口便答應下來，要代父親去看看這塊失而復得的國土。

屈指一算，從跟隨李老師學習開始，忽忽已經二十六年過去。當時照相小班的同學，如今卻還有多少人繼續從事攝影？還有誰依然把為民族雪恥的沉痛願望銘刻在心？

可恨今日天氣太差了，病懨懨的灰雲毫無層次，夔門兩岸也顯得陰鬱黑沉。郎靜山遲疑良久，竟有些慌了手腳，左移右挪，湊在觀景窗遮罩上看了又看，汗水都把皮質的遮罩浸濕，就是不知該如何操作才能拍出不負這偉大景色的照片。

天都要黑囉，客官。老船家說，再不走，就看不見回去的路了。

郎靜山心中一驚，不肯就範，忙說等等，再多待一下子就好。他始終覺得對這個地方有所感應，卻又捉摸不清，一時被逼急了，不禁問自己究竟在這裡尋找什麼？想從這無言奔流的萬古江河裡聽到什麼？

暮色低沉，歷史的門闔彷彿正在緩緩掩上，而門後蘊藏的祕密也即將跟著消逝。他偶然瞥見江面上反映著一片天光，頓時不再猶豫，用最謙遜的姿態躬身禮敬，哪怕磨砂玻璃觀景窗上只有一團漆黑，也毅然揿下快門。

事後沖出底片檢視，在小火輪上拍的幾張畫質較佳，但構圖平平。夔門腳下拍的這張則徹底曝光失敗，不只反差太大，而且全無細節。

整張影像中，兩側暗部占了七成，中央漏斗狀的亮部不到三成。底片上的負像黑白相反，因此所謂暗部，其實是大塊透明片基，而亮部則顯泛著金屬光澤的墨黑。大片黑白色塊之間幾乎沒有中間調，根本不成景象，頂多只能說是一幅剪影。

然而這張底片卻令他久久捏著無法放下，彷彿捏著一段不願遺忘卻已漫漶晦暗的記憶。他在這剪影裡看見無比磅礴的氣勢，以及自己在現場的顫動。

他忽然攫起一支畫筆，蘸飽紅色廣告顏料，先在紙上抹得枯乾，然後在透明的片基上擦出岩石節理，再畫出江面上的水光，乃至於讓遠方峽口的江面微微向上延伸，彷彿大江從天上而來。

畫完之後，他將底片裝上放大機曬映相紙，待影像浮現，不由得倒吸一口氣——只見幽深大地上，兩道插天絕壁沉沉矗立，猶如鎮守門闕的巨大神靈。而峽口天空和一線江水從中穿出，奔流直向天際，充滿著豁然開朗的氣象。

這不只是那天傍晚在夔門腳下所見的情景，更接近自己尋覓多年的心像，因此他在激動之餘將之命名為〈中國〉。

然而他並未製作複本，也很少示人。這幅作品與其說拍出了壯麗風景，其實是剛剛步入中年的郎靜山，對於大地上的恆久苦難、日益迫近的戰爭陰影，以及自身生命的蒼涼，深深懷抱著走向光明前途的冀盼。

就像年幼時父親要他熟記的那首詩句，體會其中堅忍不拔的精神——到得前頭山腳盡，堂堂溪水出前村。

這樣的心情固然珍貴，但卻與向世人呈現美好中國風物的初衷不同，因此他只是自己慎重珍藏著，同時繼續展開旅程。

逐漸拍出理想的作品之後，他和兩個志同道合的夥伴組成三友影會，積極將作品寄往外國攝影沙龍，企圖改變世界對中國的看法。他們從九一八事變發生的民國二十年開始活動，螞蟻尋糖似地偵探著地球上任何角落舉行攝影沙龍的消息，也不管有沒有機會入選，通通寄了再說。在往後二十年間竟有五、六千張作品入選各國沙龍影展。

不無諷刺的是，他入選的第一個外國影展，乃是日本國際寫真沙龍，拍攝者後面註明的國籍，寫著「支那」。

•

民國二十四年，郎靜山偕同張善孖、張大千兄弟首度登上黃山。行前聽聞黃山如何奇特，說什麼五嶽歸來不看山，黃山歸來不看嶽，然而當時登山者稀，荒煙藤蔓、斷橋危壁，幾乎無路可走。

他們寄宿在文殊院後，取道百步雲梯上連蕊峰。古道石階不知經歷過幾百個嚴冬冰雪，紛紛凍裂破碎，加上雨後濕滑，猶如一道性命交關的謎題。若一步一步試穩了再走，那就慢到哪裡也不用去了。但要是無視腳下虛實快步行去，便不免踩上鬆動的石塊，險險往萬丈深淵裡墜去。只得邊走邊猜，一半小心判斷，一半交由上天。

從連蕊峰再去始信峰，途中經過一道石橋，左右無可攀援，更加險象環生。他想起前輩吳稚暉說的登山法則，只看眼前三尺，留心的爬，留心的下。然而他是個攝影家，只要一步踩穩，眼睛就會本能地東張西望近觀遠眺，搜尋有無值得拍攝的景物。果然就在石橋中央，視野一無阻礙，大暢襟懷之餘不由自主端起相機，甚至後仰身子取景，引得同伴驚呼連連，這才想起來正立足在緊張的地方，趕快專心通過。

黃山令人如癡如醉，這就是他尋覓多年，最能代表中國形象的天下名山。峰峰露骨，雄厚中不失秀麗。奇松珍木老而彌堅，雲海波濤即來即去無一刻面貌相同。

郎靜山下山之後檢視底片，固然美不勝收，可惜沒有一張同時兼具山雲樹木的理想構圖。畢竟山間不若平地，鏡位選擇很受限制。

他想起五年前處理三峽底片的經驗，使用暗房技巧可以彌補創作條件的局限，於是心念一動，以重複曝光的方式，先將一張西海山脈的底片曬在相紙上半當作後景，再將始信峰頂的一棵樹木曬在下半當成前景，兩個影像銜接處稍微用散光鏡頭融接，便成了一幅完美的畫面。

出於某種好玩的心態，他悄悄把這幅作品混在其他照片裡一起展出，並未註明是用兩張底片編輯而成。然而到了會場上掛出來，才發現畫面上其實有個破綻——下半幅樹木帶到的遠方山影，已經失焦變成散景，但上半幅作為後景的西海峰巒卻反而較為清晰，違反視覺經驗。

郎靜山頓時頭皮發麻，想撤下作品卻又怕欲蓋彌彰，於是故意站得不遠不近，窺伺觀眾們的反應，同時暗地裡開始編起一套說詞準備應付可能的質疑。不過或許是瑕疵並不明顯，而且整體畫面優美足以轉移注意，結果沒有任何人察覺這照片有什麼不對。展期結束以後，他進一步把照片寄往國外參展，同樣不曾受到質疑。

原來人是這麼容易相信照片的真實性，如此輕易接受眼睛看到的東西。老話說眼見為憑，都已經擺到眼前的景物還能有假嗎？

他像一個僥倖得手的賭徒，又彷如小說書上描寫的皇帝微服出巡，享受著未被識破的，一種偷得的自由快樂，並且很快對這種刺激上癮。更大的成就感來自於，他發現自己改變了攝影，能夠隨心所欲創造心像風景。

他開始增加底片張數，擴充畫面上的素材，挑戰更難接合的影像，這使他的暗房技巧，以及使用工具的巧妙創意突飛猛進，終於練成一項獨門絕技。

接合照片並非他所首創，早在八十年前就有西方攝影家做過極其繁複的作品，當代廣告也使用很多剪接拼貼效果。但同時以天衣無縫的暗房技巧加上中國畫理從事創造的，唯獨郎靜山一人，可謂空前絕後。

從此，山川日月花鳥草木舟車人獸，全都成為大廚料理檯上的食材佐料，任由他隨心所欲捏長搓短，旋轉縮放。天地氣韻不足之處，他來增補。魚與熊掌難以兼得的畫面，他來調度。什麼樣的素材，在他手上都能著手成春，起死回生。郎靜山一次又一次讓人們驚歎，他怎麼能夠總是擁有天時地利人和，拍下這些不可思議的完美瞬間。

關起門來，他就是暗房裡的造物主。他的技藝爐火純青，猶如傳說中的武學高手，草木竹石均可為劍，飛花摘葉皆能傷人。多年後他的兒女將會記得，一身長袍的父親在暗房裡如一根勁竹擺盪搖曳，操作起來行雲流水般自在，比交響樂團的指揮還要瀟灑。

郎靜山並未停止外出拍照，尤其在抗戰期間，他一度遠離上海，足跡踏遍雲南、廣西、四川、安徽、甘肅、湖北，拍下無數自成一格的精采畫面。

然而他取景的目光已經和從前有所不同，即便無法形成理想的構圖，只要其中有可以使用的素材，他就毫不猶豫拍攝下來。攝影本就是一種框取的藝術，而他又將影像開鑿切割，取出蘊藏其中的礦石寶玉。

這解決了他長年來的一大困擾，年輕時他走訪名山大川，拍得越多，覺得與他醉心的中國山水畫距離越遠。尤其是那些文人畫，講究高遠，深遠，平遠的空間表現，在散點透視下同時呈現出幾種觀看角度，以及經過心靈美化的理想面貌，這些都是攝影力有未逮的。而接合照片的手術，終於讓他能夠創造出最美好的中國景象。

這個祕密他足足保守了七年，期間他成為國際攝影沙龍的常客，甚至入選英國和美國攝影學會會士，成為中國最具代表性的攝影家。他既已受到國內外推崇認可，遂終於提出靜山集錦照相之法，堂堂稱名於世。而最初創作的那張黃山照片，也將會以〈春樹奇峰〉之名流傳於攝影史。

民國三十八年，大陸政權易主，郎靜山倉促逃往香港，隔年到臺灣，原本只是來開攝影展，卻意外留下來定居。

一開始，誰都沒想要在這座島上停留太久。然而幾年過去局勢毫無動靜，大家喘息略定，明白眼下政府偏安的態勢莫不是個長局，於是各自做起安生度日的打算，中國攝影協會也就在這樣的氣氛下於臺灣復會了。

復會典禮上冠蓋雲集，大將軍和大官們好整以暇輪番講上兩個小時的攝影閒話。郎靜山心中雪亮，與其說政府真的重視攝影，不如說這表示內戰的威脅已經緩和下來。

這一年郎靜山六十二歲，被稱為攝影學會九老之首，並且終身擔任學會理事長。

最初來臺時，他只隨身攜帶四百張底片，後來留在大陸的兒女又陸續幫他寄出幾批，手上才勉強有足夠素材。他在臺灣依然熱心外出拍照，慢慢地把本地景物也放進集錦照相中，組成中國畫意山水。好比那些個江浙川湘菜館，也不免悄悄採用若干海島物產，取代無法獲得的原鄉食材。

他的集錦功夫已入化境，暗房就是他的中國。他沒有固定的工作方式，總是在椅子上閉目凝神，待有靈感時便霍地起身，走進暗房創製出無數美好風景。仙山樓閣，松蔭高士，雲深不知處，獨釣寒江雪。他將這些照片投寄到全球各地，宣揚中國文化，糾正世人對中國的錯誤觀念。

來臺灣以前，他以集錦照相創造心目中理想的中國。來臺灣以後，卻是不得不藉由創造想像的中國來神遊無法歸返的故土。

他不是沒聽過那些批評，尤其是本省後輩指責他讓臺灣攝影界死氣沉沉，與時代脫節。但他從不辯解，只是一生忠於自己的藝術。他又不拿政府的錢，甚至自掏腰包支持攝影學會財務。至於政府要尊奉他為大師典範，甚至於中國文化的象徵，那都不是他所忮求的。

無論活到多大歲數，他都繼續不斷拍照、思考、尋求更進一步的突破。攝影原本是用機械將瞬間擷取下來，而郎靜山則用集錦方法取消了時間，使照片進入了與悠遠歷史相連的永恆之中，呈現無垠的靜止感。

郎靜山沒有意識到的是，在他的暗房魔法之下，連他自己的時間都跟著被取消了，所以他總也不會老，被生命的冬天所遺忘，終至不生不滅，無淨無垢。

•

鄧騰煇曾想嘗試集錦照相，標題都想好了，叫做〈月兒彎彎照九州〉，在紙上畫了簡單的布局，並且請教郎靜山詳細作法，但最後並沒有真正完成。

從暗房技術的角度來說，集錦照相有其趣味與挑戰性。但鄧騰煇無法從中感受到攝影的真味，他還是相信眼睛、手和相機的引導，在現實中透過大量失敗的拍攝，去獲致一張理想的畫面。

值得一提的是，革命性的萊卡M3相機在中國攝影學會復會隔年，也就是民國四十三年問市了。萊茲公司參考許多攝影家的使用經驗，將所有最先進的設計齊集在這架相機上，讓原本自以為即將趕上萊卡的日本公司徹底震驚挫敗。

M3將觀景器和測距器放在同一個窗口中，使用者得以同時對焦和構圖，並且有三組亮框線表示不同拍攝視野。交換鏡頭從螺旋式改為迅捷的插刀式。過片旋鈕改為撥桿，不僅快速而且帥氣。快門旋鈕無需拔起即可轉動，並能與外加式的測光表連動。改良後的底片壓板提升了焦點精度。掀背式後蓋便於更換底片……

簡而言之，這架相機使得整個拍攝過程從換片、測光、對焦、取景、調整快門速度、過片到更換鏡頭等所有動作的迅捷性全面大幅提升，精確度也更進一步，對於一九五、六〇年代的全球紀實攝影風潮貢獻良多。這是一部名留青史的集大成之作，確立了後來相機的基本架構。

鄧騰煇花了一年多時間，讓這架相機和自己成為彼此的一部分。攝影機械進化到這個地步，可以即時掌握每個當下，不會錯過所有條件完美耦合的瞬間。他認為相機最難能可貴的就是這種速寫能力，是面對現實的，好的照片必須生動，要抓住人的真情流露，乃至於在風景或靜物中拍出生命力與真實感。

他不完全反對畫意攝影，對外省攝影家們也抱持敬意，然而中國攝影協會響應政府反共抗俄戰鬥文藝政策，呼籲會員努力呈現光明、向上、純潔、崇高的創作，反對墮落、浪漫、頹廢、赤色、黃色、黑色的作品。在此定義下，寫實的，鄉土的，反映人們生活真相的，乃至於揭發社會不公的作品都在否定之列。

鄧騰煇不是革命者，也不是抗議家，但出於對攝影本質的認識，使他認為有必要堅持開闢不同的道路。光復後他曾經許多次向內政部申請成立攝影團體都被拒絕，幾經波折，最後想出用自由影展的名義來聯絡同好。他們從日本雜誌追蹤世界紀實攝影的發展，見識到亨利．卡提耶—布列松、尤金．史密斯、保羅．史川德等人的作品，當然也有木村伊兵衛、土門拳和濱谷浩。他們彷彿地下組織似的在影展上分享最新拍攝戰果，固守著一塊化外領地。

鄧騰煇開始不預設主題與目的外出拍照，看看會遇上什麼。他對各行各業，各種各樣的生活方式產生興趣，拍起製茶，燒磚，做陶。他拍礦工，漁夫，牧童，趕鴨人，河邊洗衣的婦女。他拍鄉下小站的候車光景，路邊的流動理髮，河堤邊人家曬滿衣服，夜市裡騙小孩的套圈圈射飛鏢或猜數字遊戲。

於是他進一步意識到，寫真與攝影的差別，不僅僅是日本與中國、本省與外省的差別，也是他個人從戰前到戰後的巨大轉變。

或許是出於對時代的茫然，他常被盲眼的走唱者吸引。

在九份，他遇見抱著月琴彈唱的盲女，空洞的眼睛朝向遠方，而她年少的女兒不安地緊緊挽住母親手肘，另一手捧著雨傘、拐杖和一把紙扇，用灰暗而充滿防備的目光瞪向鏡頭。右邊一個背對相機的男人漫不經心地回頭察看發生什麼事，左邊角落裡的小男孩則為了自己入鏡而無比興奮開懷。

北埔慈天宮前另一對盲人走唱，戴墨鏡燙捲髮的太太抱著一把月琴，先生則拉一把殼仔弦，也就是用椰殼做的胡琴，布滿皺紋的手像是章魚般綿軟靈活，嘴巴隨著曲調不出聲地一嚼一嚼，彷彿咬嚼著旋律的高低軟硬。或許眼不視物讓他們省得看到許多現實裡的不堪變化，因此手上依然能夠演奏出直接從阿公那個時代傳來的聲音。

盲人是最好的拍攝對象，因為他們不會意識到鏡頭的存在而有所閃躲或反感惱怒，任憑他人拍攝。但盲人也是最難拍的，因為他們總讓人察覺到自己其實並沒有將現實看得更加清楚明白。

有瞽者，有黑暗的前路，必然也就會有鐵口直斷的賣卜人。譬如臺北新公園裡這位算命阿伯，渾身上下無不破舊。舊氈帽，破外套，還有脖子上權充圍巾的粗布毛巾，搭配一副黑色圓框眼鏡。小桌上擺著可憐兮兮的龜殼和籤筒，香爐裡永遠插著一炷香。他左手抓著一個木魚叩叩敲擊像是要引人注意，右手叼著一根插著紙菸的彎曲菸管慢條斯理抽著，卻又彷彿並不在意是否有生意上門。

任誰乍一看都會忍不住想，這老歲仔應該先給自己算一算再說吧。然而卜者安然任由陽光篩過樹葉打在身上，一派悠哉愉悅胸有成竹，倒有幾分遊戲人間的謫仙模樣，閒坐在此笑看往來眾生，隨緣點化。

說到前途與問卜，鄧騰煇總會想起一張看似不相干但自己十分喜歡的照片。那是在關渡和八里間的渡船上拍的，一個鄉下人坐在船尾一堆籮筐、竹籃、藤箱和木桶之間，手裡提著一隻公雞，身旁的一大落青蔥上放著一張顏面完整的豬臉皮。在草繩捆綁之下，那豬臉瞇著眼睛，噘起鼻頭，鼓飽了腮幫子，兩隻尖耳朵傲慢豎起，表情充滿嘲諷。那男人算不上老，但臉上皮膚已被這淡水河上經年不絕的濕冷長風吹得鬆泡皺褶不堪。他一手撐著下巴，轉頭狐疑地盯著那張豬臉，簡直像是豬八戒照鏡子，相看兩不厭了。

鄧騰煇莞爾地按下快門，心想這彷彿是一次最神準的卜算，預見無可改變的未來。那不只是一個未老先衰的無奈鄉人命運寫照，也是鄧騰煇自己的，以及日後這張照片所有觀看者的共同處境。悲觀點說，人終究無法擺脫被宰制的宿命，連死後的表情都不由自主。但也可這樣解釋，死豬不怕開水燙，無論最後落得如何下場，至少要留下這樣一副自得其樂的模樣。

鄧騰煇拍攝一條又一條的路，稻田邊一個婦人背著幼兒肩挑扁擔同時撐著陽傘趕路，跨越溪流的輕便軌道上人們推著臺車通行，豔陽積雲下一道寬敞的鄉間土路從一棟老屋古樹前轉個大彎過來，筆直大路兩旁大樹秋葉落盡，遠處幾粒細小的人影消失在迷茫的枯木隧道裡。

他不知道這些路都會通向哪裡，更不企圖在照片上尋找方向，只是喜歡看著人們在上面努力奔忙的樣子。他總是溫柔地觀望著這一切，臉上永遠掛著無邪的微笑。

雖然鄧騰煇和同好們的創作成果只在有限的圈子裡交換，一時還無法廣泛地讓社會認識，但他們樂此不疲，努力不懈。

其實無論自由影展、中國攝影學會，還是由李鳴鵰所主持，採取兼顧紀實與畫意中庸路線的臺北市攝影會，彼此相安無事，甚至都以美而廉西餐廳為聯絡處。這幾個團體之間也能擁有共識，尤其是女性模特兒外拍活動，還有稍晚一點開始的女性人體攝影，都能讓不同派別的攝影者歡喜共聚。

鄧騰煇始終與郎靜山相互敬重。影展與攝影會時常請大師擔任評審、蒞臨指導，甚至參加組織活動，其中多少有拿他當擋箭牌的意思，避免當局刁難。郎靜山對此了然於胸，也盡可能給予大家協助。

有一次郎靜山提出兩張作品參與臺北市攝影會會員作品展。第一張是〈最後的文面人〉，一位泰雅族老婦一手扶著屋柱，一手撫胸側身而立。一道醒目的寬闊青文從兩耳鬢下橫過上唇。她像一頭年邁的母豹，雖然身軀不再靈動，警戒的眼神依然洞穿一切，煥發出威嚴而高貴的氣派。

從畫意的角度來說，這張照片的構圖、布局和氣氛都無懈可擊。而以紀實的標準來看，呈現出人物的獨特性與生命尊嚴，也是上乘之作。

另一張是〈牛墟〉，一頭臺灣水牛負軛而前，使勁拽引著畫面外的重物，顯然是在進行「考車」，亦即試著牽引鬥死四輪並加載負重的牛車，展現其拉力與耐力。只見這頭黑色水牛昂首奮身，身上每一根棕鬚也似的粗毛全都憋出力氣，將腳下刨得煙塵四起，而牽牛人拔河似的向後傾倒，同樣以渾身解數鼓舞導引著。整個畫面張力飽滿、動態平衡，並且精準地掌握住極具戲劇性的瞬間。

這張照片格外令鄧騰煇折服，因為這次拍攝活動他也一道前往，雖然拍到還算滿意的作品，卻不如郎靜山這張渾然天成。

鄧騰煇一邊看著照片，一邊衷心讚賞道，這絕對是第一流的紀實作品，沒想到郎老在這方面的造詣也如此深厚。

郎靜山並無一點驕矜之色，用帶著浙江口音的國語一貫溫文地說，我從前當過攝影記者，對這樣的拍攝方式並不陌生。

郎老太謙虛了，您可是中國最早的攝影記者呢。鄧騰煇好奇地接著問，不過您為什麼不多發表一些這樣的照片，好讓後輩們觀摩學習呢？

這次提出的兩張作品，主要是訪問過程留下十分美好的印象，藉此留念。此外也是想提醒一些抱持不同意見的攝影同好，畫意攝影和集錦照片並不是無病呻吟，更不是缺乏寫實技術才去做的遊戲。相對地，畫意和集錦都必須建立在全方面的扎實能力上。

但是畫意、集錦和寫實能夠並行不悖啊。

抗戰以前，中國攝影曾經有過一個百花齊開的時代。民國十多年的時候，我也為《良友》畫報提供過許多反映民間疾苦的照片，鐵路工人，河灘縴夫，街頭藝者……郎靜山停頓良久，忽然話鋒一轉，說他第一次到臺灣時，受基隆市政府之邀拍攝港口和要塞碼頭，就在市府內舉行展覽，結果竟引起保安司令部注意，不僅收繳所有底片照片，還將他喚去拘禁盤問了好幾天，差點惹禍上身。

郎靜山似乎察覺自己多言，淡淡一笑，又長篇大論說起他那套中國畫意的照相理論來，強調必須揚棄模仿外國，創造完全中國的藝術云云。

鄧騰煇心想，郎靜山看似地位崇隆，其實也有許多不得已。雖然自己並不認同郎靜山的主張，但可以感受到這位永遠穿著陰丹士林藍布長袍的老先生，確實是個非常熱愛攝影而且心思單純的人。

他當時還不知道——不，鄧騰煇終其一生都不可能知道，眼前這位六十多歲的郎老不過才處於漫長人生的中段而已。郎靜山還會再活四十年，比誰都久，並且主掌臺灣攝影界直至最後一刻，也讓他所堅持的中國畫意作為攝影圭臬籠罩在一輩又一輩攝影人頭上。

中華民國何其有幸，能夠擁有這位享譽國際攝影界的文化大師超過一百年。卻又何其不幸，讓這位活化石將臺灣攝影風氣也變成億萬年沉積的頁岩一般，沒有半點生息。

相簿十二

快門的速度

蟬開始叫了，夏夏夏——夏夏夏——今年夏天來得好早啊。

二樓攝影室的窗外正對著一棵大榕樹，那是研究所大門前圓形花臺裡的植木，上面聚集了不少蟬兒。

鄧騰煇並不討厭蟬，童年的回憶裡便帶著滿山遍野的蟬聲，那時他經常跟同伴去摘樹上的土褐色蟬殼來玩。只見薄薄的硬殼上保留了蟬的所有細節，眼睛胸背肢節，乃至於一根根細細的毫毛。把蟬殼夾在手指上時，還能感覺到腳尖倒鉤緊緊攀抓的執著，即使蛻變的新生已然展翅飛走，舊的軀體卻依然凝聚著當時的意志。

他總會徒勞地嘗試從蟬殼背上的裂縫往裡看，想知道其中是否也一樣保留著某個生命的內在形狀，但總是只看到一些亂糟糟的空洞。

有一次他順手去拔一個蟬殼，感覺牠抱樹抵抗的力道比平時大，而且竟然會動，是個還沒脫殼的活蟬。他興沖沖把蟬帶回家，讓牠攀在床頭一根細柱上，蟬也便冷靜下來。子夜時他趴在床上觀察，發現蟬背裂開一道縫，一個奇異的乳白色身體從中緩緩抽出，然後長久抱著自己的舊軀殼不動。新蟬背上兩個摺成小團的透明東西用很慢很慢的速度伸張開來，變成兩面翅膀。同樣很慢很慢地，有螢光淺藍色的液體從身軀注入翅膀，流成一片經脈圖案，又慢慢變成淡粉紅色，隨後整個身體和翅膀脈絡都變成堅硬的亮黑色。

蛻變完成的蟬並不聲張也不浮躁，依舊安安靜靜待著。鄧騰煇畢竟倦了，見蟬再無動靜，翻個身便沉沉睡去。沒想到天快亮時，一記嘹亮的蟬聲將他從夢中嚇醒，傻了好一會兒才想起是那隻蟬，沒想到小小的身體竟能發出奔雷般的轟鳴。鄧騰煇心想這下闖禍了，該不會嚇到屋裡的長輩們，趕緊捏著那隻蟬從窗口丟出去，聽見牠嘎嘎兩聲從容飛起不見，然後鑽回被窩假裝什麼事也沒有，心臟怦怦狂跳餘悸猶存。

鄧騰煇今天早上來研究所上班時，看見門口的樹上掛著一枚蟬殼，順手抓來放在辦公桌上，偶爾拿起來把玩。五十幾年過去，蟬殼固執的姿態依然沒變。可惜人不會脫殼，否則就可以把年幼時的樣貌保存起來。正這麼想時，忽然意識到照片不也就是人脫下來的殼嗎？

他並不討厭蟬，但蟬聲確實挺擾人的。他長年從微小的機械聲響來判斷相機是否運作正常，尤其是快門彈簧是否疲乏變慢，但震天蟬聲掩蓋了一切，讓他微微焦慮起來。

快門速度如果不精確，只要有些微誤差，就會造成教學用的幻燈片上濃度不均，投影放大之後非常顯眼，這是他所無法忍受的。

幸好萊卡十分可靠。工作室裡共有四架萊卡M3，分別裝著翻拍文件用的黑白「石版」高反差片，翻拍複本用的黑白色盲片，教學和簡報用的彩色正片（幻燈片），以及彩色負片。平均每架相機每天要按三十次快門，一年一萬次，十一年來從未故障，速度也很正確。

不過有件事他直到最近才從萊茲公司派來保養相機的業務員那裡聽說：千分之一秒的高速快門，其精確性取決於滾筒孔位距離、簾幕張力和其他因素，在機械結構的管理上非常複雜，因此原廠容許百分之四十的誤差。

雖然曝光值差不到半格，可以靠底片寬容度來補償。而且高速快門意味著必須把光圈開大，景深縮短不利抓拍，以街頭速寫為主的鄧騰煇甚少使用，實務上影響極微。但他聽聞此事時仍深感震驚，不僅因為這動搖他對萊卡作為一種精密機械的信仰，更挑戰了自己評量這個世界的正確性，那曾是令他引以自豪的能力。

我用萊卡拍照超過四十年，如此觀望眾生宇宙，將時間片片切下浸漬風乾，驕以示人，卻原來有百分之四十的誤差，都是靠底片在包容？

民國四十九年八一水災之後，南光損失慘重，正巧有人介紹工作，鄧騰煇便索性結束攝影機材事業，那年他五十二歲。

那天朋友帶著他去面談，從公園路快到青島西路的臺大醫院側門進去，他詫異地發現新工作場所那棟紅磚建築就是以前的牙醫部，頓時覺得牙根發癢。早在日本時代開始，自己很長一段時間都在這裡治療口腔問題，剛剛光復時拔過一顆智齒，還慎重地帶回去保存，但幾次搬家後也不知丟到哪裡去了。

這棟建築現在掛著U.S. Naval Medical Research Unit 2（美國海軍第二醫學研究所）的招牌，二次大戰期間，美軍官兵在太平洋地區受到各種風土病侵擾，戰力減損，因此在關島設立醫學研究所，後來遷至臺灣設址於此，是太平洋地區最優秀的醫學研究機構。

對研究所來說，鄧騰煇乃是主持攝影部門的最佳人選，因此所長形式性問了幾個簡單的問題便歡迎他加入機構，領導一個小團隊從事醫學攝影工作。

攝影室就是當年的牙科治療室，附有一間暗房。他的待遇很好，薪水以美金支付，也享有各種福利。工作雖然繁重，但沒有急件的話可以午休兩個小時。

上班時他必須穿上猶如醫師袍的白色長袍，走在醫院裡經常被誤認為是一位仁心仁術的資深醫者，受到敬重的目光。對此他有些尷尬，盡量避免走到醫院那頭去。

不過他正式上班第一天就強烈感受到自己已經成為醫學研究機構的一員。助理推進來一個方形的玻璃缸，還沒來得及看就先聞到一股濃重的福馬林氣味，仔細一瞧，缸裡並不養魚，而是泡著一隻腳——從腳踝上方十五公分處齊平切下的，人的腳。

整個腳掌通體發黑乾硬，簡直像一條柴魚似的。腳尖輕輕探在缸底，腳跟抬起一公釐，微微載浮載沉，彷彿一腳剛剛試著踏進來，還沒決定要不要踩實。那是一隻農民的腳，即便發黑壞死又被截斷，依然看得出長年在土地上踩踏勞動的力量。

烏腳病截肢標本。助理例行公事地念著拍攝需求單，彩色負片十五張，彩色正片二十五張，拍攝重點，標本整體，須清楚呈現患部壞疽。

鄧騰煇還沒從震撼中反應過來，待助理複誦了一次拍攝需求，趕緊拿出專家的態度開始工作，集中在拍攝上，才逐漸把心定下來。等到好不容易拍完，憋著的一口氣鬆下來，竟忽然覺得渾身虛脫。

午休時打開便當，太太為他準備的主菜是一隻豬腳，一時都不知道該怎麼下筷子。

每天所裡都有各種樣本或標本送來請他拍攝，截斷的肢體、摘除的內臟、組織切片，人類的，動物的，寄生蟲、蟲卵或原蟲，此外還有大量文件或研究用的圖表。

拍攝工作本身並不複雜，四架萊卡M3大半時間都裝在拍攝架上，搭配六支鏡頭。翻拍文件時參數固定，光圈八，快門一秒，兩側各有一顆燈泡照明，均一不變，一次拍攝十幾張到六十張複本。需要近拍標本時則在鏡頭和機身間加裝Visoflex II，這一切都熟極而流。

攝影在這裡完全回到機械式的功能，純粹要求紀錄性，只需提供客觀的訊息，任何個人見解詮釋都會干擾照片的研究和教學需求。

某一天，助理推進來一個不鏽鋼盤子，上面是一對小型肺葉，夾著兩支翻開組織的止血鉗，從氣管裡拉出幾條像米粉的白色絲線。助理念起單子，感染心絲蟲病的犬隻肺部，拍攝重點，標本整體，須清楚呈現心絲蟲。

這是用手術刀精準切割下來的組織，保留了器官完整的生物氣息，上面的心絲蟲甚至仍蠕動不休。整個不鏽鋼盤帶著醫學式的冷漠和銳利，而標本則彷彿原始社會的獻祭品般好似仍在呼吸著。

鄧騰煇熟練地完成拍攝，甚至還有餘裕拿出自己隨身的米諾克斯極小相機拍下幾張。工作結束後他點起一根菸，聽著外面的蟬聲，意識到自己已經徹底習慣這一切。

收掉南光確實令他沮喪，二十三年間（或許再加上疏開回北埔的兩年），他把父親遺留的一份豐厚家產全部投注在這上面，卻賠到連夫妻倆養老的本錢都不夠，還得出來吃頭路。如果說這一切是為了攝影藝術，那麼他花了一輩子時間浸淫其中，讓相機成為自己頭腦和眼睛的延伸，沒想到最後卻是自己變成機械，每天拍攝標本和文件圖表。

這令他激發出一股鬥志，不甘心被認為失敗，更不願就此退出攝影。相反地，他變得更加活躍，星期天如常外出拍照，再利用週間晚上將相紙一張張仔細沖洗出來，慎重地分類整理並記錄所有拍攝資訊；他傾全力寫出一本《攝影術入門》，把自己所知毫不保留介紹給讀者，並請郎靜山大師寫了一篇序。

最重大的一步是臺灣省攝影學會終於在民國五十二年正式成立了。多年來鄧騰煇和幾位攝影家不斷申請成立學會，一直受到刁難退件。這段期間攝影界發生幾個事件，先是屏東攝影家劉安明一張鄉下孩童吃飯的照片，因為衣服上綻了一個洞，被指為「暴露貧窮」而從展覽會上撤下；桃園攝影家林壽鎰以動態攝影創作〈夏日〉參加國內比賽，結果零分落選，憤而轉投美國扶輪社世界攝影比賽，竟獲首獎；臺南攝影家謝震隆挑選十二張照片送到中國攝影學會申請「碩學」會員，遭到三個評審打零分，一怒之下轉投日本雜誌，連續六個月入選《Photo Art》雜誌月賽，更得到年度小型類照片第一名，而且是首度由外國人獲獎。

類似的事件層出不窮，荒唐可笑，中國攝影學會空洞的美學政策徹底與現實生活脫節，也在世界潮流中落伍，卻強力主導著臺灣攝影界。他們認為本土題材不夠具有中國風情，而寫實風格揭發社會落後黑暗又有左派聯想，到最後能拍的只剩下朦朧的荷花和美女。寫實派攝影家們認為必須打破這個局面才能有出路，於是鄧騰煇向立法院長黃國書請願——黃國書也是北埔出身的客家人，只比鄧騰煇大三歲，曾任陸軍中將，更是第一位臺籍立法院長。透過黃國書向省政府關說，社會處才終於核准臺灣省攝影學會登記。

鄧騰煇當選學會理事長，後來連任七屆。他上任後立刻主辦第一屆全省攝影展覽會，在南北各地巡迴展出，徵件時強調「排除沙龍繪畫古調作品」，豎起一支與中國攝影學會不同的旗幟；他開始編輯學會會刊《臺灣攝影》，同時接下《柯尼卡通訊》主編，利用上班午休時間處理編輯工作，從邀稿、審稿、編排、送印到校對全都自己來。

然而他無法忘記第一天上班時拍攝的那隻腳。某個夏日清晨他夢到助理推進來一個魚缸，滿滿的福馬林裡泡著一隻腳，蒼白、光滑，沒有任何病變。他知道這是他的腳，但又無法百分之百確定，於是貼在玻璃上仔細觀看。但是人平常不會那麼仔細觀察自己身體的每個部分，更何況分離後又更顯陌生。他越看越疑惑，抬起頭時，發現推車上竟有三個玻璃缸，各裝著一隻腳。

鄧騰煇驚醒過來，餘悸猶存。那天到了辦公室，他請助理帶他去標本庫房參觀，一打開庫房門，便有一片混合著福馬林、酒精和肉類腐敗的氣味籠罩全身，木櫃和鐵架上擺滿各種人體和動物標本，其中某些他有拍攝過的印象。它們原本都是生命或者生命的一部分，現在卻成為某種疾患的象徵，與其他疾患排排並列。

他走到放置烏腳病標本的地方，暗暗吃了一驚，和夢中相同，共有三隻腳掌擺在一起。每個腳掌病變的狀態略有不同，但煥發著一種無盡的孤寂氣氛並無二致。

鄧騰煇這時對烏腳病略有一點了解，聽說嘉南一帶濱海地區，人們可能因為喝了含有高量砷的地下水而中毒，導致末梢循環障礙，手腳組織壞死，並且極度疼痛，病況嚴重者只有截肢一途。

這隻腳經過鄧騰煇的拍攝，製作出數十個複本，送往全臺灣各地的醫學院，乃至於美國的研究機構。它的影像飄洋過海，抵達的範圍之廣遠超過原本的主人所能想像。而這隻腳掌，也將比主人在這個世界上留存更長久的時間。

不過這個腳掌從此只作為烏腳病的標本而被人觀看。人們無由得知，也沒有興趣知道腳的主人是個怎樣的人，姓甚名誰，長相如何，住在哪裡，有何經歷故事，失去腳掌後過著什麼樣的日子。

鄧騰煇看過各種各樣的腳，尤其是民國四十年代熱衷於寫實攝影，看到更多以往未曾留心的腳。船夫的腳，踩著打穀機的農人的腳，挑擔女性的腳，牛墟販子的腳。

回想起來，很多時候他也不知道這些人的名字、遭遇、心情和生活。他用相機把人的樣貌、表情和動作切割下來，使對方當下的身分與社會位置凝結固化，並且放大關注特定部位，也許是手的姿態，笑的方式，或者渾圓的臀部，這些通通都被裁剪成為標本，掛在展覽會上，或者印在雜誌上發行到遠方，從此與它們的主人再無關連，而且走得更遠、留存更久。

若說攝影是切下時空中的一片光影，眼前的腳掌標本則是先從人的身上切下來，再由相機複製這已經切好的影像。說到底，照片和標本還真是有很多共通之處。人們看見的，真的是影像主人真正的樣子嗎？或者，那只是某種被放大的象徵？

年輕的時候，鄧騰煇曾相信透過自己的慧眼，能拍攝出連當事人都不一定察覺到的光彩與特質。而今步入老年，他卻明白攝影未必能夠表現真實，那只是攝影者與拍攝對象短暫交會時放出的光芒，不完全屬於任何一方。在這之中攝影者多了某種武斷的權力，去選擇去詮釋，名之為藝術創造。

離開標本庫房，完成當天上午的工作，鄧騰煇在午休時間熱心地籌畫起極小相機攝影展。這些年他迷上極小相機，連帶地拍攝風格也有些轉變。

所謂極小，是指使用底片小於一三五規格，早期產品拍攝品質不佳，無法引起鄧騰煇的興趣。民國四十五年他去香港出差時首次試用米諾克斯 Minox IIIs，才終於找到心目中的理想機種，當場買下兩架。

這是間諜相機，收合時只有八點二公分長，二點八公分寬，一點六公分厚，重量僅七十公克，跟一條口香糖差不多，可以握在掌心隱藏起來。底片寬九點五釐米，成像八乘十一釐米，相當於指甲大小。

相機雖小，五臟俱全。其快門可達千分之一秒，鏡頭銳利，而且內建各色濾鏡。如果用超微粒膠卷，搭配哈維七七七微粒顯影液，能夠得到不可思議的清晰畫質，層次豐富細節完整。放大在四乘五相紙上跟一般底片品質沒有兩樣，甚至能放大到二十乘二十五公分。

每次把米諾克斯的機身橫向拉開時，相機內部機械就會自動執行過片、增加計數器格數、壓下壓片板，同時將快門上膛，完成拍攝準備。拍完一張後只要將機身收合再拉開，便能進行下一次拍攝。固然這些年所有相機都越做越精良，但鄧騰煇已經很久不曾體會這種令人心醉的智慧巧思。

鄧騰煇在此重拾了遺忘許久的，年少時的拍照樂趣。在那遙遠的一九三〇年代，相機普遍體積龐大，因此使用小型的萊卡拍照具有隱身效果，使攝影進入街頭抓拍的時代。然而多年來萊卡規格——也就是使用一三五底片的相機已成主流，人們都已經知道這玩意兒就是相機，懂得提防警覺，萊卡再也沒有匿蹤優勢。

米諾克斯的適時登場，就猶如當年萊卡帶來的驚奇。於是鄧騰煇總是同時帶著萊卡和米諾克斯出門，看狀況拿起不同的相機拍攝。

當然，間諜相機在性能和品質上還是無法和一般規格相提並論，無法用作正式的拍攝器材。但這反而使米諾克斯帶有一種遊戲感，不必考慮發表或印刷，不考慮放大效果，甚至不為什麼而拍。簡單來說，這是只為自己好玩的拍攝。

有多久不曾只為自己拍照了呢？鄧騰煇想，他在不知不覺間成為臺灣攝影同好的領袖，被推出來當作對抗中國攝影學會的代表，在攝影比賽中握有論斷名次優劣的權力，甚至也有人恭維他是大師，這一切都讓他覺得很不自在。而極小相機讓他再次體驗到自由拍攝的快樂。

是了，新興寫真，這個遺忘許久的名詞再次浮現。攝影不是只有畫意和寫實兩種途徑的對抗，他像個初學者一樣，興致沖沖嘗試著這個叫做相機的精密機械到底有哪些能耐。

魚攤上一箱直挺挺插滿的鮮魚，每一隻都張大了嘴，有些嘴裡還塞著魚鰾，呈現超現實主義的受宰制意象；兩疊高高的籮筐，在鏡頭下構成密集的曲線與直線，充滿幾何與線條之美；窯場邊錯落堆散的黑色大陶缸，張口仰望似發天問，也像是某種後現代情景；擱在破鐵桶上的兩雙舊布鞋。兒童樂園某個荒僻角落裡被棄置的虎頭造型門洞。透過鐵絲網破洞看見的草地孩童棒球比賽。一條木架上錯落掛著菜刀肉刀鐮刀鋤頭的剪影……這些照片看似信手拈來，卻都十分圓熟精純。

忘記所有冠冕堂皇的主義理想，忘記自己身上背負的榮銜與責任。他就是那個用十個月生活費換來一架相機的青年，迫不及待透過全新的眼光觀看這大千世界。他再次愛上四處漫步，從淡水重建街口爬上山坡，走過一個陌生的市場，跟著廟會陣頭移動，隨興拍下任何覺得有意思的畫面。就算是影會舉辦的外拍女模特兒活動，用米諾克斯拍起來也感覺格外有趣。

於是他在攝影生涯晚期，用極小相機再度創造了一個迷你的高峰。

米諾克斯的專用匣式底片非常昂貴，鄧騰煇便自己將寬幅微粒底片裁切成九點五釐米寬，在黑暗中摸索著裝進微小而設計複雜的片匣中。拍攝完沖出底片，他一定曬出所有印樣，然後挑選理想的畫面放大為四乘五相紙，連同印樣黏貼在卡紙上，然後在背面工整寫下所有資訊，對繁瑣的作業樂此不疲。

有件事情他自己到後來才發現——他比以往更站在事件的現場、更靠近活動中心來拍攝。尤其是和年輕時拍攝的廟會活動比較，差異最為明顯。當年拍攝中元普渡，他站在自家店屋二樓窗口從容俯瞰滿街萬頭攢動，那是富貴人家少爺的位置。如今他混入人群之中，欺近滿臉油彩的虎爺陣頭、將軍神偶，還有公揹婆的滑稽表演，扮演者衝著他咧嘴而笑，但背後圍觀群眾依然全都盯在公揹婆身上，絲毫沒有發現已經被拍攝入鏡。

鄧騰煇走進以往總是退一步觀看的畫面裡頭，成為現場不起眼的一部分。這多虧間諜相機的匿蹤效果，以及他長年鍛鍊出來隱藏氣息的能力，但最重要的還是那種想要踏上前去的心情。

他終於成為一個稱職的影像間諜，像慣於在廟會裡摸竊的扒手，一個專偷時光的人，神不知鬼不覺將瞬息萬變的人生樂趣收進掌心，一翻手便藏匿無蹤。

•

鄧騰煇經常在文學作品上看到「泛黃的回憶」這樣的形容。

古人的回憶不會泛黃，只有現代人才會，更精確一點來說，是照片普及以後的人們才會。泛黃的其實是照片，而人們把照片等同於回憶。確實，一張老照片可以勾起許多回憶，甚至可以說人的回憶某種程度就是照片式的，截住時間的流動好去看清楚每個角落的細節。

底片和相紙上的銀鹽並不安定，容易和酸性物質發生化學反應而變質。想永久保存照片可用調色法，以硫化鈉將銀鹽轉為黃褐色的硫化銀，或者用硒把銀鹽轉為深黑調的硒化銀。這兩者都有毒，硒尤其是受管制的劇毒。追求「永久」的代價，就是得冒著和毒物周旋的風險，在死亡的縫隙中尋找落腳之處。

總之多數未經調色，乃至於定影或水洗不確實的照片，久了都會劣化。發霉，蟲蛀，銀粒子析出到表面形成鏡面般的銀光澤，紙基和膠膜熱漲冷縮不同步造成皺曲，當然還有各種人為的捲折、壓印、指紋、飲料潑灑、汙漬。更別提用筆塗、手撕、刀切、踩踏、火燒或者揉爛厭惡對象的照片了。

從時間那裡偷來的，終究還是會被時間討回去。鄧騰煇看到李火增收藏的舊照片，雖然才三十年，有部分已經開始初步劣化了。

這天辦公室裡難得清閒，鄧騰煇趁午休時把學會會刊的稿子送去印刷廠，在街上與李火增不期而遇，屈指一算竟然已經快要十年不見，於是李火增拉著鄧騰煇到他現在的住處，聊著聊著就把從前拍的照片拿出來看。從照片本上的灰塵可知，李火增自己也很少翻閱這些舊作。

啊，真令人懷念，這就是以前的臺北，鄧騰煇說。他手上拿到這本大多是攤販的照片，尤其是李火增自家附近建成圓環的攤販，以及食客們的樣貌。

講起日本時代的攤販啊，李火增說，那是中間階層的人在吃的，窮人吃不起，有錢人不屑吃——像南光桑你這樣的，應該很少吃攤販吧。

現在偶爾吃一點。鄧騰煇說，原來日本時代的攤販就已經是這個樣子，跟現在幾乎一樣，用圓形大鐵盤煎食物，圓筒鍋煮湯……咦，這張太奇妙了，攤車上方掛著玻璃咖啡濾壺，檯面上幾個玻璃甕中泡著水果與花草，用的是高雅的英式紅茶杯。顧攤的小哥理個平頭，穿著本地布扣棉衫，腰間規規矩矩繫上圍裙，表情猶如修行人似的從容神遊方外，竟然也有這種攤販？

李火增取過相本，把老花眼鏡推到頭上，一臉狐疑地看了起來。奇怪了，我自己拍的照片卻一點印象都沒有。可能當時覺得珍奇就拍下來，但是畢竟沒有人會在路邊攤喝英國下午茶，所以很快就改賣別的東西了吧。

自己拍的照片也會忘記嗎？鄧騰煇想。人會忘事當然不奇怪，說過的話，做過的事，許過的承諾，會忘的事情可不少。不過他總覺得自己拍的照片應該是不會忘的。

李火增拍照隨興，就在生活中取材，範圍不廣，但生動記錄下建成町周遭的日常。寫真真是奇妙的東西，李火增感慨萬千說，我幾乎可以在這些寫真上面看到當年自己每天到處晃盪的樣子。清早去圓環邊拍大家在晨光中趕著上班上學，看一堆腳踏車在平交道前面等火車通過，去派出所看看今天有誰被抓，真的是很閒啊。

真美。當年看起來毫不起眼的景象，如今卻再也見不到了，幸好李桑把它們拍下來。鄧騰煇看著這批照片，泛黃、發霉、膠膜龜裂，卻顯得更有魅力。相紙本身跟著人們走到時間的這邊來，告訴你這段記憶已然十分陳舊，但銀質的影像忠實固守著青春，上面的臉孔也許會渙散模糊，卻永遠不會老。

年輕時以為可以用照片留住時間，現在才知道，照片只是無情地提醒人們被時間之流沖了多遠。

李桑要不要挑幾張好的，重新放大染色做永久保存？鄧騰煇說，你可以來我的暗房做，或者我幫你。

不用啦，永久又能有多久？李火增淡然說，人一死這些東西就沒有價值了，我拿給孫子看他們都沒興趣。雖然變老之後整天都在回想過往，不過同時也變得很看得開，畢竟世間沒有什麼是帶得走的。

咦，這張是？鄧騰煇翻到一張在北投溫泉拍的裸女出浴照片。

這是我的人體攝影習作，領先你們二十年。李火增吐舌頭做了個鬼臉。

這不是那個誰嗎？你挺行的嘛。鄧騰煇對影中的酒家小姐依稀有些印象。

對了，說到這個。李火增像是想到什麼，興致勃勃從舊雜誌堆裡搜出一本《萊卡寫真》，當即翻找起來。鄧騰煇記得這本戰前發行的雜誌，知道上面刊登有自己投稿的作品，家裡應該也有一本，只是早就不知塞到哪裡去了。

在這裡！李火增翻到一頁，上面印著一張久違的寫真，確實是鄧騰煇拍的沒錯，事隔將近四十年，影像上的所有細節卻依然無比熟悉。

洪水般的回憶猝不及防襲來，霎時間那日情景重新浮現。他記得那個光，柔和的斜陽托起女孩溫婉的臉孔，自己意識到那是稍縱即逝的魔幻時刻，趕緊叫女孩站定，舉起相機準備拍攝。灰雲緩緩飄動，拂面春風在舒爽中仍帶著一點寒意，女孩嫻靜地望著前方，定定等候著他。

是這張心目中理想女性的寫真吶。鄧騰煇記得兩人溫存時自己開了一個玩笑，女孩假作嗔怒打了他一下。就算抱著對方，閉上眼睛時腦中浮現的卻是這張寫真。

一瞬間他以為自己就要想起過往的全部、現場的一切，他已經置身在那裡，並且回到二十二歲。時間之流彷彿就要轟隆轟隆奔騰起來了但沒有，時間被固定了，永遠被寫真固定了，沒有前一秒也沒有下一秒。他不記得那是在哪裡，兩人怎麼去到那裡的，說了什麼話，還有按下快門之後呢？沒有，什麼都沒有。

他確實回到了過往，卻注定只能困在那百分之一秒中動彈不得。那只是一片幻影，只存在自己心中的天堂，但沒有任何能夠通往其中的路。

拍得真好。李火增說，作品標題是〈Out Door Portrait of My....〉，所以她是什麼人？

當時的戀人。鄧騰煇淡淡地說，語氣中沒有任何情緒，忽然間左胸口卻像是被重錘擊中，渾身直冒冷汗，彷彿四十年歲月的重量一口氣壓了上來。

你怎麼了？李火增緊張地問。

沒事，老毛病，一下就好了。鄧騰煇待不舒服的感覺消退，從口袋摸索出一根香菸點上。

你剛才那樣很嚇人，去給醫生看看吧。

看過啦，你忘了我就在醫院工作？鄧騰煇看看錶，說溜班太久，得趕快回去了。李火增送他到樓下門口，鄧騰煇回頭說，李桑再拍照嘛，堂堂萊卡李不拍照實在太可惜了。

玩不起了。李火增坦率地說，自己戰後投資失敗，替人作保又被拖累，早已一文不名。偶爾一時興起拿著相機上街，也不再有以往拍照的心境。這已經不是我熟悉的那條町通，不是我的時代。

前兩年張維賢重新出來拍電影，你不是也參加了，還掌鏡當攝影師？

別提了。維賢兄想靠電影東山再起，我也想說臺語片正在流行，大有可為。沒想到片名取作「一念之差」，還真的是一念之差，維賢兄在藝術上非常堅持，結果票房大慘敗。底片是張才提供的，兩兄弟為這件事情都差點鬧翻呢。李火增笑著揮了揮手。

鄧騰煇辭別李火增，獨自走在馬路上，覺得眼前一切都那麼陌生。算一算，從青年時代開始的一干同好都已經紛紛退出創作。彭瑞麟戰後被人誣告短暫入獄，洗刷清白後回鄉下種了十幾年甘蔗，聽說前幾年考上中醫執照，開起診所來了。張才對攝影沙龍文化失望，同時忙著剛剛興盛起來的彩色照片沖洗業務，漸漸失去創作熱忱。李鳴鵰生意做得更大，代理日本底片和相紙，也很少看到新作品。

現在只剩下自己依然按著快門，但也很少發表新作。臺灣攝影學會剛成立時，他曾像一條正在「考車」的水牛，拚命拖著四個輪子都上了杓又載滿貨物的牛車前進。他舉辦攝影展，辦雜誌，接連發表了兩篇石破天驚的宣言，呼籲要用動態表現，挖掘現代社會題材，並且放棄模仿，形同向中國攝影學會的美學宣戰。

沒有想到，民國五十五年，海峽對岸的文化大革命竟也波及臺灣的藝文風向。政府推行中國文化復興運動，一時又將正要熊熊燃起的自由創作火苗捻熄。從那以後，鄧騰煇便陷於沉寂，不再發表什麼作品或言論，他能做的是繼續維持學會、展覽和會刊，緊緊閉住硬殼忍耐，等候冰冷的激流過去，就像過往每一次風暴一樣。

但或許他的低調舉措只是顯得自己老了。最近兩年間，許多年輕一輩的創作者陸續舉辦了具有衝擊性的展覽，他們先是標舉現代攝影的大旗，然後延伸到複合媒體的視覺藝術創作，掏出一個又一個口號並加以實踐，超現實、意識流、存在主義、荒謬劇場、觀念藝術。他們像是一群天賦異稟又不畏江湖險惡的少年俠客，各自練有幾種奇門兵器，準備天翻地覆大鬧一場。

畫意派與寫實派的論爭已經過時了，再過不久，連鄉土紀實攝影都要被打成「鄉土沙龍」，和畫意派一起被掃進歷史的垃圾堆。

鄧騰煇默默回到研究所，助理正撐著頭打瞌睡，沒有任何臨時出現的工作，夏日午後的辦公室懶洋洋，只有窗外的蟬聲持續鳴叫著。

他拿起擺在桌上的蟬殼，徒勞地從背上的裂縫向裡窺覷。他覺得自己就是這枚土裡土氣的蟬殼，裡面蛻變的新生命早就不知飛到哪裡去了，自己卻還心心念念懷抱著一出土就抱住的第一棵，也是唯一一棵樹幹。

飛走的是什麼呢？是年輕時的青春夢想，是漸成主流的單眼反射式相機，是奼紫嫣紅開遍的彩色照相世界，還是銳不可當的新潮藝術？或許，拋下自己飛走的是一整個時代。

無論那是什麼，它們都在外面樹上更更長鳴，夏夏歡唱，不再記得自己曾有一枚舊殼依然在世上某個角落緊緊抱著不肯放手。

•

鄧騰煇在難得清閒但燠熱的辦公室裡思考。他剛剛按熄一根菸屁股，又隨即點上一根新的，繚繞的煙霧使得室內似乎又更熱了一些。

攝影和其他藝術有一個很大的不同，即便是最有經驗的攝影者，往往也必須拍下大量平庸、無趣、失敗的照片，才能得到一張佳作。累積無數佳作之後，才能產生一張足以傳世的傑作。

嚴肅的攝影家多半不願把未經挑選的底片拿出來示人。因為上面充滿四顧茫然的遊晃，不明所以的取材，不知所措的抓拍，笨拙的接近與包圍。錯誤的光圈，錯誤的快門，錯誤的曝光組合。或者根本失焦，以及各種新手才會犯的低級錯誤。

但在泥沙俱下的影像濁流中，卻忽然會有銀光閃動，一張完美的照片鶴立其中，令人驚歎，令人神魂震動。對照它前後左右的拙劣與醜陋，只能說那是奇蹟降臨，奇蹟到令人懷疑拍出這樣的好作品不過是出於運氣。

是的，運氣。攝影的另一個特色是，即便再外行的初學者，只要碰上天時地利好運氣，都有可能拍出一張佳作甚至傑作。

老手像是在亂晃碰運氣，新手碰上運氣也比老手強。鄧騰煇想不出來，還有哪一種創作是這樣子的。也因此，始終有人反對將攝影視為一門藝術。

鄧騰煇從新手時代就擁有不少好運氣，佳作迭出，鼓舞他持續拍攝。那時他自己最感觸動的作品，多半是呈現出某種理想的典型。景子的照片是理想的女性，房總海女則是理想的生命狀態。

然而拍得越多，就越意識到自己的平庸拙劣，甚至覺得根本不會拍照。無論如何經營，如何等待，如何精進知識與技術，都很難再拍出令自我驚喜的作品。

後來他才明白攝影是一個人整體生命狀態的反應。攝影者透過光線把握對象，必須對時間、空氣和人們微妙的情緒變化有全般的掌控能力。他的心性、品格、教養、感受力和想像力都會如實反映在照片上。快門速度也許設定在一百二十五分之一秒，卻是用一生的時間來完成。

簡單來說，攝影其實是一面鏡子，映出攝影者的心像。拿著相機在路上晃蕩一天，也許可以用熟練的技術拍到幾張還過得去的照片。但能否遇到完美投射心像的情景，就非常依賴運氣。那往往只是電光石火的一瞬，沒有在百分之一秒內按下快門便一去不復返。外行人偶爾也能抓到個一次兩次，但只有把自己充分準備好的攝影家，才能像燕子感應風雨，鯰魚預知地震，直覺神祕的天啟時刻即將降臨，並且心如明鏡地從容將之擷下。

有人說攝影到最後並不是你用相機獵捕到了什麼，而是你忽然被什麼攫住了，就是這個意思。

晚近幾年，鄧騰煇幾乎不再發表作品，人們以為他已失去創作能量。只有他自己曉得，他仍不斷拍著照片，隨時隨地，不拘題材。差別在於現在只沖不洗，甚至連印樣都不做。

此刻攝影對他來說，重要的是心像的確認，只要在好的時機正確按下快門，就是完美的拍攝，是否洗成相紙根本無關緊要。他不發表不參展，也沒有非得要分享的對象。要說收藏，一生收藏的數千張照片已經擺滿數不清的櫥櫃架子，看也看不完。真想要看，直接看底片就好了，欣賞底片上的層次是精通攝影科學的人最有興趣的事。

•

鄧騰煇隨手拿起放在桌上的一架羅萊三五相機，隨興地對著眼前所見來取景。這架剛推出沒有多久的機種，是使用一三五底片的相機中體積最小的，只比菸盒大一點，所有控制轉盤都設在機身正面，毫不含糊地搭配蔡司鏡頭，擁有德國相機一貫的精緻工藝質感。

最有意思之處在於，這是一架估焦相機。也就是說，相機本身沒有對焦系統，觀景窗純粹只是用來取景，拍攝者必須按光圈環上的景深表尺來評估有效焦段。這對鄧騰煇來說完全不是問題，畢竟最早的萊卡 A 就是類似的設計。拿著這架羅萊三五，讓他再次拿出用肉眼評估空間距離的本事，重拾早年拍攝的樂趣。

他靜靜坐著，像姜太公釣魚，或者一隻老青蛙等著無頭蒼蠅自己送到嘴邊。他隨興按了一下快門，即便一生中已經按過不知數萬次，依然醉心於那清脆的聲響，以及指尖上傳來機械裝置驟然擊發的細微震顫。他用左手拇指扳動撥杆過片，享受齒輪捲動底片軸的順暢感覺，以及撥杆回彈的爽快俐落。

忽然間，他被什麼攫住了。那是一張神采溫潤蘊藉，氣息深長又十分放鬆的表情。那個臉孔似笑非笑，濃眉下低斂的眼神彷彿能看透一切而充滿矜憫。那是他辦公桌右邊一面鏡子上的映像，映著他自己。

只有歷盡一生波瀾起伏，依舊保持內心淡然平靜的一個人，才能不經意閃現這樣的表情。也只有用數萬次拍攝打磨而成的攝影家，才能敏銳地察覺鏡中這神奇的一瞬。於是鄧騰煇微微側身，從容地對自己按下快門。

這一刻將被永久留住。多年之後，將會有後來的追尋者，在暗房裡不分日夜把他的底片一張又一張重新放大顯影，驚詫於如此抒情而充滿人性觸動的攝影家，竟然被人們遺忘了這麼久。也會有另一位追尋者在底片即將劣化毀損的當口上，一格又一格掃描搶救，及時保住了這批快要漫漶的影像。

故而人們終於將會看見這張自拍的肖像，這是鄧騰煇不曾洗放出來，差一點湮滅在時光中的身影。人們看見，曾有那樣的一個時代，曾有那樣的一個人。

那樣理想的典型，理想的生命狀態，就在他的指間，就在頃刻擊發的快門前。而這張照片的曝光時間，將是一百二十五分之一秒，加上六十二年六個月又十二天。

南光顯影

東京摩登仕女速寫。

光影中的女子。

法政大學迎新活動。

鄧騰駿迎娶謝富美。

北埔射輪盤。

慈天宮迎媽婆。

鄧騰釬壯行會。

祝從軍

臺北新公園算命仙。

九份盲女走唱。

關渡八里渡船上。

鄧南光在南光寫真機材行。

【後記】

循著光的痕跡

觀看鄧南光先生作品的經驗很特別。他充滿沉穩安靜的氣質，不刻意介入畫面，乍看沒有太大衝擊力，匆匆瀏覽甚至可能忽略。然而他總能從容自然地蘊入現場，大量仔細閱讀下來，令人浸潤在某種氛圍裡面。他用溫暖而浪漫的目光，為時代留下細膩的整體印象，也幽默而準確地點出種種人生況味。即便拍攝底層人物，也能煥發韌性、尊嚴與希望。

由於時代因素，他生前公開發表作品的機會並不如想像的多，即便如此，他依然不改其志，不斷拍攝直到最後。我不由得猜想，晚年的他在按下快門瞬間，乃至於眼睛看見的瞬間就已完成攝影，那是一種心像的確認，更是藝術家在身不由主的時代裡，謀求心靈自由的優雅飛翔。

這讓我反思攝影對自己的意義，尤其在數位拍攝如此輕易、影像過度氾濫的當下，拍照已經變成另一種行為。再進一步想，傳統底片攝影繼續存在的價值又是什麼？

對我來說，其中一個無法取代的理由在於，暗房彷彿是某種能夠清醒進入的潛意識空間。黝暗黑箱裡，一盞紅色安全燈提示著事物輪廓，底片上封存著一格格時空切片，待我們投影放大、裁遮加減，幻化出理想中的記憶或心像，簡直像是令人不願打破醒來的清明夢。

如果攝影是對時空的瞬間裁切，留下永恆而雄辯的影像，那麼我在這本小說裡試圖做到的，則是逆向把這「凝固的瞬間」還原到時間大河裡，重新感受其中的喜怒哀懼。

因此我採取了和過往不同的書寫方式，試著去揣摩觀看一張張老照片時腦中浮現的意識奔流。過程中我發現攝影跟小說有若干相似之處，兩者都企圖創造某種逼近真實的錯覺，但事實上所描繪的世界已經悄悄經過轉譯，成為眩惑人心的虛像。由是，循著照片的刺點與靈光前進，我們無疑可以領受到那個時代、那些人物最熱切的感覺，更可以反照自身，看見內心幽微的閃動。

寫作本書期間，我的生活也有些變化，內外部空間都處於混沌摸索的狀態，處處碰壁寸步難行。隨著敘事展開，自己才漸次安住下來，直至完全沉浸其中。這部小說最終成為一場內在生命之旅，完成時身心嚴重透支，情緒卻異常飽滿，像一卷曝光不足又顯影太久的底片，乍看粒子粗糙反差失控，但洗放出來的成果卻完美呈現了拍攝當下的心像，成為我格外珍視的一段創作時光。

這本小說受到許多啟發與幫助，包括長久以來支持我的師長朋友，以及原本並不熟識的前輩們。他們的執著努力令人敬佩，他們的熱心慷慨則使我受惠甚深。

感謝謝里法老師發起羅曼．羅蘭百萬小說賞，號召更多人投入對臺灣美術史及前輩藝術家的探尋，也促使我決心完成這部作品；感謝主辦單位巴黎文教基金會，以及評審老師們的肯定，帶給我莫大鼓勵。

感謝簡永彬老師在攝影主題上的啟發。他對前輩攝影家作品的搶救保存與研究發揚，才使得這樣一本小說的書寫成為可能。同時感謝簡老師指出書稿的錯誤之處並提供諸多寶貴意見；感謝達蓋爾銀鹽暗房工作室的陳豐毅老師，讓我重新進入暗房學習專業觀念與技術。

老同學李明倫慨然出借珍藏的萊卡骨董相機，讓我體會到一種理性的、科學式的觀望，乃至於微妙地改變了世界觀，藉此得以稍稍揣摩前輩攝影家們拍攝的心境；感謝P君，我所有的書寫都是在遇到她之後才成立的。她是我最嚴厲的審稿人、最苛刻的編輯、最凶狠殘暴的批評者，作品中若有稍許靈光，更多出於她的發想，她是我的共同作者。

感謝印刻出版社總編輯初安民先生與副總編輯江一鯉小姐總是溫暖地給予我多方支持與協助，以及家鵬在編輯上的用心；也感謝讀者朋友們的閱讀和回饋，讓我有持續書寫下去的動力。

INK PUBLISHING
文學叢書 654

南光

作　　者　朱和之
總 編 輯　初安民
責任編輯　林家鵬
圖片提供　夏門攝影企劃研究室
美術編輯　陳淑美
校　　對　朱和之　潘貞仁　林家鵬

發 行 人　張書銘
出　　版　INK 印刻文學生活雜誌出版股份有限公司
　　　　　新北市中和區建一路249號8樓
　　　　　電話：02-22281626
　　　　　傳真：02-22281598
　　　　　e-mail:ink.book@msa.hinet.net
網　　址　舒讀網 http://www.inksudu.com.tw

法律顧問　巨鼎博達法律事務所
　　　　　施竣中律師
總 代 理　成陽出版股份有限公司
　　　　　電話：03-3589000（代表號）
　　　　　傳真：03-3556521
郵政劃撥　19785090 印刻文學生活雜誌出版股份有限公司
印　　刷　海王印刷事業股份有限公司

港澳總經銷　泛華發行代理有限公司
地　　址　香港新界將軍澳工業邨駿昌街7號2樓
電　　話　852-2798-2220
傳　　真　852-2796-5471
網　　址　www.gccd.com.hk

出版日期　2021年 4 月 初版
　　　　　2021年 5 月 20 日 初版二刷
ISBN　978-986-387-391-4
定價　380元

國家圖書館出版品預行編目(CIP)資料

南光／朱和之著．
--初版．--新北市中和區：INK印刻文學，2021. 04
面；14.8 × 21公分. --（文學叢書：654）
ISBN 978-986-387-391-4（平裝）

863.57　　110002203

舒讀網